BORKUM-ZAUBER

Ocke Aukes lebt seit ihrer Kindheit auf Borkum. Sie ist in der Touristikbranche tätig und hat mehrere Kriminalromane veröffentlicht.

OCKE AUKES

BORKUM-ZAUBER

Insel Krimi

emons:

Bibliografische Information der Deutschen Nationalbibliothek
Die Deutsche Nationalbibliothek verzeichnet diese Publikation in der Deutschen Nationalbibliografie; detaillierte bibliografische Daten sind im Internet über http://dnb.d-nb.de abrufbar.

Umschlagmotiv: fotolia.com/Tanja Thomssen
Umschlaggestaltung: Nina Schäfer, nach einem Konzept von Leonardo Magrelli und Nina Schäfer
Umsetzung: Tobias Doetsch
Gestaltung Innenteil: César Satz & Grafik GmbH, Köln
Lektorat: Marit Obsen
Druck und Bindung: Pario Print Sp. z o.o, Kraków
Printed in Poland 2023
ISBN 978-3-7408-0394-0
Insel Krimi
Originalausgabe

1

»Guten Abend meine Damen und Herren. Ich heiße Olaf Kern. Willkommen bei der Geisterwanderung. Wir werden heute gemeinsam jene Plätze aufsuchen, an denen die Spukgestalten unserer Insel wandeln. Überall sind sie, die Gespenster. Man muss nur genau hinschauen, um sie zu entdecken. Sie schweben im Gestühl alter Gebäude und in der Umgebung hoher Türme. Natürlich huschen sie auch auf Friedhöfen umher und hocken dort vorzugsweise auf den Grabsteinen.«

Olaf Kern holte tief Luft, ehe er weiterredete. »Und das ganz besonders gern auf unserem Walfängerfriedhof. Sie schwirren um die mit Totenköpfen verzierten Grabsteine. Auch in den Dünen, dort, wo der Drinkeldodenkarkhof liegt.«

»Drinkeldodenkarkhof, was ist das?« Eine häufige Frage auf Olafs Nachtwanderungen.

»So nennen wir das Gräberfeld für die namenlosen Toten, die von den Wellen an den Strand geworfen wurden.« Mit ausgestreckter Hand deutete er hinaus aufs Meer.

»Kommt das oft vor, dass Wasserleichen angespült werden?«

»Heutzutage eher selten. Aber im 18. und 19. Jahrhundert war es an der Tagesordnung«, übertrieb Olaf. »Jedenfalls erinnert ein Gedenkstein an die Ertrunkenen. Und auf dem«, kam er zum Thema zurück, »lassen sich die Geister nieder.«

Die meisten Zuhörer nickten. Einige schauten zweifelnd, wie die Frau mit den kurzen Locken, die nach den Wasserleichen gefragt hatte. Die Skeptiker, so hoffte Olaf, würden am Ende der Führung ihre Meinung geändert haben. Oder wenigstens mit dem, was er ihnen heute geboten hatte, zufrieden sein.

»Geister bevölkern zudem mehr Häuser, als manch einer vermuten würde.« Das war eine von Olaf Kerns Lieblingsbehauptungen. Wenn er von Gespenstern sprach, wirkte er aufgeputscht, getrieben von dem Verlangen, sein Wissen zu teilen. Es gelang ihm oft, dem Publikum bei der nächtlichen Wanderung das Gefühl zu vermitteln, es käme gleich eines der besagten Gespenster um die Ecke geflogen. So musste es sein, wenn man als Fremdenführer gutes Geld verdienen wollte.

Bevor es gleich richtig losging, kassierte Olaf Kern von den vierundzwanzig Teilnehmern, die an diesem Abend mit ihm an der Litfaßsäule auf der Borkumer Strandpromenade standen, nun erst einmal die stattliche Gruselgebühr. Zwei Stunden würde die Führung durch Borkums Dünen und Inselstraßen dauern, und kurz vor Schluss erwartete die Zuhörer eine blutrünstige Mordgeschichte. Exakt zur Geisterstunde, um Punkt zwölf Uhr, würde sein Kompagnon Vittorio Garanca hinter der Grundschule stehen und für einen nervenaufreibenden Kick sorgen.

Die letzten einkassierten Euros verschwanden in Olafs Umhängetasche und diese wiederum unter einem schwarzen, wallenden Cape. Er rückte seinen Schlapphut zurecht, einen, wie ihn der Sage nach der Göttervater Odin getragen hatte, um ein fehlendes Auge zu verdecken. Bis vor wenigen Monaten hatte Olaf bei seinen Geisterführungen noch eine Augenklappe getragen, was an einen Piraten erinnern sollte. Das Ding war unbequem und kratzte, und sein Partner fand sie kindisch. Doch erst als Olaf wegen der Sichtbehinderung über ein Hindernis gestolpert war und sich vor den Teilnehmern lang hingelegt hatte, war die Klappe im Müll gelandet. Vittorio hatte dann den Einfall mit dem Hut.

»Wenn wir vollzählig sind«, rief Olaf, »kann es losgehen.« Er zwinkerte einer jungen Frau mit schulterlangen blonden Haaren zu. Ein hoffnungsloser Flirtversuch. Olaf war kein Typ, nach dem sich die Frauen umdrehten. Er wirkte wie ein großes Kind. Seine Gesichtszüge würden vermutlich noch männlicher werden, doch die hellen, fast farblosen Augen, das rote Haar und die fleckige Haut würden bleiben. Gegen die schiefen Zähne sollte er etwas unternehmen, wenn er jemals von einem Mädchen geküsst werden wollte.

Er bückte sich nach einer Laterne, in der ein künstliches Licht flackerte. Den Wanderstock, der an der Litfaßsäule lehnte, nahm er in die andere Hand und deutete damit in Richtung Norden. »Da entlang.«

Aufgeregt miteinander plaudernd folgte ihm die Gruppe. Hinter dem Hotel »Hohenzollern« begann, zu beiden Seiten von Dünen umgeben, der gepflasterte Wanderweg. An der Dünenkante unterhalb des Kleinen Kaaps blieb Olaf Kern stehen und stieß den Stock in den Dünensand. Er hob und senkte die Lampe, als wollte er jemandem ein Zeichen geben.

»Sehen Sie das mit roten Klinkern gemauerte Seezeichen dort? Das ist ein Kaap. Es steht für zwei tote Seelen. 1811 sind von einem englischen Kaperfahrer an genau dieser Stelle zwei Insulaner desertiert. Anfang des 19. Jahrhunderts, zur Zeit der Kontinentalsperre. Borkum war von den Franzosen besetzt.« Er hob die Stimme und verlieh ihr einen unheilvollen Ton. Spätestens jetzt verstummte auch das letzte Privatgespräch in der Gruppe. Als wäre Olaf der britische Kapitän höchstpersönlich, der die flüchtenden Deserteure erspähte, deutete er auf die Dünen. »Da hinauf«, rief er, »sind sie entflohen.«

Sämtliche Augenpaare folgten seinem ausgestreckten Zeigefinger.

»Nachdem die beiden von Bord gesprungen und mühsam an Land geschwommen waren, schleppten sie sich bis hierher, ehe sie eingeholt wurden und ihr Leben aushauchten.« Er ging in die Knie, nahm eine Handvoll Sand auf und ließ betont andächtig die Körner durch seine Finger rieseln.

Er wusste, dass es damals wahrlich anders gewesen war. Hier verbog Olaf die Wahrheit ein wenig. Denn keiner der beiden Deserteure hatte auf der Flucht den Tod gefunden. Im Gegenteil. Entgegen dem Schicksal eines jeden von den Engländern wieder eingefangenen Seemanns hatten die zwei Borkumer anno dazumal überlebt. Tote Fahnenflüchtige kamen im Gegensatz zu lebenden jedoch viel besser beim Publikum an.

»Mucksmäuschenstill sollten Sie jetzt sein«, ermahnte er die

Zuhörer, erhob sich und zwinkerte erneut der jungen Frau zu, die ihm gut gefiel. »Ganz leise, wenn Sie die Geister der beiden Männer hören wollen, die seither um dieses Gemäuer spuken.«

Die Leute rückten näher aneinander. Einige hoben die Gesichter und reckten die Hälse, als könnten sie so besser hören. Alle lauschten.

Rund ums Kaap blieb es still. Ein leichter Wind trug vom Meer die Geräusche der Wellen herüber, doch das interessierte im Moment niemanden. Ebenso wenig wie der wahre Grund, der zum Bau des Seezeichens geführt hatte. Das stand nämlich keineswegs dort, weil hier jemand sein Leben ausgehaucht hatte. Ein Kaap war ein Schifffahrtszeichen. Es wurde zur Sicherheit der Schiffe auf hoher See gebaut und nicht als Mahnmal für getötete Insulaner.

»Aaahhhrrr«, rief Olaf unvermittelt und freute sich, dass die Leute zusammenzuckten und jemand vor Schreck aufschrie. »Genau hier hat der englische Kapitän dem ersten Abtrünnigen damals höchstpersönlich mit dem Schwert die Kniescheiben durchtrennt, damit er keinen Schritt weiterlaufen konnte.«

»Sehr unwahrscheinlich.« Die Aussage kam von einer Frau in mittleren Jahren in buntem Rock, langer, selbst gestrickter Jacke und Gesundheitssandalen. »Da müsste sich der fliehende Mann, als der Hieb ihn traf, ja im Laufen umgedreht haben. Sonst können die Kniescheiben nicht getroffen worden sein.«

Olaf hasste Ökotanten, die immer alles besser wussten, ignorierte die Bemerkung und fuhr mit seinen Erläuterungen fort. Jetzt kam die Stelle, an der der Deserteur sich trotz durchschnittener Kniegelenke standhaft wehrte. Olaf schmückte das Duell zwischen dem Kapitän und dem Geflohenen wortreich aus. Er nahm den Stock und deutete damit die Hiebe der Säbel an. »Hier, nimm das« und »Du entkommst mir nicht«, rief er in verschiedenen Stimmlagen. Gefolgt von weiteren Kommentaren der beiden Kämpfenden, die angeblich genauestens überliefert waren. »Mit blutenden Beinen, diversen Schnittwunden an den Armen und einem Stich in die Herzgegend am Boden liegend, soll der Insulaner kurz vor seinem Ende gerufen haben: ›Nieder mit Napoleon, weg mit der Seeblockade.‹ Dann sank er zu Boden und krächzte: ›Leiwer dot as Sklav.‹«

»Was heißt das?«

»Lieber tot als Sklave. Und genau in dem Moment, als der Insulaner an exakt dieser Stelle seinen letzten Atemzug tat«, Olaf schob mit einem Fuß ein wenig Sand beiseite, »gab es einen Kanonenschlag.«

Es krachte. Olaf wirbelte herum, die meisten der Zuhörer taten es ihm nach. Irgendwo zwischen den Dünen, dem Strand und dem Meer ertönte Donnergrollen. Es könnte ruhig ein wenig lauter sein, dachte Olaf. Vittorio sollte beim nächsten Mal den Ton besser einstellen.

»Eine Kugel, von der englischen Fregatte abgeschossen, zerfetzte den zweiten Mann. Der hatte zwar in die Dünen flüchten können, machte jedoch kehrt, um dem Kameraden zur Hilfe zu eilen.« Olaf sog demonstrativ die Luft ein. »Riechen Sie den Duft von Schießpulver?«, fragte er.

Die Leute nickten. Obwohl Pulverdampf anders roch, reichte der Geruch eines einzigen in den Dünen versteckten Räucherstäbchens aus, um die Sinne zu täuschen. Eine von Vittorio eingeführte Version. Es gab bisher niemanden, der dieser Wahrnehmung widersprochen hatte.

Kurz war Olaf beunruhigt, da die Frau im Rock die Hand hob, als wollte sie etwas sagen, doch dann ließ sie den Arm wieder sinken. Vermutlich erreichte der Rauch erst jetzt ihre schnuppernde Nase. Der Wind hatte gedreht, was Vittorio glücklicherweise mitbekommen hatte. Er lag mit dem Räucherstäbchen irgendwo dort oben hinter dem Dünenhafer auf dem Bauch. Leider gaben die Pflanzen weniger Sichtschutz als beispielsweise die Sanddorn- oder Dünenrosenbüsche, die neben dem Kaap standen. Olaf musste die Aufmerksamkeit der Leute auf das Seezeichen lenken, ehe jemand seinen Kompagnon entdeckte.

»Riecht nach chinesischem Kramladen«, bemerkte die Frau in den Gesundheitslatschen und durchbrach so die ehrfürchtige Stille. Einige Touristen lachten. Ein Unding bei einer Geisterführung. Gruseln sollten sie sich. Olaf brach der Schweiß aus. Es wurde Zeit, die Zuhörer zu verzaubern, ehe die Zicke den gesamten Rundgang ruinierte. Wenn er unglaubwürdig und die Führung albern wurde, konnte er jede Hoffnung auf Trinkgelder begraben, von einer Weiterempfehlung ganz zu schweigen. Womöglich verlangte der eine oder andere sogar, die Teilnahmegebühr zurückerstattet zu bekommen.

»Folgen Sie mir«, befahl er seinem Publikum. Er trat direkt unter das Kaap und schlug mit dem Stab gegen einen der gemauerten Pfeiler. Anschließend rammte er ihn in den trockenen Dünensand, stellte die Laterne daneben und breitete die Arme aus.

»Wie der Pastor auf der Kanzel«, bemerkte die Frau spöttisch.

»Halten Sie den Mund«, sagte eine Dame älteren Semesters. »Ich möchte wissen, was mit dem Deserteur passiert ist.«

Wie schön es doch war, wenn Teilnehmer Olaf unterstützten.

»Ich bezweifle, dass es die beiden Seefahrer überhaupt gegeben hat.«

»Natürlich gab es die. Wenn Sie die Führung im Heimatmuseum mitgemacht hätten, wüssten Sie es«, erklärte eine andere Frau.

Im schummrigen Licht des Mondes und der Lampe auf dem Boden konnte man die Gesichter der beiden Frauen kaum erkennen. Dass sie zornig waren, verrieten die Stimmen.

»Wenn Sie alles anzweifeln, dann frage ich mich, warum Sie überhaupt hier sind«, bemerkte die ältere Dame. »Ich jedenfalls will hören, was der Mann zu berichten hat. Ihre Kommentare können Sie für sich behalten.«

»Das ist ausgemachter Schwachsinn, was der uns erzählt.«

»Dann gehen Sie doch«, knurrte eine Männerstimme.

Ja, bitte. Der Meinung war Olaf auch. Er hoffte, dass Vittorio alles mit anhörte und entsprechend reagierte. Es wäre schön, wenn jetzt der Geist im hölzernen Gestühl hoch über ihren Köpfen fliegen würde.

»Der Fahnenflüchtige«, rief Olaf, »fand hier, an dieser Stelle, den Tod. Wie kurz nach ihm auch sein Kamerad«, betonte er.

»Ich dachte, das war da unten.«

»Halten Sie den Mund.«

Olaf dankte im Stillen dem Mann, legte den Kopf in den Nacken und hob die Hände, als wollte er das Gespenst heraufbeschwören.

Klack. Kaum vernehmlich, nur für Olafs geübte Ohren deutlich zu hören, klickte der Schalter, der die Show in Gang setzte. Hinter Olafs Zuhörern erzitterte ein Busch, etwas zischte heraus, gewann an Höhe und verpuffte zwischen dem offenen Holzgebälk über ihren Köpfen. Wie aus einer Wolke aus Wasserdampf bildete sich etwas heraus, das als Geist durchgehen konnte. Da der Wind ein bisschen auffrischte, zerstob das Gebilde ebenso schnell, wie es entstanden war.

»Faszinierend.« Sarkastischer konnte man ein einzelnes Wort kaum aussprechen.

»Hören Sie auf zu meckern«, schimpfte einer der Zuhörer.

Olaf war froh, dass Vittorio auf die Geisterstimmen verzichtete, die jetzt normalerweise mit leisem Klagen beginnen sollten. Das wäre bei der heutigen Personenkonstellation ein wenig zu dick aufgetragen.

»Uns gefällt's«, befand eine korpulente Dame.

»Wir lassen den Geistern ihren Frieden und gehen Richtung Walfängerfriedhof.« Olaf bückte sich nach der Laterne und schwenkte sie mehrmals hin und her. »Passen Sie auf, wo Sie hintreten«, mahnte er.

»Nicht dass ich noch über ein Skelett stolpere«, spottete die Frau.

»Nicht dass Sie in ein Kaninchenloch treten«, korrigierte Olaf, »und sich den Fuß brechen.«

Einige der Teilnehmer lachten. Schade, dass ihr blödes Gesicht in der Dunkelheit nicht zu sehen war.

Im Gänsemarsch ging es über einen schmalen Weg, bis sie die Straße neben der Knappschafts-Klinik am Ende der Boeddinghausstraße erreichten. Keine hundert Meter weiter stoppte Olaf an der zweiten Station der Wanderung, dem ehemaligen Drinkeldodenkarkhof. Ein Gedenkstein, erst vor wenigen Jahren errichtet, erinnerte hier an all die namenlos verscharrten Ertrunkenen, die das Meer in früheren Jahrhunderten an Land gespült hatte. Am Fuß dieses Erinnerungsmals erzählte Olaf eine weitere Schauergeschichte – eine, in der es um Leichenfledderei ging.

»Eines Nachts, es war ein besonders kalter Winter, lief ein Einheimischer nach einem Sturm am Strand entlang. Damals suchten die Insulaner nach jedem heftigen Wind die Wasserkante nach Strandgut ab. Er fand eine Leiche, durchsuchte sie und stahl ihr Geld und die Stiefel. In der folgenden Nacht erschien dem Dieb der Geist des Toten.«

Olaf hob zu einem wimmernden Klagegesang an. »›Gebt mir meine Stiefel zurück‹, rief der Verstorbene mit unheimlicher Stimme. ›Gebt sie zurück!‹ Reumütig ging der Mann am kommenden Morgen an den Strand und zog dem Toten die Stiefel wieder an.«

Olaf war heilfroh, dass die zänkische Frau keinen Kommentar beizusteuern hatte.

»Bitte folgen Sie mir nun in den historischen Ortskern.«

Auf dem Weg zum alten Leuchtturm, zu dessen Füßen die Gräber der Borkumer Walfänger und ihrer Familien lagen, erzählte Olaf der Gruppe Seefahrergeschichten von früher. Er sprach von Händen, die abgehackt wurden, damit sich die Schiffbrüchigen, die sich an der Bordwand festhielten, nicht ins Boot hineinziehen konnten. Im Schatten des ehemaligen Dorfhotels unterhalb des Turmes blieb er stehen. Hier war die Straße nur spärlich beleuchtet.

»Es war eine eiskalte Nacht im November«, begann er.

»Schwüle Nächte im August …« Weiter kam die Unruhestifterin nicht. Ein »Aua« folgte.

Hat es ihr endlich die Sprache verschlagen, dachte Olaf und spann den Faden weiter. »Ein Orkan wehte Schneeflocken vom Eismeer bis hierher. Sie peitschten fast waagerecht den Menschen ins Gesicht, die sich zu dieser späten Stunde aus dem Haus wagten. Es hieß, arglistige, finstere Gestalten, Mördergesindel, habe sich auf dem Ostland, etwa fünf Kilometer von hier, versammelt. Und dass sie einen Bauern, seine Familie sowie die Knechte in ihrer Gewalt hielten. Die Männer waren in das Bauernhaus eingedrungen und gaben an, Schiffbrüchige zu sein, die von einem Schiff ausgesetzt worden waren, auf dem es eine Meuterei gegeben hatte, weil sie dem Kapitän treu ergeben waren. So hatte der Bauer sie für die Nacht in seiner Scheune untergebracht. Doch es befand sich auch ein Junge unter den Gestrandeten. Ihm war es gelungen, aus der Scheune zu flüchten und in eisiger Kälte vom Ostland bis hierher zu fliehen.« Olaf zeigte auf die Stelle vor seinen Füßen. In den Boden des kleinen gepflasterten Hofes war das Wappen der Insel Borkum eingearbeitet. Auf seinen Stock gestützt ging Olaf auf die Knie und deutete an, wie das Kind sich damals zum alten Turm, in dem in dieser Nacht als Einziges ein Licht brannte, geschleppt haben mochte. Er kroch mit mühevollem Ausdruck einige Meter vorwärts und erhob sich wieder.

»Gehen wir die wenigen Meter, die für den Jungen, geschwächt, entkräftet und halb erfroren, meilenweit gewesen sein müssen.«

»Warum ist er überhaupt hierhergekommen?«

»Er wollte die Bevölkerung warnen, denn in Wirklichkeit waren die Schiffbrüchigen die Meuterer, und sie hatten nichts Gutes im Sinn.«

Die Gruppe folgte Olaf Kern bis an das schmiedeeiserne Tor, das vor der hölzernen Eingangstür des Leuchtturmes in die dicken Mauern eingelassen war. Es zeigte eine Frau in einem wallenden Kleid, die am Meer stand und mit einem Tuch in der Hand einem Segelschiff nachwinkte.

Das Tor war verschlossen. Olaf stellte die Laterne links neben dem Gitter ab, den Wanderstock lehnte er an die Backsteinwand des Turmes. »Über fünfhundert Jahre steht er hier, ›de Olle Baas‹, so nennen wir Insulaner den Turm. ›Olle Baas‹ bedeutet ›ehrwürdiger Chef‹ oder ›alter Herr‹. Der Turm hat schon viel Leid gesehen, doch die Tragödie dieser Nacht …«, hier machte er regelmäßig eine längere Pause, »wird unvergessen bleiben.«

»Gleich will er uns weismachen, dass schon Christoph Kolumbus dem Licht des Leuchtturmes folgte.«

»Jetzt ist es aber genug. Sie verderben uns allen hier den Spaß. Halten Sie endlich den Mund oder verschwinden Sie«, rief jemand aus der Gruppe.

»In jener unglücklichen, eiskalten Nacht«, hob Olaf an, »begab sich ein Knabe selbstlos in Lebensgefahr und rettete die Einheimischen, ehe er kurze Zeit später an seinen Erfrierungen starb.«

Schweigen folgte stets an dieser Stelle.

»Aber wieso rettete der Junge alle?«

»Die finsteren Männer waren blutrünstige Mörder und Meuterer. Um unentdeckt zu bleiben, hätten sie die Bauersfamilie und womöglich auch sämtliche anderen Insulaner ermordet, sobald diese ihre Anwesenheit auf der Insel bemerkt hätten«, erklärte Olaf.

»Kriegen wir hier den Geist des Kindes zu sehen, oder haust er woanders?«

Olaf ignorierte die Frage. Darüber hatte er sich noch nie Gedanken gemacht. Er sollte das in Zukunft in irgendeiner Form mit ins Programm aufnehmen. Vielleicht mittels eines Kinderskeletts, wie in den Geisterbahnen. Nur, wo sollte er es hinhängen?

Ein Viertelstündchen noch, dann ging die Führung zu Ende. Denk an die Trinkgelder, ermahnte er sich, und sei freundlich. Er grinste die zänkische Sandalenfrau an. Lächeln ist auch eine Art, jemandem die Zähne zu zeigen, sagte seine Mutter immer, und Olaf zeigte ihr seine. Es fehlte ein Augenzahn. Kein wirklich schöner Anblick. Sie erwiderte das freche Grinsen mit einem finsteren Blick.

»Folgen Sie mir, meine Herrschaften. Ich geleite Sie nun zum Heimatmuseum. Unser Weg führt durch die Roelof-Gerritz-Meyer-Straße. Sie wurde nach einem erfolgreichen Borkumer Walfänger benannt. Wenn Sie sich für den Walfang interessieren und mehr wissen wollen, buchen Sie die Walfänger-Tour. Ich erzähle Ihnen gern alles über diese glorreiche Zeit. Sie hat Ruhm und Reichtum auf die Insel gebracht, aber auch Elend, denn viele der wackeren Seefahrer sind im Eismeer beim Walfang gestorben.«

Nachdem die Gruppe einen Blick auf das Museum geworfen und aus der Ferne die gut fünf Meter hohen Walknochen bewundert hatte, umrundete Olaf mit ihnen die Grundschule, um langsam in Richtung Inselbahnhof zu gelangen. Sie machten kurz Halt an den Walknochen, die als Zaun ein Grundstück umfassten.

»Bitte nicht anfassen«, warnte er.

»Warum?«

»Jede Hand, die daran rüttelt, jeder Finger, der daran kratzt und nur kleine Teile abbricht, schadet den über zweihundertfünfzig Jahre alten Knochen. Sie sind unbezahlbar, können niemals wiederbeschafft werden. Folgen Sie mir bitte.«

Der Weg zwischen Grundschule und Reformierter Kirche war schlecht beleuchtet. Hier kamen im Allgemeinen nur diejenigen vorbei, die ihre Kinder zur Schule brachten oder an den sonntäglichen Gottesdiensten teilnehmen wollten. Er blieb stehen und wartete geduldig, bis der letzte Nachzügler zur Gruppe aufschloss.

Wo blieb Vittorio? Es wurde Zeit für seinen letzten Einsatz, den Höhepunkt der Führung, der den Touristen zum guten Schluss noch einmal eine Gänsehaut über den Rücken jagen sollte. Aber nichts passierte. Lange konnte Olaf die Leute nicht mehr hinhalten. Sie wurden unruhig, und er befürchtete, dass die Zicke gleich wieder zu meckern anfing. Also ging er weiter.

Am Ende der Straße, kurz vor dem Haus der Borkumer Zeitung, stand eine Straßenlaterne. Dort machte er Halt, um von der tragischen Geschichte eines achtzehnjährigen Jungen zu berichten. Er war in einer kalten Dezembernacht vor nicht allzu langer Zeit genau an dieser Stelle tot zusammengebrochen. Angeblich hatte er einen Herzinfarkt erlitten, doch die polizeilichen Ermittlungen ergaben, dass er ermordet wurde.

»Kommen Sie bitte etwas näher«, rief er die Teilnehmer zusammen. Seine Laterne stellte er auf die Mauer, die Haus »Friesenhof« umgab. Während sich die Gruppe um ihn scharte, schaute er im Schein der Straßenlaterne jeden seiner Zuhörer einzeln an, um ihnen das Gefühl zu vermitteln, von ihm als Person bemerkt worden zu sein. Er zwinkerte einer Dame zu, legte einem Mann kurz die Hand auf die Schulter und griff einem anderen an den Ellenbogen. Ein psychologischer Kunstgriff, der für reichlich Trinkgelder sorgen sollte.

Sein Publikum blickte ihn erwartungsvoll an. Olaf wollte eben zum Schlusswort ansetzen, als drei der Zuhörer gleichzeitig die Köpfe hoben und über ihn hinwegschauten. Ihre Gesichter zeigten Erstaunen, einem fiel die Kinnlade herunter, ein anderer hob den Zeigefinger. Unruhe kam in die Gruppe, und Olaf begann zu frösteln.

Eine Nebelwand rollte aus der Dunkelheit direkt auf sie zu. »Norleke Schwalks« nannten die Insulaner sie. Nördliche Schwaden. An der Küste und auf den Inseln bildeten sie sich mitunter an warmen Tagen, seltener in Nächten. Sie umhüllten alles und jeden mit kühlen, feuchten Nebeltropfen, dass es einen schauderte. Die Nebelschleier verschwanden genauso schnell, wie sie kamen.

Glück muss man haben, dachte Olaf. Das Naturereignis kam ihm gerade recht. Da verstummten sogar die sarkastischen Kommentare der unzufriedenen Zicke.

Die Teilnehmer knöpften ihre Jacken zu, Kragen wurden hochgeschlagen. Er hörte Reißverschlüsse ratschen. Dann gab es einen Knall, und das Licht der Straßenlaterne erlosch. Vermutlich ein Kurzschluss wegen der Feuchtigkeit. Jemand kicherte, zwei oder drei stießen unisono ein »Huch« aus. Danach wurde heftig applaudiert.

»Das war's für heute, meine Herrschaften. Ich hoffe, es hat allen gut gefallen und Sie empfehlen mich weiter. Ich wünsche Ihnen eine angenehme Nacht und gruselige Träume.«

Olaf machte die Runde, um sich von jedem Zuhörer mit Handschlag zu verabschieden. Die eine oder andere Münze, sogar ein Schein war dabei, wanderte in die Tasche unter seinem Umhang. Die Hand der jungen Frau mit den blonden Haaren hielt er ein wenig länger fest. Er überlegte kurz, ob er es wagen konnte, sie um ein Rendezvous zu bitten, ließ es aber bleiben. Er meinte, die vernichtenden Blicke der Nörgeltante in seinem Nacken zu spüren. Sie saß mit zwei anderen Personen, denen er noch die Hand schütteln wollte, auf der Mauer.

»Iiiih, was ist das denn?«, rief sie auf einmal und sprang auf die Füße. »Mein Rock ist ganz nass.« Sie griff sich an den Po, nahm die Hand nach vorn und betrachtete sie angewidert. »Ich schwöre, die Reinigung werden Sie mir bezahlen«, drohte sie und trat mit ausgestreckter Hand auf Olaf zu. Er griff nach der Laterne und beleuchtete ihre Finger. Sie waren blutverschmiert.

»Ich glaube, auf der Rechnung bleiben Sie sitzen. Das gehört auf keinen Fall in mein Programm.«

2

Was soll die Lüge, dachte die hübsche junge Frau mit den schulterlangen Haaren, natürlich gehört das Blut auf der Mauer zum Abendprogramm, wem will er das Gegenteil weismachen? Nur hat er vermutlich nicht damit gerechnet, dass sich jemand hineinsetzt und auch noch Schadenersatz verlangt. Hanni Busboom mochte darauf wetten, dass der Typ dahintersteckte, den sie während der Tour ein paarmal zwischen Dünen oder hinter Häuserwänden entdeckt hatte. Mit Sicherheit Olaf Kerns Kompagnon.

Zum ersten Mal hatte sie den Mann gesehen, als die komplette Truppe vor dem Kaap stand, den Rücken dem Nordstrand zugekehrt. Olaf Kern sprach von Deserteuren, die angeblich an dieser Stelle ihr Leben ließen. Genau in dem Moment hatte sie sich umgewandt und einen dunklen Haarschopf hinter einer Düne verschwinden sehen und beobachtet, wie die Person einen Bogen machte, vermutlich um die Gruppe zu überholen. Kurz kam ihr der Gedanke, dass der Mann bemerkt werden *wollte*, so auffällig unauffällig verhielt er sich, doch das passte schlecht zum Abendprogramm. Von dem Augenblick an hatte sie aufmerksam die Umgebung betrachtet. Als die Gruppe auf dem Drinkeldodenkarkhof stand, hockte er ganz eindeutig hinter einem Busch. Danach war er im Laufschritt und in großer Entfernung zur Gruppe im Dämmerlicht an ihnen vorbeigehuscht. Nachdem er am Kaap für den Knall und den brandigen Geruch gesorgt hatte, war sie gespannt gewesen, was noch alles folgen würde. Sie musste zugeben, der Kommentar der Frau in Sandalen hatte genau ins Schwarze getroffen. Was immer er angezündet hatte, es roch nach chinesischem Kramladen. Hanni hatte begonnen, sich zu amüsieren. Ob die beiden Männer genügend Phantasie besaßen und ausreichend Tricks in petto hatten, um den Leuten das Gruseln beizubringen?

Beinahe wäre er auch von anderen Teilnehmern der Führung bemerkt worden. Am Drinkeldodenkarkhof hatte die ständig nörgelnde Teilnehmerin zum Busch hinübergeschaut, hinter dem er hockte. Hanni gelang es, sie anzustoßen, sonst hätte sie den Mann entdeckt. Beim »Aua« sah Hanni den dunkelhaarigen Mann, dessen Gesicht im Mondlicht kurz aufblitzte, im Dunkel verschwinden. Sie schätzte ihn auf Anfang bis Mitte dreißig.

Ab dem Zeitpunkt war das Helferlein des Geisterführers unsichtbar geblieben. Sosehr Hanni sich auch anstrengte, sein nächstes Versteck auszumachen, sie konnte ihn nirgends mehr entdecken. An der Grundschule hatte sie den Eindruck gehabt, dass Olaf Kern auf etwas wartete. Vielleicht war an dieser Stelle eine Aktion geplant gewesen, die dann nicht stattfand. Womöglich hatte Olafs Partner mitbekommen, dass sie ihn bemerkt hatte, und sich zurückgehalten, um nicht komplett aufzufliegen. Doch wozu das Blut auf der Mauer, wenn dann keine passende Geschichte dazu vom Geisterführer kam?

Mit dem Gedanken ging Hanni nach Hause.

Als sie am Morgen aufwachte, sprang sie gut gelaunt aus dem Bett, zog die gleichen Kleider wie gestern an, machte Katzenwäsche und verließ die Ferienwohnung, um frische Brötchen zu holen. Wenige Schritte vor der Bäckerei blieb sie stehen. Der Unbekannte von gestern Nacht kam eben aus dem Geschäft. Er bemerkte sie nicht. Hanni musste nicht lange überlegen. Die »Stutjes«, wie die Borkumer zu Brötchen sagten, konnte sie auch später kaufen. Sie folgte ihm, bis er in der Fußgängerzone ein Ladengeschäft betrat. Unschlüssig wartete sie ein paar Minuten, aber er kam nicht wieder heraus, also sah sie durchs Schaufenster hinein. Der Verkaufsraum war leer. Er musste in einem Hinterzimmer verschwunden sein. Demnach war das entweder sein Laden, oder er war hier angestellt. Hanni trat einen Schritt zurück und las den Namen: »Fachgeschäft für Magie«.

»Dinge, die die Welt nicht braucht«, murmelte sie beim Anblick der Auslagen. Fremdartig wirkende Karten- und Brettspiele, Steine in allen Farben und Größen, Kerzen, Räuchertöpfe, Tonfiguren, Heftchen und Bücher, die alle Magie zum Thema hatten.

Nach kurzer Wartezeit wurde ihr klar, dass er vermutlich nur nach vorn in den Laden zurückkommen würde, wenn Kundschaft auftauchte. Weil sie diese Kundin auf keinen Fall sein wollte und weil ihr Magen knurrte, entschied sie sich, endlich die Brötchen zu kaufen.

Sie würde wiederkommen, ihr Interesse war geweckt. Ist sicher spannend, dachte Hanni, einen Mann, der ein Faible für Übersinnliches hat, kennenzulernen.

»Wie war es gestern Abend?«, fragte Hannis Mutter und nahm ihr die Stutjes ab.

»Ja, erzähl«, forderte auch Wiebke, Hannis jüngere Schwester.

Beim Decken des Tisches berichtete Hanni von der Geisterwanderung.

»Cool, da wäre ich gern dabei gewesen«, sagte Wiebke.

»Blut auf der Mauer?«, fragte Gesche Busboom. »Und dieser Olaf bestand darauf, dass es nicht zum Programm gehörte? Sag bloß kein Wort davon deinem Vater.«

»Du meinst, er wittert sofort ein Verbrechen?«

»Natürlich tut Papa das«, sagte Wiebke. »Schade, dass man dem Blut nicht ansehen kann, ob es menschliches ist.«

»Sonst würdest du auf der Stelle nachsehen, Wiebke, stimmt's?« Hanni winkte ab. »Lass es sein. Ist vermutlich von einem Tier, das ein Raubvogel erlegt hat.«

»Dann wären Überreste zu sehen gewesen«, sagte Gesche Busboom nachdenklich. »Hast du welche gesehen?«

»Keine Federn, kein Fell, keine Knochen«, versicherte Hanni.

»Das konntest du im Dunkeln erkennen?« Wiebke kniff lauernd die Augen zusammen, und Hanni lachte auf.

»Du klingst schon genauso wie Papa, wenn er Übles wittert.«

»Wer wittert was?«, fragte Focko Busboom, betrat die Küche und gab seinen Töchtern einen Kuss auf die Wange.

»Du den Kaffee«, sagte Gesche. »Du kommst genau richtig, das Frühstück ist fertig.« Sie wechselte einen Blick mit ihren Mädchen. Wir sind uns einig, bedeutete er, kein Wort zu Papa. Wir machen hier Urlaub, also erwähnt niemand das Blut auf der Mauer.

***

»Erst verpasst Vittorio den Einsatz hinter der Grundschule, und dann versaut er auch noch einer Kundin die Klamotten.« Olaf nahm die Scheibe Brot entgegen, die seine Mutter ihm geschmiert hatte. »Ich wüsste gern, warum er Blut auf die Mauer geschmiert hat.«

»Warum lässt du dich auf diesen Typen ein? Ich habe dir gleich gesagt, der Kerl taugt nichts.« Therese Kern verzog abschätzig den Mund.

Seine Mutter hatte recht. Seit Vittorio sich in die Geistergeschäfte reindrängte, entwickelte sich für Olaf alles zum Nachteil. In finanzieller Hinsicht stand er vorher besser da, weil alles, was er bei den Geisterwanderungen einnahm, in seine eigene Tasche geflossen war.

»Bleib allein in deinem Geschäft. Was tut der schon für dich? Er sagt, er hilft dir bei den Geisterwanderungen. Pah. Nur Ärger macht er. Sieh zu, dass du ihn loswirst.«

Olaf nickte und senkte den Kopf, doch seiner Mutter konnte er selten etwas vormachen.

»Was?«, fragte sie. »Mischt der etwa auch bei den geführten Wanderungen zu den Seehundsbänken mit?«

»Nein, Mama.«

»Dann bei den Strandgutwanderungen?«

Olaf schüttelte den Kopf. Die Führungen mit den Touristen am Wellensaum entlang, bei denen er den Leuten erklärte, was das Meer so alles anspülte, interessierten Vittorio nicht. Ebenso wenig wie die gelegentlich durchgeführten Wattwanderungen. Die bot Olaf an, obwohl er dafür keine Zulassung besaß. Die Prüfung bei einer staatlichen Behörde, deren Bestehen erforderlich war, um Menschen ins Watt begleiten zu dürfen, hatte er nie abgelegt. Olaf vertrat die Meinung, das sei nur Geldschneiderei der Ämter. Er konnte auch ohne öffentlich anerkanntes Zertifikat Leute ins Watt führen. Schließlich kannte er sich in der Gegend bestens aus und wusste, wo die lebensgefährlichen Stellen waren.

»Na, dann ist ja gut.« Therese Kern ging zum Kühlschrank und stellte die Tupperdose mit dem Käse hinein. »Sieh zu, dass du den Kerl loswirst«, wiederholte sie. »Der bringt nur Unglück.«

Olaf nickte.

»Und halt deine Phantasie im Zaum. Es ist schlecht fürs Geschäft, wenn du dir die Gruselgeschichten ausdenkst. Bleib bei der Wahrheit.« Sie lachte. Beide wussten, dass die Wahrheit langweilig war, es sei denn, man bog sie ein wenig zurecht.

»Mach ich, versprochen. Obwohl …«

»Ja?«

»Für die Stammgäste ist es interessanter. Die wollen nicht immer die gleichen Geschichten hören.«

»Wollen sie wohl, sonst würden sie kaum wiederkommen.«

Da hatte sie auch wieder recht.

»Du kennst die Gefahr?«

»Welche?«, fragte Olaf, obwohl er ahnte, was sie meinte.

»Je öfter du eine Lüge erzählst, umso eher glaubst du selbst an das, was du dir ausgedacht hast.«

»Aber die Menschen möchten an Gespenster glauben.«

Genau das hatte auch Vittorio Garanca vor einigen Monaten zu ihm gesagt und festgestellt: »Mein Gewerbe ist ähnlich wie deines, wir sollten uns zusammentun.«

»Ich weiß nicht«, hatte Olaf erwidert, sich dann aber überreden lassen, weil Vittorio ihm so vieles versprochen hatte.

»Pass auf den Garanca auf«, warnte ihn seine Mutter erneut. »Ich habe den Verdacht, dass er dich betrügen will.«

»Meinst du!«, widersprach Olaf lahm.

»Natürlich. Wo bleiben denn all die neuen Geschäftsvorschläge, mit denen er dich geködert hat?«

»Da wären zum Beispiel die Geisterbeschwörungen. Die bringen das ganz große Geld, sagt Vittorio.« Die ebenfalls geplanten schwarzen Messen verschwieg er seiner Mutter lieber.

»Mag sein. Aber erstens habt ihr noch keine gemacht, und zweitens hast du mit Beschwörungen nichts am Hut. Das kann gefährlich werden. Also lass es bleiben.«

Olaf schwieg.

»Ich möchte wetten, dass Vittorios Chefin keine Ahnung hat. Die weiß garantiert nicht, dass ihr Angestellter anfängt, ihr Konkurrenz zu machen. Womöglich sollte ich mal mit der Dame reden.«

Gar kein schlechter Gedanke. Sollte Madame Jasmin, die Besitzerin des »Hokuspokusladens«, wie seine Mutter das Fachgeschäft für Magie immer nannte, davon erfahren, würde sie es bestimmt verbieten, und er wäre Vittorio los.

»Lass die Finger von den Beschwörungen«, wiederholte Therese Kern. »Davon hast du keine Ahnung. Nun mach nicht so ein Gesicht, mein Schatz. Ja, wenn es um den Klabautermann geht, da kannst du mitreden. Der passt zu uns und zu Borkum. Das hat Atmosphäre. Oder die wunderbar blutrünstigen Legenden vom Schwarzen Rolf. Wie er beim Entern der Schiffe schon auf der Reling stehend dem ersten Mann den Kopf abschlägt. Das erzählst du so gut, da laufen selbst mir Schauer über den Rücken. Aber echte Geister wirklich und wahrhaftig heraufbeschwören! Nein, mein Junge, das lass bleiben. Viel zu gefährlich.«

Olaf schwieg. »Das kannst du alles lernen«, hatte Vittorio gesagt. Aber das erzählte er seiner Mutter nicht. Ebenso wenig erwähnte er Vittorios Versicherung: »Was dein Geschäft braucht, ist Aktion. Die Leute sind bereit, für mehr Grusel auch viel mehr Geld auszugeben. Ihnen sollen die Haare zu Berge stehen. Sie müssen eine Gänsehaut bekommen und sich vor Angst in die Hose pinkeln. Und wenn sie sich nass machen«, Vittorio hatte breit gegrinst, »hast du gewonnen. Verstanden?«

Olaf starrte seine Mutter an.

»Was ist?«, fragte sie. »Du siehst aus, als hättest du eines deiner Gespenster gesehen.« Sie lachte so laut, dass Olafs jüngere Geschwister angelaufen kamen.

»Wir wollen mitlachen«, forderten sie. Doch Olaf war anders zumute.

»Was ist, wenn das Blut auf der Mauer von ihm stammt?«

»Du erwähntest schon, dass du glaubst, er hätte es dorthin geschmiert.« Therese Kern wischte sich mit dem Handrücken eine Lachträne aus dem Gesicht.

»Nein, Mama. Ich meine, was, wenn es sein eigenes ist.«

»Dann bist du ihn los.«

Seine Mutter dachte eben immer praktisch.

3

»Hast du dir was Hübsches gekauft?« Gesche Busboom deutete auf Hannis Einkaufstüte.

Hanni fühlte sich, als wäre sie bei etwas Verbotenem erwischt worden. Vor ihrer Mutter war kein Geheimnis sicher. Zu Gesches Verteidigung musste Hanni zugeben, dass diese die Heimlichkeiten ihrer Töchter stets vertraulich behandelte. Hanni ließ die Schultern sinken und schenkte ihrer Mutter ein halbherziges Lächeln. Sie zog einen Karton aus der Plastiktüte heraus.

»Ein Spiel?«, fragte Gesche Busboom. »Ouija? Noch nie davon gehört.«

»Man spricht es ›Uiedscha‹ aus. Wie das französische ›Oui‹ für ›Ja‹, gefolgt von einem ›Dscha‹. Auf Deutsch heißt es Hexenbrett.«

»Ach, das kenne ich. Das ist das Spiel mit den kleinen schwarzen Plastikhütchen und den Würfeln.«

Hanni erkannte, dass sie auf den Arm genommen wurde, und lachte. »Mama, das ist kein ›Fang den Hut‹. Ouija ist was für Erwachsene.«

»Ich weiß, mein Schatz. Warum hast du es gekauft?«

»Das möchte ich zu Hause mit meinen Freundinnen ausprobieren.«

»Aha. Angeblich kann man dadurch mit Verstorbenen reden.«

»Mag sein.«

»Klingt gefährlich. Mit wem, in Gottes Namen, willst du überhaupt sprechen? So viele Menschen, die jetzt tot sind, kennst du doch gar nicht.«

»Mit Oma zum Beispiel.« Hanni knüllte die Plastiktüte zusammen und wollte sie Gesche geben. Die nahm stattdessen den Karton.

»Darf ich es anschauen?«

Ehe Hanni antworten konnte, ging sie schon mit dem Spiel unter dem Arm in die Küche und setzte sich an den Tisch.

»Okay, meinetwegen. Mach es auf«, sagte Hanni.

Wie sich die Zeiten doch änderten. Noch vor wenigen Jahren war sie diejenige gewesen, die alles als Erste auspacken wollte.

Gesche Busboom löste die Folie von der Pappschachtel, zerknüllte sie und warf sie achtlos in den Mülleimer. Dann hob sie den Deckel vom Spielekarton, legte ihn zur Seite und griff hinein. Fast andächtig nahm sie ein zusammengeklapptes Pappbrett und ein weißes, herzförmiges Plastikteil mit einem Loch in der Spitze heraus. Sie faltete das Spielbrett auseinander, legte es auf den Tisch und strich mit den Händen darüber, als wollte sie Bügelfalten aus dem dicken Papier herausstreichen. In der linken oberen Ecke war eine Sonne zu sehen, in der rechten ein Halbmond. Neben der Sonne prangte ein »Yes«, beim Mond ein »No«. Dazwischen waren unter dem in Großbuchstaben geschriebenen Namen »OUIJA« in zwei leicht gebogenen Reihen die Buchstaben des Alphabets abgedruckt. Auf der anderen Seite, am unteren Spielbrettrand, waren die Zahlen von Eins bis Null zu lesen. Darunter stand »Goodbye«.

»Wo gibt es denn so etwas?«

»Im Fachgeschäft für Magie in der Fußgängerzone«, sagte Hanni.

Gesches linke Augenbraue ruckte in die Höhe, ein Zeichen dafür, dass etwas sie amüsierte. »Und wieso warst du da? Hat dich der gestrige Abend auf den Geschmack gebracht?«

Hanni schnaufte und schwieg.

»Raus mit der Sprache, oder geht es mich nichts an?«

»Heute Morgen beim Bäcker habe ich den Mann von gestern wiedergesehen, den, der für Olaf Kern die Tricks gemacht hat, und bin ihm bis zu dem Laden gefolgt. Er ging rein, ist aber nicht mehr herausgekommen. Also bin ich gerade eben noch mal hingegangen.«

Gesche nickte. »Dann arbeitet er in dem Geschäft?«

»Keine Ahnung, ich vermute schon. Es war nur eine Frau da.«

»Du wirst es herausbekommen.« Sie nahm das herzförmige Plastikteil und legte es in die Mitte des Brettes. »Was nun?«

Hanni wusste, das Thema »geheimnisvoller Mann« war vorerst abgeschlossen. Sie war ihrer Mutter dankbar, dass sie sie nicht nach dem Grund für ihr Nachspionieren fragte. Sie hatte selbst keine Erklärung dafür.

»Du musst leicht die Zeige- und Mittelfinger darauflegen.«

Gesche tat wie befohlen, Hanni setzte sich und legte ihre Finger daneben.

»Und nun?«

»Nun sollte es in Bewegung kommen. Aber vorher muss man eine Frage stellen, erst dann kann es losgehen. Eine dritte Person muss die Zahlen und Buchstaben, über denen das Plastikteil stehen bleibt, aufschreiben. Wiebke!«, rief Hanni.

»Sie wollte in den Reitstall.«

»Na toll, dann stinkt nachher wieder die ganze Wohnung nach Pferd. Seit wann interessiert sie sich für Sport?«

Gesche ließ die Frage unbeantwortet. Sie beugte sich vor und schaute durch das Loch. »Du hast recht.«

»Womit? Dass es nach Gaul riecht?«

»Nein, dass mehrere Personen mitmachen sollten.«

»Lass uns einfach abwarten, was geschieht.«

So saßen die beiden gut eine Minute schweigend da und starrten auf das Brett.

»Das ist doch Humbug«, sagte Gesche, und ihre Augen weiteten sich, da in diesem Moment das Ding über das Brett rutschte.

»Vorsicht, Mama, du drückst zu fest. Du machst das aufgeklebte Papier kaputt. Die Frau im Laden sagte, wenn sich das Papier wellt oder knickt, werden sich die Geister erschrecken und nicht wiederkommen.«

Gesches Finger zuckten hoch. »Das …« Sie bewegte drohend den Zeigefinger und verstummte.

»Was?«

»Ist gefährlich.«

»Das hat die Frau im Laden auch gesagt. Geister sollte man niemals leichtsinnig herbeirufen.«

»Und das tut man, falls das Papier knittert?«

»Keine Ahnung.« Hanni grinste. »Das heißt aber für dich, liebe Mama Hasenfuß, dass du es lieber bleiben lässt.«

»Pah.« Gesche knuffte Hanni leicht an den Oberarm. »Und was sagt die Dame noch?«

»Man soll den Geistern sagen, dass man nur mit ihnen sprechen will. Niemals sollte man die Seelen der Toten darum bitten, dass sie zu einem kommen.«

»Würde mir im Traum nicht einfallen.« Gesche Busboom steckte die Hände in die Hosentaschen, als wollte sie sich so von einem unbedarften Wunsch an die Geister abhalten. »Und dir besser auch nicht.«

»Zumindest Laien sollten das keinesfalls tun.«

»Aha. Und du bist jetzt Experte?«

»Noch nicht. Aber wenn ich Fragen zum Brett habe, darf ich in den Laden zurückkommen.«

»Scheint ja ziemlich kompliziert zu sein.« Gesche schnaufte und stand auf. »Warum in aller Welt verkauft sie dir so ein Teufelszeug, wenn die Nutzung für Laien gefährlich ist?«

»Ich habe behauptet, mich auszukennen. ›Wenn man nach einem Zeichen fragt‹, habe ich gesagt, ›öffnet man eine Tür zwischen der jenseitigen und der diesseitigen Welt und gewährt den Geistern Einlass.‹«

»Wo hast du denn den Quatsch her?«

»Habe ich irgendwo gehört.« Hanni meinte, etwas im Gesicht ihrer Mutter zu erkennen, was selten darin zu sehen war. Gesche wirkte, als habe sie Angst um ihre Tochter und würde gleich mit einem Handstreich das Spiel vom Tisch fegen. »Mama, das ist alles harmlos. Es gibt selbstverständlich keinen wissenschaftlichen Beweis dafür, dass das, was das Hexenbrett schreibt, von den Geistern kommt. Es ist wohl eher das Unterbewusstsein der Benutzer, durch das das Geisterhafte entsteht.«

»Oder man schiebt das Teil absichtlich auf bestimmte Zahlen und Buchstaben, um die Mitspieler zu täuschen. Pack es ein.«

Ein Befehl, dem Hanni sofort folgte.

»Ich hoffe, der Quatsch hat keine Unsummen gekostet.«

»Vierundzwanzig fünfzig. Ein Schnäppchen, wenn man bedenkt, dass es einem auch die Zukunft vorhersagen kann.« Hanni versuchte, fröhlich zu klingen.

Nur gut, dass sie nichts von ihren Plänen für heute Abend erwähnt hatte. Sie verspürte keine Lust auf weitere Warnungen. Die erste Übungsstunde mit dem Pendel wollte sie ungestört genießen.

4

Bernhard Kutschbauer umrundete die Hausecke und blieb überrascht stehen. Fast wäre ihm ein »Ach du Schreck« herausgeflutscht. Im Garten seiner Tanten stand eine nackte Person. Sie war offensichtlich weiblich und von Kopf bis Fuß mit brauner Farbe angemalt. Weiße Striche im Gesicht und Kreise auf Armen und Beinen hoben sich leuchtend von dem erdfarbenen Untergrund ab. Unter all der Farbe erkannte Bernhard Kutschbauer einen ihm vertrauten Menschen.

»Moin, Tante Dini«, grüßte er. »Heute ist es für so viel Freizügigkeit aber etwas zu kalt. Wo ist deine Unterwäsche?«

»Junge, du bist immer so verklemmt. Abstreiten hilft nichts, ich höre es an deiner Stimme. Als ob du noch nie eine nackte Frau gesehen hättest.«

Bernhard Kutschbauer hatte mit Ende dreißig mehr unbekleidete Frauen gesehen als manch anderer in seinem Alter. Bevor er Ariana Peters begegnet war, hatte er in jeder Sommersaison eine neue Liaison gehabt. Oft gleich mehrere kurz hintereinander, und wenn es richtig gut lief, zwei Liebschaften gleichzeitig. Diese Zeiten waren inzwischen vorbei. Seit bald drei Jahren lebte er mit Ariana zusammen und war der treuste Kerl unter Borkums Sonne. Aber er war erwiesenermaßen alles andere als prüde. Allerdings – wer sah schon gern seine fünfundsiebzigjährige Lieblingstante nackt, ohne sich dabei beklommen zu fühlen?

Er hob eine Hand vor die Augen und senkte den Kopf, damit Dini Woltjer sein schiefes Grinsen nicht bemerkte. »Ist Tante Maria auch da?«, fragte er.

»Sie ist im Haus.«

Kutschbauers Tanten Dini Woltjer und Maria Kutschbauer lebten in einer Wohngemeinschaft und waren das, was man landläufig als alte Jungfern bezeichnete. Doch jeder, der zumindest Dini näher kannte, wusste, dass sie alles andere als langweilig oder gar spießig war. Kutschbauers Tante Maria, seine Verwandte väterlicherseits, entsprach schon eher diesem Typus. Sie war eine unscheinbare, altmodische Frau. Tante Dini, Bernhard Kutschbauers Tante mütterlicherseits, war das komplette Gegenteil. Böse Zungen auf der Insel behaupteten, Dini Woltjer fehlten ein paar Schrauben im Oberstübchen. Aber intolerante Menschen gibt es überall. Sie ließen sich von ihrer äußeren Erscheinung täuschen und übersahen, dass Dini intelligent, experimentierfreudig, modern und selbstbewusst genug war, um ihre Spleens auszuleben. Sie schadete niemandem, wenn sie nach ihrer momentanen Stimmung verkleidet durch die Straßen lief. Dinis Aussehen variierte nach Laune. Von konservativ bieder bis hochmodern und ausgeflippt war alles dabei. Oftmals ahmte sie einen bestimmten Stil oder eine ganze Ära nach. Die Spannbreite ihres Kleiderfundus reichte von Madame Butterfly über Gruftilook bis hin zur Flower-Power-Batik-Kleidung. Wenn sie unauffällig daherkam, musste man sich Sorgen machen.

Die Gerüchte, die sich um Tante Dini rankten, wurden auch dadurch befeuert, dass sie als junge Frau für einige Monate einfach von der Insel verschwunden war. Manch einer behauptete, sie wäre im Himalaja von einem Yeti entführt worden, andere vertraten die Ansicht, sie sei während dieser Zeit eine amerikanische Agentin im Nahen Osten gewesen. Die Mata Hari der fünfziger Jahre. Was Dini damals wirklich gemacht hatte, wusste vermutlich nur Maria. Bernhard Kutschbauer hütete sich, seine Tante danach zu fragen. Vielleicht fürchtete er auch die Wahrheit.

»Was treibt dich so fruh zu uns?«

»Ein Fahrraddiebstahl, gleich hier um die Ecke. Ich dachte, vielleicht kann ich ein Tässchen Tee bei euch bekommen.«

»Hast du den Fall gelöst?«

»Natürlich.«

»Dann steh nicht wie angewurzelt da. Geh ins Haus und sag Maria, sie soll Teewasser aufsetzen.«

Er hörte das Geräusch eines sich zuziehenden Reißverschlusses und nahm die Hand herunter. Tante Dini war wieder bekleidet, sie hatte sich einen seidigen Hausmantel mit aufgestickten Kolibris übergezogen. »Verrätst du mir, wieso du so vollgeschmiert bist?«

»Es hat etwas mit der Verschmelzung von Geist und Materie zu tun. Und bevor du fragst, nein, es ist kein neuer Trend, dem ich nachjage. Im Gegenteil. Den gibt es schon lange. Er ist nur wiederentdeckt worden.«

»Aha, wiederentdeckt. Und von wem?«

»Kennst du nicht, ist unwichtig. Was wichtig ist, ist das Gefühl, das damit einhergeht. Es hat etwas mit einer Figur in einigen Traumzeitvorstellungen zu tun. Dazu braucht es eine vernünftige Einstellung. Ich bin der Meinung, da sollte man so aussehen, wie diejenigen aussehen, die es gewissermaßen erfunden haben.«

»Und wer sind die?«

»Die australischen Ureinwohner.«

»Aha«, wiederholte Kutschbauer.

»Ich sage dir, sich beispielsweise wie eine Schlange durch den Garten zu schlängeln, um alles einmal aus dieser Perspektive zu sehen, tut enorm gut. Bei Stress zum Beispiel.«

»Als ob du jemals Stress hättest.«

»Ich beuge eben vor. Sich dabei wie ein Aborigine zu fühlen, in die Figur quasi geistig wie physisch hineinzuschlüpfen, hilft ungemein. Solltest du auch probieren. Aber du verkleidest dich ja selten, wenn man von deiner Polizeiuniform mal absieht.«

»Aborigines tragen heutzutage genauso stinknormale Klamotten wie wir, die sind nicht nackt.«

»Du klingst wie Maria. Die ist auch immer so spießig. Jetzt mal im Ernst, versuch es einfach.«

Kutschbauer stellte sich vor, wie er in Stresssituationen Dinis Ratschlag befolgte und mit angemaltem Körper, nackt wie Gott ihn schuf und nur mit seiner Uniformmütze auf dem Kopf, einem Kriminellen nachjagte. Oh, bei der Verbindung von Geist und Materie könnte er dann vermutlich fliegen. Er schüttelte den Kopf. Undenkbar.

»Ich sehe schon, das ist nichts für dich. Geh ins Haus«, forderte Dini ihn auf. »Und überlass die australischen Traumzeiten mir.«

Kutschbauers Blick fiel auf eine Hängematte, die zwischen zwei Bäumen gespannt war.

»Seit wann habt ihr die?«

»Schon ein paar Tage.«

»Willst du etwa darin dein nachmittägliches Nickerchen machen?«, fragte er. »Nachher beklagen sich noch die Nachbarn.«

»Weil ich nackt bin?«

»Weil du schnarchst.«

»Bernhard«, mahnte sie und kniff ihm in die Wange. »Etwas mehr Respekt, wenn ich bitten darf.« Ihr Tadel verpuffte unter einem Lächeln. Mit einer fahrigen Handbewegung wuselte sie ihm durch die Haare. Fehlte nur noch, dass er einen Klaps auf den Po bekam, damit er endlich ins Haus ging.

»Woher kommt die Idee mit den Traumzeiten? Australien ist weit weg.«

»Aber der Laden für Magie in der Fußgängerzone ist nah. Da findet man tolle Angebote, natürlich nur für diejenigen, die sich für Spiritistisches interessieren. Heute Abend nehme ich an einem Seminar zum Pendeln teil.«

»Aha«, konnte Kutschbauer nur wiederholen. »Weiß Maria das schon?«

»Nein, und ich wäre froh, wenn es dabei bliebe. Es bereitet ihr nur Sorgen.«

Kutschbauer nickte. »Ich kann nur hoffen, dass die Teilnehmer des Kurses ein wenig mehr am Leib tragen werden.«

Er hatte keine Lust, Beschwerdeprotokolle über braun angemalte Nudisten, die in der Fußgängerzone Ringelreihen tanzten, schreiben zu müssen. Das sagte er ihr.

»Papperlapapp. Was du so denkst. Das hier mache ich nur für mich allein. Im Kurs sind alle bekleidet.«

»Na, da bin ich ja beruhigt.«

»Außerdem hat Pendeln nichts mit Australien zu tun.«

»Das weiß ich auch. Aber wie kommst du von Traumzeiten zum Pendeln?«

»Beides scheint eine Verschmelzung von zwei wichtigen Prinzipien zu sein. Die Einheit von Geist und Materie.« Sie begann mit einigen Dehnübungen.

»Na denn.« Er zog die Hintertür auf und prallte fast mit Maria zusammen.

»Huch, mein Junge«, stieß sie hervor. Eine Hand fuhr hoch zu ihrem Haarknoten, als hätte der Beinahe-Zusammenstoß die Frisur ruiniert.

»Moin, Tante Maria.« Er küsste ihre Wange. »Du siehst gut aus.« Ein ernst gemeintes Kompliment. Marias Wangen hatten einen leichten roten Schimmer, und die Blümchenbluse war mal nicht bis zum Hals zugeknöpft. Über dem schwarzen Rock trug sie heute auch keine Kittelschürze. »Ist das da etwa Lippenstift?«, neckte er sie.

Maria strich mit dem Handrücken über ihren Mund und sah dann auf ihre Finger, als wolle sie überprüfen, ob ihr jemand ohne ihr Wissen Farbe auf die Lippen geschmiert hatte. »Du sollst deine alte Tante nicht necken.«

»Wer ist hier alt?«

Sie lächelte und deutete in Richtung Garten. »Ich habe Angst, dass die Nachbarn sich beschweren.«

»Tun sie nicht, es sei denn, sie steigen auf eine Leiter und schauen über die Hecke.«

»Oder oben aus dem Fenster. Ach, was soll's. Komm rein, es gibt Tee. Ich wollte eben Dini rufen.«

»Ich sag es ihr.«

»Nein, warte einen Moment. Ich will vorher mit dir sprechen. Ich mache mir Sorgen.« Sie fasste seinen Arm und zog ihn in die Küche.

»Ach, wegen dem bisschen Nackedei. Die Wagners sind tolerante Menschen. Allerdings, bei den Hoffmanns weiß man nie, wie sie reagieren.«

»Lass doch die Nachbarn. Ich sorge mich um Dini.«

»Das ist vergebliche Liebesmüh, Tante Maria. Du weißt

doch, wie sie ist. In wenigen Stunden kann der Spuk schon wieder vorbei sein, und sie hat andere Interessen. Traumzeit ist jetzt, heute Abend geht sie pendeln, und morgen sieht die Welt schon wieder ganz anders aus.« Ups, jetzt hatte er es verraten.

»Pendeln? Sie will pendeln? Da siehst du es. Sie trägt all ihr Geld in die Fußgängerzone zu Madame Jasmin. War ja nur eine Frage der Zeit, bis jemand daherkommt und Dinis Verrücktheiten ausnutzt.«

»Wer ist Madame Jasmin?«

»Sie betreibt den Hokuspokusladen in der Franz-Habich-Straße und scheint auf die Anrede ›Madame‹ großen Wert zu legen. Möchte wetten, dass sie Frankreich niemals auch nur aus der Nähe gesehen hat. Im Laden verkauft sie all diesen Spökenkram, Tarotkarten, Traumfänger, Glücksbringer. Würde mich nicht wundern, wenn es da echte Schrumpfköpfe zu kaufen gibt. So wie damals bei Heinz Lübberstedt, als der noch seine Tierausstopferei hatte, oben in der Bismarckstraße. Du erinnerst dich? Ach, was rede ich. Das war vor deiner Geburt.«

Kutschbauer erinnerte sich nicht, er hatte von Lübberstedts Laden allerdings schon oft gehört und einige alte Fotos gesehen. Wie der Name »Tierausstopferei« bereits vermuten ließ, hatte es dort Kuriositäten zu erwerben gegeben, die man heute kaum noch besitzen, geschweige denn damit handeln durfte. Ausgestopfte Krokodile, zu Jacken, Stiefeln oder Schlüsselanhängern verarbeitetes Seehundfell, Muscheln, die inzwischen auf der Roten Liste standen, getrocknete Seeigel, Haifische und vieles mehr. Eben auch echte Schrumpfköpfe, deren Augen und Mund zugenäht waren. Kutschbauer konnte sich vorstellen, wie es in dem Laden gestunken haben musste.

»Bei Madame Jasmin«, kam Maria auf das eigentliche Thema zurück, »kannst du dir die Zukunft in vielen Formen vorhersagen lassen. Handlesen, Pendeln, Tarotkarten. Sie lässt dich metaphysisch in eine Parallelwelt absinken oder mit der Regenbogenschlange verschmelzen. Was immer das auch sein mag.«

»Du bist ja gut informiert.«

»Alles Dinis Worte. Auf jeden Fall ziehen sie dir da ordentlich das Geld aus der Tasche. Der Frau solltest du auf die Finger schauen.«

»Regenbogenschlange? Verkauft sie lebende Reptilien?«

»Keine Ahnung, da musst du Dini fragen. Beim Frühstück sprach sie davon, dass so eine Schlange in irgendetwas eine zentrale Figur darstellt. Womöglich machen die dort ja Schlangenbeschwörungen. Mit giftigen Kobras, die nach einer monotonen Musik aus einem Korb aufsteigen.« Maria ahmte mit den Händen die Bewegung eines Flötenspielers nach. »Pfui Teufel. Du weißt, ich hasse alles, was Schuppen hat und glitschig ist. Das eine sage ich dir, so ein kaltes, glibberiges Reptil kommt mir nicht ins Haus.«

Kutschbauer verzichtete darauf zu erwähnen, dass Schlangen weder kalt noch glitschig waren. Sein Handy klingelte, und er ging ran.

»Ja, verstanden.« Er blickte auf seine Sportuhr. Abgesehen vom Ablesen der Zeit hatte er noch keine der vielen anderen Verwendungsmöglichkeiten ausprobiert. Doch es war ein Geburtstagsgeschenk, deshalb trug er sie. »Ich komme sofort. – Tut mir leid, Tante Maria. Ich muss gehen«, sagte er einen Moment später und steckte das Handy wieder ein. »Es ist dienstlich.«

»Aber du schaust dir den Laden an?«

»Mache ich.«

***

Maria begleitete ihren Neffen zur Hintertür. Dini war im Garten nirgends zu sehen. Maria hoffte, sie habe sich vor dem Teetrinken ins Bad zurückgezogen, um wenigstens Hände und Gesicht von der Bemalung zu befreien.

»Bis bald, mein Junge.«

Sie bekam ihren üblichen Abschiedskuss auf die Wange, doch Bernhard war mit den Gedanken bereits woanders. Als Polizist gibt es Wichtigeres zu tun, dachte sie, als sich um die

Sorgen einer alten Tante zu kümmern. Sein Versprechen würde er halten, aber wann? Das konnte Tage dauern. So lange mochte Maria auf keinen Fall warten. Sie würde die Angelegenheit Spökenkiekerladen daher selbst in die Hand nehmen müssen. Ihr mulmiges Gefühl im Magen verstärkte sich. Sie konnte sich nicht erinnern, im Zusammenhang mit Dinis exzentrischen und oft spontanen Anwandlungen jemals beunruhigt gewesen zu sein. Jetzt dachte sie nur noch daran.

»Ich geh da hin und schau mir den Laden an«, sagte Maria laut zu sich selbst. »Dann werden wir ja sehen, ob dort alles mit rechten Dingen zugeht.«

Sie machte auf dem Absatz kehrt, nahm eine Strickjacke vom Haken, zog sie an und verließ das Haus, ohne Dini Bescheid zu geben. Sekunden später fiel mit einem Quietschen die Gartenpforte hinter ihr zu. Wieder hatte sie vergessen, Bernhard darum zu bitten, es mit ein wenig Öl zu beheben. Sie eilte die Gorch-Fock-Straße hinunter, ging zügigen Schrittes am Strandhotel »Rote Erde« vorbei und passierte die evangelisch-lutherische Kirche. Die Kirchenglocken bimmelten, und sie überlegte kurz, aus welchem Grund. Vermutlich war jemand gestorben. Spätestens am Sonntag beim Gottesdienst würde der Pastor der Gemeinde mitteilen, für wen geläutet wurde. Als sie in die Bismarckstraße einbog und an den bunt bestückten Verkaufsständern des Kaufhauses »Akkermann« vorbeiging, hatte sie die Glocken bereits wieder vergessen. Flüchtig verharrte sie am Ständer mit den Namensbechern und dachte nicht zum ersten Mal daran, einen für sich selbst und einen für Dini zu kaufen.

»Ach was, die stehen nur herum«, murmelte sie und ging weiter. Zum einen tranken sie selten aus Bechern, zum anderen bezweifelte sie, dass es einen mit dem Namen Dini gab.

Als sie den Bahnübergang gleich neben dem Bahnhof erreichte, musste sie anhalten, da eben die historische Inselbahn einfuhr. Maria winkte, als sie den Lokführer erkannte. Sie freute sich, dass der Mann, der als kleiner Junge vor vielen Jahren des Öfteren zusammen mit Bernhard in ihrem Garten gespielt hatte, zurückwinkte. Sie wartete geduldig, bis das rote Warnlicht ausging und der akustische Warnton erlosch, ehe sie die Schienen und die anschließende Straßenkreuzung überquerte. Wie immer konnten einige Leute es nicht abwarten und huschten schon vorher hinter dem Zug über die Schienen.

Eines Tages wird das schiefgehen, dachte Maria. Nämlich dann, wenn ein Zug den Bahnhof verlässt und ein anderer zur gleichen Zeit einfährt. Ein unangenehmer Gedanke. Viele Touristen unterschätzten die gemütlich dahinzuckelnde Bimmelbahn, in der noch vor Jahren ein Hinweisschild mit der Aufschrift »Blumenpflücken während der Fahrt verboten« hing. Erst vor Kurzem hatte eine Frau versucht, im letzten Augenblick auf einen der Waggons aufzuspringen. Sie war abgerutscht und mit einem Fuß unter die Räder gekommen. Der war jetzt vermutlich ab, aber zumindest hatte sie es überlebt, so hoffte Maria wenigstens.

Ganz von dem Gedanken eingenommen, dass es Schlimmeres als Regenbogenschlangen auf der Welt gab, ging sie nun etwas gemächlicheren Schrittes durch die belebte Fußgängerzone. Vor dem großspurig »Fachgeschäft für Magie« betitelten Ladengeschäft von Madame Jasmin blieb sie stehen und betrachtete eine Weile die Auslage. Auf Augenhöhe lagen in einem Schaufensterregal allgemein bekannte Glücksbringer. Daneben Steine in unterschiedlichen Farben, Formen und Größen, Kerzen und Tüten, die anscheinend Salzkristalle enthielten. Die Aufschrift konnte sie ohne Lesebrille schwer entziffern. Sie sah verschieden große Schwerter und daneben einige CDs. Entspannungsmusik, vermutete sie, sofern man von den Cover-Bildern auf den Inhalt schließen durfte.

Zusammen mit einer kleinen Familie betrat sie den Laden und fand Gelegenheit, sich in Ruhe umzusehen, weil der Verkäufer so erst einmal beschäftigt war. Sie nahm hier und da ein Teil aus dem Regal, betrachtete es genau, studierte den Preis und legte es an seinen Platz zurück. Dabei lauschte sie dem jungen Mann, der seiner Kundschaft aufzählte, welchen zusätzlichen Service das Geschäft zu bieten hatte. Die Zukunft mittels

Tarotkarten vorhersagen, Horoskope erstellen und so weiter. »Wann sind Sie geboren?«, hörte sie ihn fragen. »Ende Oktober? Ah, da haben Sie Glück. Der Liebesplanet Venus sorgt aktuell für ein phantastisches Glückshoch und verdoppelt Ihre Lebensfreude. Wenn Sie mehr darüber erfahren wollen, kann ich Sie für eine Sitzung bei Madame Jasmin eintragen. – Nicht? Wir machen auch Traumdeutungen und …« Den Rest konnte Maria nicht verstehen, da er sich abwandte und nach irgendwelchen Papieren griff. Jedenfalls erfuhr sie, dass es zur Wahrnehmung von Einzelsitzungen eines Termins bedurfte und diese in den hinteren Räumen des Hauses stattfanden.

Sie vergaß zu lauschen, als eine Puppenecke ihre Aufmerksamkeit erregte. Hatte sie es doch geahnt, es war noch schlimmer, als sie befürchtet hatte! Zaghaft trat sie näher und betrachtete eine Art Barbiepuppe. Sie war braun angemalt. Auf den dunklen Untergrund hatte man kunstvoll ein Gerippe gepinselt. Jeder einzelne Knochen war zu sehen. Das Gesicht war weiß, die Augen schwarz umrandet – ebenso wie die Nase und die Lippen. Um die Hüften trug die Puppe ein Baströckchen. Maria überlegte, ob es verantwortungslose Eltern gab, die einem Kind so etwas kauften. Wohl kaum. Vermutlich waren die Puppen eher für Erwachsene gedacht. Für welchen Zweck, mochte sie sich gar nicht ausdenken. Auf einem Schild neben der Vitrine konnte sie auch ohne Brille das Wort »Voodoo« entziffern.

Na denn. Unter Voodoo-Puppen hatte Maria sich allerdings immer was anderes vorgestellt. Kleine Stoffpüppchen, grob zusammengenäht, etwa zwanzig Zentimeter groß, mit Knöpfen als Augen.

Und da entdeckte sie sie auch schon. Eine Etage tiefer in dem verschlossenen Glaskasten. Eine lehnte mit dem Kopf auf einer Garnrolle. Um sie herum lagen Stecknadeln, manche steckten in Beinen und Armen und in der Brust. Es gab auch welche aus Wachs. Vermutlich waren sie recht gefährlich, warum sonst lagen sie hinter einer Glasscheibe?

»Wenn Sie eine in die Hand nehmen möchten …«, sagte der

junge Mann, der auf einmal neben ihr stand und sie erschrocken zusammenfahren ließ. »Ich kann gern eine herausnehmen.«

»Oh Gott, bloß nicht.«

Der Verkäufer machte ein Gesicht, als könnte er Marias Bedenken verstehen, und lächelte. »Darf ich mich Ihnen vorstellen? Mein Name ist Vittorio. Vittorio Garanca.«

Er hielt Marias Hand länger als nötig. Sein Händedruck war kräftig, aber nicht hart. Maria durchzuckte für einen kurzen Moment die Einbildung, er würde sie nicht wieder loslassen, sondern sie näher an sich heranziehen. Mit seinen braunen Augen, den langen Wimpern, den hohen Wangenknochen und dem Kinngrübchen erinnerte er sie an eine alte Liebe, die vor fünfzig Jahren nur ihrerseits bestanden hatte und doch niemals vergessen worden war. Der Gedanke daran ließ sie leicht erröten. Ihr Herz pumpte auf allen Zylindern, und sie meinte, Vittorios Augen strahlen zu sehen, als habe jemand den Lichtschalter angeknipst. Reiß dich zusammen, ermahnte sie sich vergeblich. Er ist nur nett und versprüht seinen Charme, weil du eine potenzielle Kundin bist.

»Was kann ich denn Schönes für Sie tun?«

Maria errötete noch mehr und flüsterte: »Machen Sie auch Horoskope für Tiere?« Es war das Erste, was ihr in den Sinn kam, und vollkommen schwachsinnig.

Vittorio Garanca zögerte einen Moment, umschloss dann mit der zweiten Hand die ihre und raunte: »Selbstverständlich.«

Für Maria überstürzten sich die nachfolgenden Minuten, sie wusste kaum, wie ihr geschah.

»Verflixt«, schimpfte sie, als sie den Laden verließ. »Mit Sicherheit wurde ich verhext. Wie konnte ich mich nur so hinreißen lassen – und wo bekomme ich auf die Schnelle einen Border Collie her?«

5

Eine grandiose Idee. Vittorio Garanca, der im wirklichen Leben Peter Kunze hieß, hatte sich fast an seinem Kaugummi verschluckt, als die alte Dame mit ihrem Wunsch herausrückte.

Horoskope für Tiere! Ein irrsinniger, aber lukrativer Gedanke.

»Zehn Uhr am kommenden Dienstagvormittag, passt Ihnen das?«, hatte er sie charmant gefragt, nachdem ihm das Potenzial ihrer Anfrage bewusst geworden war. Dann war Madame Jasmin außer Haus, und ihm blieb ausreichend Zeit, um etwas vorzubereiten.

»Ja, das passt.«

»Wie ist denn Ihr Name?«

»Maria Kutschbauer.«

Er notierte ihn auf einem kleinen Zettel.

»Wie lange dauert so ein Pfotenlesen?«

Vittorio überlegte nur kurz. Horoskoperstellung für Tiere *und* Hand- beziehungsweise Pfotenlesen. Das waren gleich zwei neue Einnahmequellen. »So lange wie bei einem Menschen. Was für einen Hund haben Sie denn?« Seiner Stimme verlieh er einen Klang, als wäre das von besonderer Wichtigkeit.

»Einen Border Collie.«

»Sehr schön. Und kennen Sie sein Geburtsdatum?«

Sie zögerte, anscheinend musste sie kurz nachdenken. »17. März.«

»Dann führen Sie einen Fisch an der Hundeleine durchs Dorf«, rutschte es ihm belustigt heraus. Verdammt. Gut, dass Madame Jasmin noch unterwegs war. Flapsigkeit war ihr ein Dorn im Auge. Nicht jeder Kunde konnte Spaß vertragen. Maria Kutschbauer jedoch nickte und lächelte, sie schien begeistert zu sein, dass er das Sternzeichen des Köters richtig bestimmen konnte.

»Ja, das ist sein Tierkreiszeichen. Wie teuer wird es werden?«

Vittorio nannte eine Summe. Zehn Euro höher als der übliche Preis für ein persönliches Horoskop. »Wenn Sie bitte im Voraus bezahlen würden«, bat er. Auch etwas, was Madame ablehnte. Doch was man hat, das hat man. Eine von Vittorios Devisen.

Sie hatte suchend in ihre Strickjackentasche gegriffen und einen Zehn-Euro-Schein hervorgezogen. Mehr hatte sie nicht dabei. Er nickte gnädig und nahm das Geld. »Weil Sie so charmant sind«, erklärte er, »mache ich eine Ausnahme und nehme dies als Anzahlung.«

Ihr Gesicht hatte geglüht bis zu den grauen Haaren, die stramm nach hinten gekämmt und zu einem Dutt zusammengefasst waren. Ein naives Großmütterchen wie aus dem Bilderbuch. Es würde ein Kinderspiel werden, ihrem Köter etwas von der Zukunft zu erzählen und ihr dann auch noch eine Menge Kohle für Folgesitzungen aus der Tasche zu ziehen.

Innerlich frohlockend hatte er die Tierfreundin hinausbegleitet und sich mit einem erneuten Händedruck von ihr verabschiedet. Verflucht, er hasste feuchte Hände. Während er in der geöffneten Tür stand und in Zukunftsvisionen von klingelnden Kassen schwelgte, rieb er seine Handflächen über den Stoff seiner schwarzen Stoffhose und sah Maria Kutschbauer nach, die in Richtung Norden davonstakste.

Ein hochgewachsener Jugendlicher ging vorbei und starrte Vittorio an. Ein herablassendes Grinsen flog über sein Gesicht. Vittorio kannte und hasste das. Junge Leute schauten spöttisch und gaben vermeintlich witzige Kommentare ab, wenn er die Klamotten anhatte, die Madame Jasmin vorschrieb.

»Wenn Sie im Laden stehen, tragen Sie das«, hatte sie an seinem ersten Arbeitstag gesagt und ihm die mit Goldfäden durchwirkte Weste, die rote Bauchbinde und das blütenweiße Hemd gereicht. »So etwas erwartet die Kundschaft. Es entspricht ihrer Vorstellung vom wahrsagenden Zigeuner. Im Zirkus will man ja auch einen Clown mit angemaltem Gesicht und viel zu großen Schuhen und keinen Comedian in Jeans und T-Shirt sehen.«

Vittorio zwinkerte dem Teenager zu und schnalzte mit der Zunge, was den Jungen aus der Fassung brachte. Er wurde rot, blickte zu Boden und wäre um ein Haar in eine dicke Dame hineingelaufen.

Eine Kundin schob sich grüßend an ihm vorbei und betrat das Geschäft. »Der Kurs für Händelesen«, fragte sie, »ist das was für Anfänger?«

»Aber ja doch«, entgegnete Vittorio. »Ich bin sofort für Sie da.« Er schloss die Ladentür, kehrte hinter den Verkaufstresen zurück und fragte: »Sie interessieren sich also für die Deutung der Zukunft durch Handlesen?« Auch ihr blinzelte er zu, was sie mit einem verlegenen Lächeln und erröteten Wangen quittierte. Vittorio wusste um seine Wirkung auf Frauen.

Mit Schwung beförderte er ein Buch auf den Tresen, öffnete es und fand die entsprechende Seite, ohne die Kundin aus den Augen zu lassen.

»Da haben Sie Glück, am kommenden Dienstag gibt es noch zwei freie Plätze. Gern würde ich Ihnen höchstpersönlich das Handlesen beibringen, doch dieser Kurs wird von Madame Jasmin gegeben. Aber wenn Sie den Anfängerkurs erfolgreich absolvieren, können Sie anschließend den für Fortgeschrittene belegen. Dort werden dann wir beide das Vergnügen haben.« Er schenkte ihr ein weiteres Lächeln, das weder anzüglich noch verwegen wirkte, den Damen zwischen vierzig und achtzig jedoch regelmäßig die Knie weich werden ließ.

Wie erwartet nickte sie, und er mochte einen Fünfziger darauf wetten, dass sie den Anschlusskurs gleich mitbuchte. Dass der auch von Madame gegeben wurde, würde sie noch früh genug erfahren.

»Bitte füllen Sie das Formular aus.« Vittorio schob ein rosa Blatt Papier über den Tresen und legte einen Kugelschreiber dazu. Rosa für Handlesen, Gelb für Sterndeutung, Hellblau für Gespräche mit den lieben Verstorbenen und Rot für Tarotkarten legen.

Nachdem sie beide Kurse im Paket gebucht hatte, verabschiedete sich die Kundin. Vittorio geleitete auch sie zur Tür und stand dann verträumt mit der Klinke in der Hand da und starrte die Straße hinunter.

Horoskope und Pfotenlesen für Tiere. Super Idee. Es gab genügend Touristen und Einheimische, die mehr Geld für ihre vierbeinigen Lieblinge ausgaben als für die eigenen Kinder.

Vittorio spuckte sein Kaugummi aus, weil er Madame Jasmins Hochsteckfrisur zwischen den Fußgängern entdeckte. Er hatte keine Lust auf ihr Gezeter. »Spuck das Zeug aus, wenn du mit den Kunden redest«, hieß es bei ihr immer. »In unserem Gewerbe muss man Seriosität ausstrahlen, sonst laufen die Mandanten gleich davon.« Ja, sie sprach von Mandanten, als wäre sie Juristin. Hielt sich für etwas Besseres. »Anwältin der Seele« nannte sie sich gern, so was Albernes.

»Was stehen Sie da so herum? Haben Sie nichts zu tun?« Madame drängte sich an ihm vorbei, betrat den Laden und ging hinter die Theke. »Gab es etwas Wichtiges?«

»Einen Teilnehmer für den Kurs am Dienstag. Die Frau möchte den Folgekurs allerdings gern bei mir absolvieren. Es wäre daher schön, wenn Sie mich in die Geheimnisse –«

»Sobald Sie so weit sind, Vittorio«, erklärte sie in selbstgefälliger Weise. Wie weit, darüber schwieg sie.

Diese Arroganz nervte ihn. Er würde schon noch dahinterkommen, wie sie es anstellte, den Menschen Vorhersagen zu machen, die dann tatsächlich eintrafen. Es gab einen Trick, da war er sicher. Wie sonst konnte sie den Leuten auf den Kopf zusagen, was sie taten und was sie beschäftigte? Irgendeinen Kniff musste es geben.

»Haben Sie die Kundin das Formular ausfüllen lassen?«

»Natürlich.«

»Wichtig ist dabei die Anschrift der Leute«, belehrte ihn Madame. »Einheimische werden bevorzugt behandelt. Damit will ich sagen, dass Sie zu denen ganz besonders freundlich sein müssen. Drehen Sie diesen Kunden niemals etwas gegen ihren Willen an. Haben wir erst einmal einen schlechten Ruf, geht das auf der Insel rum wie ein Lauffeuer. Denken Sie immer daran, die Insulaner sind diejenigen, die uns an die Gäste weiterempfehlen.«

Immer die gleiche Leier. Dabei kannte er mittlerweile den wahren Grund für das Ausfüllen der Fragebögen. Ein handschriftlich ausgefülltes Formular verriet einem weit mehr über eine Person als nur deren Namen und die Anschrift. Die Schreibweise ließ Deutungen zu. Madame Jasmin zum Beispiel erkannte auf den ersten Blick, ob es sich um einen männlichen oder weiblichen Urheber handelte, was zugegebenermaßen nur bei Kai, Sascha oder anderen geschlechtsneutralen Vornamen von gewisser Bedeutung wäre. Madame wusste anhand der Schrift aber auch das ungefähre Alter zu bestimmen und welche Schulbildung jemand besaß. War der zukünftige Mandant ordentlich, selbstbewusst, kleinlich oder sprunghaft? Würde er Ärger machen? Das alles vermochte Madame Jasmin der Handschrift zu entnehmen. Deswegen legte sie besonderen Wert darauf, dass auch der untere Abschnitt ausgefüllt wurde. Hier sollten die Kunden angeben, was sie sich persönlich von dem Kurs erhofften. So erhielt sie die ersten wertvollen Informationen über ihre Kunden.

Einmal hatte er erlebt, wie sie ein Formular in die Hand nahm und »Oh, oh« sagte. »Mit dem gibt es Ärger.« Und so kam es dann auch.

Die Frau von eben schrieb mit großen runden Buchstaben. Sie wirkten, als entstammten sie einer Vorlage für Schreibschrift aus der Grundschule.

»Aha«, sagte Madame. »Eine gewissenhafte Frau aus Wuppertal.« Letzteres erkannte sie selbstredend nicht an der Schnörkelschrift, sondern an der Adresse. »Sehr gut. Im Urlaub gehen die Leute großzügiger mit ihrem Geld um. Hat sie sonst noch etwas erwähnt?«

Vittorio schüttelte den Kopf. Er würde Madame nicht sagen, dass die Frau ihn gefragt hatte, ob es helfe.

»Hilft? Wobei?«, hatte er gefragt. »Was möchten Sie denn erreichen?«

»Mein Problem ist, dass ich Menschen so schwer durchschaue.« Dabei hatte sie ihn angeblickt, als wäre genau das Gegenteil der Fall. »Ich merke es meistens zu spät, wenn mir jemand etwas Schlechtes will.«

»Und Sie hoffen, das Handlesen könnte Sie vor solchen Gefahren bewahren?«

Auch jetzt grinste er bei der Vorstellung, wie sie einem Fremden zur Begrüßung die Hand schüttelte, diese dann festhielt und herumdrehte, um aus den Handlinien Schlussfolgerungen auf dessen Charakter zu ziehen.

»Was lächeln Sie so dümmlich?«, fragte Madame Jasmin.

»Entschuldigung. Ich habe der Kundin noch versichert, dass sie schon im Anfängerkurs viel lernen wird, weil Sie Ihr Handwerk verstehen und schon Gerhard Schröder aus der Hand gelesen haben.«

»Dem ehemaligen Bundeskanzler?«

Jeder wusste, dass der Altkanzler ein eigenes Haus auf der Insel besaß.

»Welchem Gerhard Schröder«, fügte Vittorio schnell hinzu, »habe ich nicht gesagt. Es ist ja auch ein Allerweltsname.«

Madam schaute ihn lauernd an. Unter ihrem Blick fühlte er sich wie ein Mäuschen, das von einer Katze beobachtet wird.

»Mehr war nicht?«

»Nein, keine weiteren Kunden.«

***

Focko Busboom wanderte barfuß am Wellensaum entlang und ließ das Meer bis an die Knöchel kommen. Anschließend ging er zurück in die Ferienwohnung. Den langen Spaziergang reihte er in die Kategorie Sport ein, denn der Arzt hatte ihm Bewegung verordnet, um seinen Blutdruck in den Griff zu bekommen.

»Guten Morgen, Frau Aggen«, begrüßte er seine Vermieterin, die eben anfing, eine der anderen Ferienwohnungen im Haus zu reinigen.

»Alles in Ordnung, Herr Busboom?«, fragte sie.
»Ja, danke der Nachfrage.«
»Grüßen Sie Ihre Tochter von mir.«
»Welche?«
»Hanni.«
Busboom nickte verwundert. Was verband Hanni mit Frau Aggen, dass sie sie besonders grüßen ließ? Ihm musste die Überraschung anzusehen sein, denn Frau Aggen trat näher und erklärte: »Wie man hört, hat Hanni heute Morgen ein bisschen im Fachgeschäft für Magie gestöbert. Ich interessiere mich auch dafür. Habe mich für heute Abend zu einem Pendelkurs angemeldet. Sie als Kriminalbeamter sehen das bestimmt kritisch. Aber so ein Pendelkurs ist harmlos, da brauchen Sie sich keine Sorgen zu machen. Ganz was anderes als dieses Tischerücken. Nicht dass ich schon an so etwas teilgenommen hätte, aber man kennt das ja aus dem Fernsehen. Da wird einem angst und bange, wenn die da die Geister der Ahnen heraufbeschwören.«
»Aha«, war alles, was Busboom dazu einfiel.
»Ich glaube, das wird in dem Laden für Magie ebenfalls angeboten, doch das ist nichts für mich. Fragen Sie doch mal Ihren Kollegen von der Borkumer Polizei, Herrn Becker. Ich habe gehört, der informiert sich dort regelmäßig über den Stand der Sterne. Sie wissen schon«, sie lachte auf, »damit er weiß, wann er welche Pillen und Pülverchen einnehmen muss. Mondphasen und so. Aber ich rede zu viel. Bis dann, Herr Busboom. Ich muss was tun.« Sie deutete auf die offene Ferienwohnungstür, bückte sich nach einem Eimer und ließ Busboom stehen.
Zurück in der Ferienwohnung fiel Busbooms Blick auf einen bunten Karton. Er nahm den Deckel ab und schaute hinein. Ein Ouija-Brett. Der Anblick bereitete ihm Unbehagen.
Ein seltsamer Zufall.
Focko Busboom mochte keine Zufälle. Im Leben kamen sie zwar vor, doch ihm drängte sich jedes Mal der Gedanke

auf, dass es zwischen den zufälligen Ereignissen einen Zusammenhang geben musste. Wann hatte man es schon innerhalb von zwei Tagen mit Geisterwanderungen, Pendelkursen und Ahnenbeschwörungen, einem guten Bekannten, der seine Gesundheit auf Horoskope aufbaute, und nun einem Hexenbrett direkt oder indirekt zu tun? Selten oder nie.

Wer mochte da noch an Zufall glauben? Er jedenfalls nicht.

***

Trotz ihrer vierundzwanzig Jahre fühlte Hanni sich unbehaglich, weil sie ihrer Mutter etwas verschwiegen hatte. Du kannst tun und lassen, was du willst, dachte sie trotzig, du bist erwachsen. Und dennoch plagte sie das schlechte Gewissen. Erst gestern hatte sie ihren Vater sagen hören, in ihr stecke eine gewisse Dunkelheit. Eine, die sich in den Augen widerspiegelte und die ihm Sorgen bereitete. Wie poetisch Papa sich ausdrückte. Es ging ihr gut, wieso zweifelte er daran? Die Trennung von Thomas vor wenigen Monaten war kein Weltuntergang, und ehrlich gesagt hatte das Zerwürfnis schon lange in der Luft gelegen. Sie seufzte. Papa hatte mal wieder recht behalten. Er hatte Thomas noch nie leiden können. Eigentlich sollte er einen Freudentanz veranstalten. Nun musste er keine Angst mehr haben, ihn als Schwiegersohn zu bekommen.

Versteh einer die Väter. Erst war er gegen den Freund, und nun, da sie ihn hinausgeworfen hatte, fragte er ständig, ob es ihr allein gut gehe. Das nervte.

»Väter müssen so reagieren«, hatte ihre Mutter behauptet. »Zumal wenn sie bei der Kriminalpolizei sind.«

»Aber es ist lästig. Erst wenn ich ihm dreimal hintereinander versichert habe, dass es mir gut geht, nickt er.« Obwohl ihm jeder, der ihn kannte, ansah, dass ihn die Antwort keinesfalls zufriedenstellte.

Auch jetzt kam es ihr wieder so vor, als ginge es bei dem Gespräch, das ihre Eltern gerade führten, um sie.

»Das Hexenbrett«, flüsterte Hanni erschrocken. Sie hatte

es liegen lassen. Sicher hatte er es gesehen und machte sich wieder Sorgen. Typisch Kriminalbeamter – überall witterte er Gefahren. Sie trat etwas näher an die nur angelehnte Tür heran und spitzte die Ohren.

»Erst die Geisterwanderung, jetzt ein Ouija-Brett«, hörte sie ihren Vater sagen. Der Zweifel in seiner Stimme war unüberhörbar. »Als Nächstes will sie noch zur Geisterbeschwörung.«

»Sei froh, dass sie eine Beschäftigung hat. Das bringt sie auf andere Gedanken.«

»Dann gibst du mir recht. Hanni ist deprimiert. Die Trennung geht ihr mehr an die Nieren, als sie uns zeigen will.«

»Focko, du siehst Gespenster.«

»Die sieht eher unsere Tochter. Ein junges Mädchen sollte anderes im Kopf haben als diesen übersinnlichen Kram.«

Gesche seufzte, und Hanni zog sich leise in ihr Zimmer zurück, um gleich darauf laut mit der Tür zu knallen und zu rufen: »Ich bin dann mal weg.«

»Gehst du an den Strand?«

»Klar. Wofür haben wir ein Strandzelt gemietet.« Sie gab beiden einen Kuss auf die Wange.

»Wir kommen nach«, hörte sie ihre Mutter noch sagen, ehe die Ferienwohnungstür hinter ihr zufiel.

Ich bin einfach zu alt, um mit den Eltern in Urlaub zu fahren, dachte sie kopfschüttelnd. Es bestand kein Zweifel, dass ihr Vater ihrem Ferienzeitvertreib auf den Grund gehen würde. Sie mochte wetten, dass er den Esoterikladen genauestens unter die Lupe nahm.

Fünf Minuten später schlenderte Hanni durch die Fußgängerzone. Zu Beginn jeder Saison gab es zwei, drei neue Geschäfte auf Borkum. Viele davon entpuppten sich wie ihre Vorgänger in denselben Räumen schon bald als Eintagsfliegen. Ein Kuckucksuhrenladen beispielsweise gehörte dazu, oder ein Bernsteingeschäft. »Die tanzen nur einen Sommer«, sagte Frau Aggen immer. Logisch. Kuckucksuhren verkaufte man im Schwarzwald und Bernstein an der Ostsee. Wie kamen die Leute nur auf so verschrobene Gedanken? Rechneten die vorher nicht aus, wie viel Umsatz sie machen mussten, um davon leben zu können? Hanni brauchte keine Einzelhandelskaufmannslehre, um das zu wissen.

Aus dieser Warte war es mutig, auf einer norddeutschen Ferieninsel ein Fachgeschäft für Magie zu eröffnen. Aber es schien zu funktionieren. Sie selbst war bereits das dritte Mal hier. Hanni blieb vor dem Schaufenster stehen und betrachtete die Auslage. Besonders die Steine in unterschiedlichen Größen und Farben zogen ihre Aufmerksamkeit auf sich, Lapislazuli, Tigerauge und wie sie alle hießen. Ein Amethyst gefiel ihr besonders.

Sie trat dicht an die Scheibe heran, beugte sich vor und hob die Hände, um die Augen gegen das einfallende Sonnenlicht zu schützen. In dem Moment ging unter Glockengebimmel die Ladentür auf. Die dunkelhaarige Frau, die heraustrat, schenkte Hanni ein freundliches Lächeln. Es war dieselbe, die ihr das Brett verkauft hatte. Hanni war sich nicht sicher, ob sie sie wiedererkannte.

»Kommen Sie doch herein«, sagte die Frau und schob einen Ständer mit Horoskop-Karten an Hanni vorbei auf die Straße.

»Nein, danke. Ich wollte nur mal schauen.«

»Das kann man drinnen viel besser.« Mit dem Fuß drückte sie am Ständer einen Hebel herunter, damit die Räder blockierten. »Es besteht kein Kaufzwang. Sehen Sie sich einfach um.«

Hanni trat ein. Auf dem Tresen häuften sich Kartons mit Horoskop-Karten, aus denen der Ständer soeben frisch bestückt worden war. Die Verkäuferin stapelte sie übereinander und stellte sie vor einer Tür, die vermutlich ins Lager führte, ab. Sie fragte: »Was macht das Hexenbrett?«

»Habe mich noch nicht so intensiv damit beschäftigt.«

»Natürlich. Sie haben es ja erst kurz. Wenn Sie Probleme haben, helfe ich gern. Doch dazu sollten wir einen Termin vereinbaren.«

»Nein, danke«, wiederholte Hanni.

»Als kleine Gratis-Kostprobe könnte ich Ihnen die Karten legen, wenn Sie möchten.«

»Das ist nicht so mein Ding«, sagte Hanni und nahm einen kleinen, vertrocknet aussehenden Kopf in die Hand. Wie hässlich. Er hatte lange Borsten statt Haare, und Hanni überlegte, wer so etwas kaufte und bei sich zu Hause auf die Fensterbank oder ins Wohnzimmerregal stellte.

»Ein Schrumpfkopf. Keine Angst, der ist künstlich«, erklärte die Verkäuferin.

Schnell legte Hanni ihn zurück, wischte die Hand an der Hose ab und wandte sich zum Gehen.

»Warten Sie, drei Karten nur. Alles ganz unverbindlich.«

»Aha.« Man kannte das. Erst wurde man angefüttert, und dann, wenn man mehr wollte, musste man zahlen.

»Weil Sie so traurig wirken.«

Die jetzt auch noch? Verdammt! Im Moment bin ich eher sauer als traurig, dachte Hanni, trat aber dennoch an den Verkaufstresen und sagte: »Also gut. Nur drei Karten, dann gehe ich.«

»Mein Name ist Madame Jasmin«, sagte die Verkäuferin mit einer leichten Verbeugung und überreichte Hanni einen Satz Karten. »Und wer sind Sie?«

»Hanni.«

»Willkommen in meinem Laden, Hanni. In der Hand halten Sie Zigeunerkarten, auch Liebeskarten genannt. Bitte gut mischen und mir zurückgeben.«

Zigeunerkarten. Das passte zu Madame Jasmins Outfit mit dem bunten Rock, dem nach hinten gebundenen Kopftuch und den riesigen Kreolen-Ohrringen. Hanni tat, wie ihr befohlen, und Madame Jasmin nahm die gemischten Karten entgegen. Zuunterst konnte Hanni ein Bild von einem schwarzen Mann mit einem Sack in der Hand erkennen, der durch die Nacht floh.

Madame nahm die oberste Karte vom Stapel und legte sie aufgedeckt auf den Tresen. Abgebildet waren zwei Menschen, die sich auf einer Treppe begegneten.

»Der Besuch«, erklärte Madame Jasmin. »Er steht für etwas Neues.«

Sie drehte die zweite Karte um. Ein nackter Engel mit Pfeil und Bogen, umgeben von roten Herzen auf lila Grund.

»Amor«, sagte Madame und betrachtete Hanni dabei ganz genau.

Hanni spürte, wie ihr linkes Auge zu zucken begann. Wenn sie mir jetzt erzählt, ich solle aufhören, traurig zu sein, weil ich meine Liebe verloren habe, lasse ich sie einfach stehen, dachte sie.

»Ich sehe, dass Sie eine Trennung hinter sich haben, doch das muss ich Ihnen ja nicht sagen, das wissen Sie selbst. Amor steht für die romantische Liebe, aber auch für Freundschaft und die Liebe zu einer Sache, beispielsweise zur Arbeit oder zur Familie. Ich denke«, fügte Madame Jasmin nach einer kurzen Pause hinzu, in der Hanni spürte, wie ihre Wangen plötzlich glühten, »ich denke, es geht um die Familie.«

»Ich mache mit meiner Familie Urlaub. Das habe ich seit einigen Jahren nicht mehr gemacht«, gab Hanni preis.

»Auf diese Familie können Sie sich verlassen«, prognostizierte Madame Jasmin, und Hanni stimmte ihr zu.

»Ja, auf die ist immer Verlass.«

»Schauen wir mal, was die dritte Karte bringt.« Sie lächelte, als wüsste sie bereits, welches Blatt als Nächstes kommen würde. Als sie die Karte mit dem Bild nach oben neben die anderen beiden legte, hielt Hanni vor Schreck den Atem an.

Ein Offizier. Hanni vermutete, es handelte sich um einen französischen Soldaten aus Napoleons Heer. Sie war gespannt, was das zu bedeuten hatte.

»Eine amtliche Person. Ein Uniformträger in Ihrer Nähe.«

Hanni nickte, ohne es zu merken.

»Ihr Vater?« Das war gleichzeitig Frage wie Feststellung. Madame Jasmin nahm die Karten auf und steckte sie zurück ins Päckchen. »Er ist bei einer Behörde oder einem Amt beschäftigt.«

Hanni lächelte leicht, gab aber keine Antwort. Nachdem

sie sich bedankt und von Madame Jasmin verabschiedet hatte, verließ sie das Fachgeschäft für Magie und ging zum Strand. Zwar glaubte sie nicht so recht an die Aussagekraft der Karten, doch sie freute sich auf den Pendelkurs heute Abend.

6

Bernhard Kutschbauer war unterdessen zu seiner Dienststelle zurückgekehrt und betrat das Polizeigebäude. Im Vorraum, der für die Kundschaft ersten Anlaufstelle, warteten einige Leute.

»Ah, gut, dass Sie da sind«, begrüßte ihn Saisonpolizist Andreas Kupke. Er war ein fröhlicher und zuverlässiger junger Mann, der den zweiten Sommer in Folge als Saisonpolizist auf Borkum verbrachte und ansonsten in Bremen seinen Dienst versah. Um die Stelle auf der Insel hatte er sich beworben, weil er den Gewalttaten einer Großstadt für einige Monate entgehen wollte, nachdem ihm bei einer Demonstration ein Stein gegen das Visier des Helms geflogen war. Die Kopfschmerzen waren nach zwei Tagen vergangen, die Beunruhigung, jederzeit wieder attackiert werden zu können, blieb. Er hatte das Glück gehabt, sofort angenommen zu werden, und Kutschbauer würde sich nicht wundern, wenn er inzwischen sogar daran dachte, ganz auf der Insel zu bleiben. »Der Herr dort«, Kupke deutete auf einen älteren Mann, der auf einem der Plastikstühle saß, »möchte eine Zeugenaussage machen. Er sagte, es sei dringend. Ich habe zu viel zu tun«, ergänzte er mit Blick auf die Wartenden, »sonst hätte ich Sie nicht angerufen.« Mit erhobener Hand winkte er den Mann herüber. »Herr Kutschbauer hat jetzt Zeit für Sie.«

Kutschbauer führte den Herrn in sein Büro. »Bitte nehmen Sie Platz. Was kann ich für Sie tun?«

»Mein Name ist Römer-Oderbruch, und ich möchte was melden.«

»Zu welchem Fall, wenn ich fragen darf?« Kutschbauer war auf die Antwort gespannt, denn im Augenblick gab es keine offenen Ermittlungen. Es war alles ruhig. Außer ein paar harmlosen Verkehrsdelikten, einem bereits aufgeklärten Fahrraddiebstahl und einer nächtlichen Ruhestörung war in den letzten Tagen nichts Nennenswertes passiert.

»Vergangene Nacht wurde ich von lauten Stimmen auf der Straße geweckt. Es ging bereits auf zwölf zu. Zwei Männer stritten gehörig. Ich bin aufgestanden und ans Fenster getreten. Ich wollte es eben öffnen, um die Herren zur Raison zu rufen, da sah ich, wie der eine dem anderen heftig mit der Faust ins Gesicht schlug und davonrannte. Der Geschlagene taumelte und musste sich an der Mauer abstützen. Ich wartete, um zu schauen, wie es weitergeht, ob er stark verletzt ist und Hilfe braucht. Doch der Mann blieb einfach stehen. Den Kopf tief nach vorn gebeugt, die Hände auf der Mauer abgestützt. Ich dachte, ich geh besser mal nachsehen, und zog mich an. Dann bin ich hinaus, um möglicherweise erste Hilfe zu leisten. Ich bin nämlich seit über vierzig Jahren Mitglied beim Deutschen Roten Kreuz. Doch als ich unten ankam, war der Mann verschwunden.«

Kutschbauer räusperte sich, doch ehe er etwas fragen konnte, redete Römer-Oderbruch weiter. »Ich weiß, was Sie sagen wollen. Eine solche Handgreiflichkeit ist kein ausreichender Grund, um Meldung bei der Polizei zu machen. Das ist mir klar. Nur …« Römer-Oderbruch hob seine rechte Hand, als wollte er so einen eventuellen Einwand stoppen. »Heute Morgen, gleich nach dem Frühstück, bin ich zu der Stelle gegangen. Und was glauben Sie, was ich da sehe?«

»Was?«

»Eine riesengroße Blutlache. Und da sagte ich mir, Klaus Römer-Oderbruch, das ist ganz schön viel Blut. Könnte doch sein, dass der arme Kerl jetzt im Krankenhaus liegt und für den Vorfall einen Zeugen braucht.«

»Da gebe ich Ihnen recht«, sagte Kutschbauer, denn Römer-Oderbruch wirkte, als erwartete er diese Form der Zustimmung. »Wenn Sie mir jetzt noch sagen, wo das gewesen ist, werde ich mich darum kümmern.«

Römer-Oderbruch sagte es ihm und ging erst, als Kutschbauer ihm ein weiteres Mal versichert hatte, sofort in der Angelegenheit tätig zu werden.

So kam es, dass Bernhard Kutschbauer sich die blutige

Mauer am Haus »Friesenhof« ansah. Dort war nun nichts mehr zu finden. Vermutlich hatten die Hauseigentümer die Mauer schon gereinigt. Dennoch rief er im Krankenhaus und in jeder der drei Arztpraxen an, um zu fragen, ob es am Morgen oder in der Nacht einen passenden Patienten gegeben habe. Nichts. Sicherlich nur eine stark blutende Nase.

Zurück im Polizeigebäude hörte er bereits auf dem Flur sein Telefon klingeln. »Polizeihauptmeister Kutschbauer«, meldete er sich. »Was? Aus dem Stall gestohlen, heute Nacht? – Ja, verstehe. Wenn Sie den Diebstahl anzeigen möchten, kommen Sie vorbei.«

Wer in aller Welt klaute im Sommer einen Hahn? Zu Pfingsten war das normal, das hatte Tradition. Da wurde am Pfingstsamstag in der Süderstraße vom Verein Borkumer Jungens ein Maibaum aufgestellt. Der Baum bestand aus einem Lattengerüst, hatte die Form eines Schiffsmastes und war mit grünen Zweigen umwickelt. Hoch oben angehängt war ein Korb, in dem bei Futter und Wasser ein geklauter Hahn hockte. Das Tier stahlen die Borkumer Jungens in der Nacht zuvor. Damit alle wussten, von wem, stand auf dem Korb zu lesen: »Ik krei för …« – »Ich krähe für …« Und dann folgte der Name des Besitzers. Das Ganze war ein Orakel: Schrie der Hahn oft und lang, würde es eine gute Saison geben.

Jetzt war Sommer, also keine traditionsbedingte Hahnenklauzeit. Wozu aber stahl man sonst so ein Vieh? Um jemanden zu ärgern? Vielleicht. Um es zu verspeisen wohl kaum. Es stehlen, schlachten, rupfen und ausnehmen? Da war es einfacher, ein küchenfertiges Suppenhuhn im nächsten Supermarkt zu kaufen.

Kutschbauer hatte ein ungutes Gefühl bei der Sache. Der Hahn bereitete ihm mehr Sorgen als der eventuell einen Zeugen suchende Mann.

***

Den Nachmittag verbrachte die Familie am Hauptbadestrand. Focko Busboom war keiner, der lange in der Sonne herumliegen mochte. Darum lieh er eine Schaufel von seinem Strandzeltvermieter und baute eine Sandburg rund um das Strandzelt. Davon bekam er einen Muskelkater und einen Sonnenbrand. Als sie hungrig wurden, holte Gesche für die Mädels Milchreis mit heißen Kirschen von der Milchbude. Focko aß lieber eine Erbsensuppe, die fast wie selbst gemacht schmeckte. Gegen vier Uhr dreißig ging Hanni in die Ferienwohnung zurück, und Wiebke traf sich mit zwei jungen Frauen, die sie am Vormittag im Reitstall kennengelernt hatte. Als Gesche ihm ihren Liegestuhl anbot und verkündete, zur Massage zu gehen, nahm Busboom das gern an. Im Liegestuhl lag er jedoch nur wenige Minuten, dann kribbelte es ihn in den Beinen. Er wollte laufen. Also ging er zur Wasserkante, um zur Seehundbank zu wandern. Am Absperrseil, das Touristen vom Betreten der Seehundbank abhalten sollte, damit die dort ruhenden Tiere ungestört blieben, machte er Halt.

Heute interessierte sich keines von Busbooms Kindern mehr für die Meeressäuger. Als sie klein waren, hatten sie die Robben wenigstens jeden zweiten Tag sehen wollen. Damals sammelten sie auch begeistert Muscheln. Alle Formen und Farben: Miesmuscheln, Herzmuscheln und viele andere. Hanni, Wiebke und sein Sohn Arik kannten mehr Artennamen als er. Sogar die unterschiedlichen Sorten von Seetang, die am Saum zu finden waren, konnten sie benennen. Dem Blasentang drückten sie die mit Luft gefüllten Bläschen auf, um es ploppen zu lassen. Damals hatten sie jede einzelne blaue Qualle ausgiebig begutachtet. Um die roten giftigen Kollegen, die mit ihren Fangarmen auf der Haut ein Brennen hinterließen, das sich wie von hundert Brennnesseln anfühlte, machten sie einen Bogen. Sie fingen Taschenkrebse und versuchten, sich gegenseitig damit zu zwicken, ehe er sie ermahnte, die Tiere ins Meer zurückzugeben. Genauso behandelten sie Seesterne, die sie auf sein Geheiß tiefer ins Wasser brachten, damit die Wellen die Tiere nicht wieder an den Strand spülten. Seesterne hielten es in der Sonne nicht lange aus, sie starben qualvoll und vertrockneten.

Früher hatte es der ganzen Familie Spaß bereitet, ein Netz durchs Wasser zu ziehen, um Granate zu fangen. Die meisten Krabben waren so klein, dass sie durch die Löcher zurück ins Meer flutschen konnten. Mit den anderen wollten sie eine Mahlzeit zubereiten, kamen aber nie dazu. Die Tierchen landeten vorerst in einem Eimer, wurden dann jedoch am Ende des Tages ins Meer zurückgegeben, denn meist waren es so wenige, dass es für eine Mahlzeit kaum reichte. Bei einem ihrer Urlaube hatte er seinem Sohn Arik versprochen, mit einer Angel auf eine der Buhnen zu gehen, um Hornhechte oder Wolfsbarsche zu fischen. Bis heute war es bei einem Versprechen geblieben. Nun, da Arik als Berufssoldat in der Bundeswehr diente, war kaum zu erwarten, dass Vater und Sohn in absehbarer Zukunft Gelegenheit dazu finden würden. So wie sie vermutlich auch niemals mehr einen Familienurlaub mit all ihren Kindern verbringen würden. Dass Hanni dieses Jahr mal wieder Lust dazu gehabt hatte, den Sommer mit ihren alten Eltern zu verbringen, war schon bemerkenswert genug. Wiebke hatte eben ihr Abitur bestanden und wollte studieren. Wenigstens sie wohnte noch zu Hause.

Er ging zum Strandzelt zurück, packte seine Sachen und verließ den Hauptbadestrand. Oben auf der Promenade stand sein Fahrrad. Es war noch zu früh, um in die Ferienwohnung zurückzufahren, da würde er nur allein rumsitzen. Vielleicht sollte er eine Radtour in Richtung Hafen machen? Aber dann musste er Gesche Bescheid geben, dass es etwas später werden könnte, und er hatte versprochen, heute zu kochen. Jeden Abend in einem Restaurant zu essen war erstens zu teuer und zweitens langweilig. Und Busboom aß gern Hausmannskost. Nein, er konnte Gesche nicht anrufen, sie steckte jetzt mitten in der Massage. Er beschloss, mit dem Rad eine kleine Runde zu drehen.

Die abschüssige Strandstraße hinunter musste er oft bremsen, um die Fußgänger, die, ohne sich umzuschauen, die Straße querten oder gleich mittendrauf liefen, nicht zu gefährden. An der Hecke um den neuen Leuchtturm herum schimpften zahllose Spatzenstimmen. Vermutlich fuhr er zu dicht an ihnen vorbei. Früher hatten sie oft die Vogelarten anhand des Gesanges bestimmt. Spatzen, Elstern, Wildenten, Kiebitze und Möwen waren leicht zu identifizieren. Gelegentlich hörten sie auch einen Uhu und natürlich das Gurren der Tauben. Zu mehr reichte es leider nie.

Zeit, die Gedanken an ehemalige Ferien aufzugeben und das zu tun, was ihm schon den ganzen Tag keine Ruhe ließ. Er schaute auf seine Armbanduhr. Erst musste er fürs Abendessen einkaufen, dann würde er einen Blick ins Schaufenster des Ladens für Magie werfen.

7

Maria hatte vor Schreck über das soeben Erlebte einen langen Spaziergang unternommen und sich zur Beruhigung im Aquarium aufgehalten. Im Anschluss daran hatte sie einige Einkäufe erledigt, um Zeit zu schinden. Jetzt, auf dem Nachhauseweg, dachte sie zum bestimmt hundertsten Mal darüber nach, wie sie Dini die Schnapsidee mit dem Hundehoroskop am besten beichten konnte. Das Gefühl, verhext oder besser gesagt verzaubert worden zu sein, war mit jedem Schritt, den sie sich vom Fachgeschäft für Magie entfernt hatte, ein bisschen mehr verflogen. Was hatte sie nur dazu getrieben, diesen Termin auszumachen? Dabei war sie gar kein Mensch schneller Entscheidungen.

»Auslachen wird Dini mich«, sagte sie laut. Ein Mann schaute sie an und schüttelte den Kopf.

Jetzt führte sie auch noch Selbstgespräche.

Kurz dachte sie daran, ihr Erlebnis vor Dini zu verheimlichen, es einfach zu verschweigen.

»Nein«, murmelte Maria, als sie in die Straße einbog, in der ihr Haus stand. Dini merkte es immer sofort, wenn sie etwas bedrückte.

An der Gartenpforte beschäftigte sie der Gedanke, ob es überhaupt Border Collies auf der Insel gab. Waren das diese schwarz-weißen Tiere, die früher als Hütehunde eingesetzt wurden? Die fand sie schön. Wie Dini die Neuigkeit wohl aufnehmen würde? Eskapaden wie diese war sie von Maria jedenfalls nicht gewohnt.

Als die Gartenpforte quietschend hinter ihr zufiel, war Maria stolz auf sich. Es gab doch noch etwas im Leben, womit sie Dini überraschen konnte. Auf einmal freute sie sich auf das Gesicht ihrer Mitbewohnerin, wenn sie ihr alles erzählte. Beschwingt umrundete sie die Hausecke. Erst als sie die Hand auf die Türklinke legte, ließ die Euphorie so schnell nach, wie sie gekommen war. Sie hatte Bammel, es Dini zu gestehen.

In der offenen Küchentür blieb sie entsetzt stehen. Nach Luft schnappend hob sie ihre rechte Hand an den Hals.

»Hallo Maria«, sagte Dini und kam ihr entgegen. »Du guckst so komisch.«

»Da steht ein nackter Mann in unserer Küche und kocht Kaffee.«

»Ja, meine Teure. Möchtest du lieber Tee?«

»Ach, Dini, du bringst mich noch ins Grab mit deinen Extravaganzen.«

»Du findest einen nackten Mann extravagant?«

»Ich will einfach nur wissen, wer er ist und warum er keine Kleidung trägt.«

»Hier«, sagte Dini, griff sich in die Haare und reichte Maria ihre Lesebrille. »Sieh genau hin«, flüsterte sie. Man sah ihr an, dass sie sich über Marias glühende Wangen amüsierte. »Es ist unser Neffe, der auf einen Sprung vorbeigekommen ist. Unser Abfluss war verstopft, und er kocht keinen Kaffee, sondern hat mit dem Pümpel den Schaden behoben. Deswegen trägt er diese komische Schürze.« Ein Scherzartikel mit lebensecht anmutend aufgedrucktem Nackedei, der dennoch einen praktischen Zweck erfüllte.

»Ich dachte, die hättest du weggeschmissen.«

»Warum sollte ich? Schau hin. Ist es nicht ein Vergnügen, diesen muskelbepackten Männeroberkörper plus …«, sie deutete mit dem Zeigefinger nach unten, »du weißt schon was zu sehen?«

Marias Gesicht bekam noch mehr Farbe, sie presste die Lippen fest aufeinander, schüttelte den Kopf und eilte ins Wohnzimmer. Dini folgte ihr.

»Was ist los?«, fragte sie.

»Das erkläre ich dir später.«

»Ich geh dann wieder«, rief Bernhard Kutschbauer aus der Küche, und sie hörten ein Klappern, das darauf schließen ließ, dass er den Pümpel wieder an seinen Platz unter der Spüle gestellt hatte.

Damit Dini gar nicht erst auf die Idee kam, ihrem Neffen

zu antworten, legte Maria den Zeigefinger über ihre Lippen. »Psst. Bernhard muss nicht wissen, wo ich gewesen bin«, flüsterte sie.

»Ich habe eine Dummheit begangen«, sagte Maria, nachdem Bernhard Kutschbauer gegangen war. Sie seufzte, als trüge sie alle Last der Welt auf ihren Schultern.

»Unvorstellbar, meine Liebe.« Dini unterbrach nur für den Bruchteil einer Sekunde die Kochvorbereitungen.

»Doch, doch. Eine riesige Dummheit. Kennst du jemanden, der mir seinen Hund leihen würde?«

»Einen Hund? Aber du magst keine Hunde.«

»Trotzdem.«

»Wozu benötigst du einen Hund, wenn sie dir Angst machen? Spazieren gehen kannst du mit mir.«

»Ich will nicht mit ihm spazieren gehen.«

»Wozu brauchst du dann einen Hund?«

»Einen Border Collie, wenn du es genau wissen willst.«

Dini legte das Küchenmesser beiseite und trat neben Maria. Ganz sachte drückte sie sie auf einen Stuhl. Mit der linken Hand befühlte sie Marias Stirn, mit der rechten nahm sie Marias Handgelenk, als wollte sie ihren Puls messen. »Geht es dir gut? Fieber scheinst du keines zu haben.« Sie setzte sich Maria gegenüber und nahm deren Hände. »Was genau ist passiert?«

Maria erzählte es ihr.

»*Du* warst in dem Laden?« Dini wirkte beeindruckt.

»Mehr fällt dir dazu nicht ein?«

»Doch. Vielleicht hast du ja den Wunsch, mit deinen Ahnen zu sprechen.«

»Warum sollte ich das tun?«

»Mit deiner Großmutter zum Beispiel. Mit der zu reden war immer …«, sie zögerte, »bewegend.«

»Wie kommst du jetzt auf Oma Klara?«

»War nur so ein Gedanke.«

»Kennst du dieses besondere Gefühl?«, fragte Maria, und ein Hauch von Rot flog über ihre Wangen.

Dini wusste sofort, was gemeint war. »Du meinst, wenn dein jüngeres Ich, das seit vielen Jahren verschwunden ist, zurückkommt und dir auf die Schulter tippt?«, fragte sie.

»Ja«, antwortete Maria, dankbar, dass Dini ihr eine rettende Ausrede anbot. Sie ließ sich lieber für verrückt erklären, als zuzugeben, von einem gut aussehenden jungen Mann verzaubert worden zu sein. »Es sagt: ›Jetzt ist der Augenblick, an dem du noch einmal was Verrücktes machen kannst. Egal was die anderen sagen oder denken.‹«

»Das muss es gewesen sein.« Dini nickte und war für drei Sekunden sprachlos. Dann ließ sie Marias Hände los. »Das solltest du öfter tun. Treibt den Blutdruck in die Höhe und fühlt sich richtig toll an, stimmt's?«

»Im Moment fühle ich mich eher mies.«

»Ach was, das wird schon. Wozu hast du mich?« Dini schaute zum Fenster hinaus. »Sie war eine Ziege«, stellte sie fest.

»Wer?«

»Deine Oma. Ach, ist doch wahr«, entgegnete sie, als Maria ihr einen entrüsteten Blick zuwarf. »Mich konnte sie nie leiden, und mit dir ist sie auch selten freundlich umgegangen. Vielleicht solltest du diese Ahnenbeschwörung machen und ihr die Leviten lesen.«

»Bloß nicht. Wenn Oma die Gelegenheit bekäme, einen Blick auf unser Leben zu werfen …« Maria hob eine Hand und drehte sie ein paarmal hin und her.

»Alte, vertrocknete Jungfern«, imitierte Dini Marias Oma. »Das habe ich euch gleich gesagt. Maria ist zu prüde, und Dini hat mehr Marotten, als ein Mann vertragen kann. Wann ist sie noch gleich gestorben?«

»1960.«

»1960? Mein Gott, wie die Zeit vergeht. Also mich würde schon interessieren, wie sie als Geist aussieht.«

»Ich glaube, man kann sie nur hören. Und sie sprechen auch nicht selbst, sondern durch eine andere Person. Obwohl …« Marias Busen hob sich, so tief holte sie Luft. »Ich kann mir vorstellen, dass die Toten, also die Geister, mit denen dort gesprochen wird, *uns* sehen können. Woher sonst sollen sie wissen, wer am Tisch sie anruft?«

»Wie auch immer«, sagte Dini. »Ich kenne jedenfalls den wahren Grund, weswegen du dorthin gegangen bist.«

»Wie bitte?«

Dini stand auf, nahm das Messer wieder in die Hand und fuhr fort, das Fleisch in kleine Stücke zu schneiden. »Du wolltest beweisen, dass die Leute dort meine Spleens ausnutzen und mir das Geld aus der Tasche ziehen, stimmt's?«

»Der Verdacht ist begründet. Warum sonst ist der Mann auf so etwas Unseriöses wie Horoskope für Hunde eingegangen? Am Dienstag wissen wir mehr.«

»Wir?«

»Ich hoffe, du begleitest mich.«

»Nur, wenn wir anschließend auch gemeinsam die Ahnen befragen.«

»Wenn es sein muss.« Maria war wenig begeistert.

Dini lachte. »Und da behauptest du, *ich* sei verrückt.«

»Extrovertiert«, berichtigte Maria.

»Danke.« Dini wischte das Messer mit einem Lappen ab und stieß es tief in den Messerblock. »Jetzt fehlt uns nur noch ein Border Collie.«

»Einer, der am 17. März geboren ist.«

»An meinem Geburtstag? Papperlapapp. Der Köter wird schweigen, er weiß schließlich nicht, wann er zur Welt gekommen ist. Ich hingegen kenne jemanden, der so ein Tier besitzt.« Sie warf das klein geschnittene und gewürzte Fleisch in eine Pfanne mit heißem Öl. »Da fällt mir ein – wo sind eigentlich meine Tarotkarten?«

»Die aus Wien?«

»Genau die.«

»Keine Ahnung. Die habe ich seit Jahren nirgends rumliegen sehen. Was willst du damit?«

»Üben.«

»Du weißt, wie man Karten legt?«

»Wusste ich mal, aber das ist ewig her. Ich glaube, die liegen auf dem Dachboden.«

Dort lagen sie tatsächlich, aber nicht mehr lange, und das war gut so.

***

»Guten Tag«, sagte Busboom. Der Laden war etwa fünfundzwanzig Quadratmeter groß, gegenüber der Eingangstür befand sich ein Perlenvorhang. Es war niemand da. Von Hanni wusste er, dass es Räume im hinteren Teil des Gebäudes gab. Dort fanden Séancen und wer weiß welcher Hokuspokus statt. Das Unternehmen nannte sich »Fachgeschäft für Magie«, was in schnörkeligen Buchstaben auf einem Schild über dem Verkaufstresen stand. Focko Busboom nannte es »Hexenladen« und war sich des Vorurteils bewusst.

Ob wohl mehr Umsatz mit dem Verkauf der Artikel oder mit den Sitzungen gemacht wurde? Vermutlich eine Kombination aus beidem. Busboom fragte sich eben, ob es genügend Menschen gab, die so einen Tinnef kauften, um davon leben zu können, als die Eingangstür aufging. Drei Frauen traten ein. Gewiss machten Damen den Hauptanteil der Kundschaft aus. Noch ein Vorurteil, das Sekunden später jedoch ins Wanken geriet, denn drei Männer betraten das Geschäft. Die Ehemänner, wie sich herausstellte. »Ihr wolltet doch draußen warten«, nörgelte eine der Frauen.

»Nicht solange du mein Portemonnaie hast.«

Die sechs lachten und verstummten, als ein leises Klingeln des Perlenvorhanges das Eintreten der Eigentümerin verkündete. Ihr Auftreten ließ keinen anderen Schluss zu. Madame Jasmins Augen wirkten katzenhaft, was durch geschicktes Schminken betont wurde. Sie warf einen kurzen Blick auf die Kundschaft und wandte sich Busboom zu.

»Guten Tag.« Sie kam so dicht an ihn heran, dass er ihr Parfüm riechen konnte. Für seinen Geschmack zu aufdringlich. »Kann ich Ihnen behilflich sein?«

»Hallo. Äh, ja – nein.« Busboom schaute zu den sechs Leuten hinüber.

Madame Jasmin verstand. »Sehen Sie sich in Ruhe um, wenn Sie Fragen haben, melden Sie sich.«

Busboom nickte und trat an eines der Regale. Bücher. Er nahm eines in die Hand. Welch ein Zufall. »Pendeln für Einsteiger«. Neun Euro neunundneunzig.

Eine der Kundinnen trat neben ihn und griff nach einem Buch mit braunem Einband. In der Mitte des Buchdeckels war ein Kreis tief ins Papier geprägt. Darin befand sich ein fünfzackiger Stern. Der Einband hatte als Bindung zwei verzierte Stahlbeschläge und ein Zierband, das zur Schleife gebunden war.

»Was ist das?«, fragte sie.

»Ein Pentagramm-Schreibbuch. Der Deckel besteht aus hochwertigem Papppapier, auf Holz gezogen«, erklärte Madame Jasmin. »Innen handgeschöpftes Naturpapier. Es ist ein Band für all Ihre Geheimnisse.«

»Da solltest du das große nehmen«, stichelte einer der Männer. Vermutlich der Ehemann.

»Aber das kostet fast dreißig Euro«, brüskierte sich die Frau und strich liebevoll über den hölzernen Deckel.

Der Mann nahm es ihr aus der Hand, legte es zurück ins Regal und erklärte mit Blick auf seine Freunde: »Ein dickes Schreibheft von Rossmann erfüllt den gleichen Zweck.«

Sie schnaubte verächtlich und trat an eine Verkaufsgondel, in der mehrere Körbe mit bunten Steinen lagen. Sie ließ einige durch die Finger gleiten und entschied sich für einen ovalen bräunlichen, der halb so lang wie ihr Daumen war.

»Den will ich.« Die Stimme klang trotzig.

»Eine sehr gute Wahl«, sagte Madame Jasmin. »Ein Achat. Das ist ein Schutzstein, der Sie vor Negativem aller Art zu schützen vermag.«

»Abgesehen vom Ehemann«, meinte eine der Frauen und nahm ebenfalls einen der Steine. »Er fühlt sich gut an.«

»Darum heißt er auch Handschmeichler. Oder Troststein«, erklärte Madame Jasmin, griff in den Korb und gab auch der dritten Kundin einen Stein. »Schließen Sie die Finger darum und reiben Sie leicht. Es ist ein Citrin, Sie erkennen es an der hellgelben, durchscheinenden Farbe. Es ist der Stein der Hoffnung, er stärkt sensible Menschen.«

Die Frau lächelte, als fühlte sie sich ertappt.

»Und?«, wurden sie von einem der Männer gefragt. »Fühlt ihr euch gut damit?«

Die Damen nickten. Mit einem Blick auf den Preis verkündete der eben noch geizige Bursche: »Ich spendiere sie.«

»Nun?«, fragte Madame Jasmin Busboom, als die sechs genauso laut, wie sie hereingekommen waren, wieder verschwanden, ohne Auf Wiedersehen zu sagen. »Was kann ich für Sie tun?«

Busboom betrachtete gerade ein Ölbild. Es lehnte an einem Regal und zeigte ein kaffeebraunes, schönes Frauengesicht, dessen Stirn, Nase und halbe Wangen weiß angemalt waren. Sie trug ein blaues Kopftuch, so gewickelt, wie man es bei Karibikschönheiten sieht. Um den schlanken Hals hing eine Perlenkette. Ihre Finger spielten damit. Im Hintergrund sah man einen Strand unter Palmen, aber zwischen den Baumwedeln lugten finstere Gestalten hervor. Der Betrachter musste um die Sicherheit der Schönheit fürchten, wäre da nicht ihre Gesichtsbemalung gewesen. Vermutlich gehörte sie zu den verdächtigen Gesellen, war sogar die Anführerin.

»Gefällt es Ihnen?«

Busboom zuckte mit den Schultern. »Ja und nein. Das Porträt wäre schön ohne das ganze Drumherum.« Er wedelte mit der Hand, als wollte er eine Fliege verscheuchen.

»Eine ehrliche Antwort.« Madames Lachen klang rau, als wäre sie Kettenraucherin, es passte nicht zu ihrer Stimme. Busboom wandte den Blick von dem Gemälde ab und betrachtete das Regal, an dem es lehnte. Dort standen in Aufstellern aus Pappe kleine Fläschchen. Magische Öle. Er trat einen Schritt näher, um einige Aufschriften zu entziffern.

»Algiers« war auf einem Etikett zu lesen und in Klammern dahinter: »Gefühle.« Die kleine Flasche daneben trug den

Namen: »Abra Melin – Gehört zu mir«. Vierzehn Euro achtundneunzig das Stück. Busboom versuchte, seinen neutralen Gesichtsausdruck beizubehalten, da er sich von Madame Jasmin beobachtet fühlte.

Auf dem nächsten Regal lagen Seifen. Er nahm eine grüne mit Engelsköpfen und Flügeln darauf in die Hand und roch daran. »Himmelsbotenseife«, stand auf dem Etikett. »Schutz und Segen durch die Kraft der Engel«. Sechsundzwanzig Euro und fünfundneunzig Cent.

Busboom dachte, mehr als waschen kann die auch nicht. Wer wohl so viel dafür ausgab? Er legte sie zurück und betrachtete einige Bücher. Sie trugen Titel wie: »Die weiße Magie des Skorpions« oder »Die weiße Magie der Jungfrau«.

Vermutlich gab es diese Lektüre für jedes Tierkreiszeichen. Neugierig drehte er an einem Ständer mit Amuletten und Talismanen.

»Keltischer Zauber«, informierte ihn Madame Jasmin. Sie beugte sich nach unten, um ein Paket auf den Tresen zu heben, und öffnete es. Danach hörte Busboom, wie sie an einem Preisauszeichner die Rädchen einstellte. Sie zeigte ihm damit, dass sie noch anderes zu tun hatte, als ihn im Auge zu behalten. Busboom nutzte die Zeit, um kleine Heftchen anzusehen. Sie enthielten nur zwei oder drei Blätter. Fachkunde für chinesische und japanische Glückszahlen zu einem erschwinglichen Preis von vier Euro neunzig das Stück.

»Danke, dass ich mich umsehen durfte«, sagte Busboom. »Auf Wiedersehen.«

Sie lächelte und hielt seinem Blick so lange stand, bis er wegschaute. Mit dem Gefühl, dass sie genau wusste, warum er im Laden war, ging er hinaus und blieb mitten in der Fußgängerzone stehen. Gut eine Minute stand er so, er spürte, jemand beobachtete ihn. Als er sich umdrehte, stand Madame Jasmin in der offenen Ladentür und lächelte ihn an.

***

Wenn ihr Vater Focko Busboom eines gut konnte, dann war das kochen. »Wenn du zur Polizeiarbeit mal keine Lust mehr hast, kannst du immer noch Koch werden«, sagte Gesche oft. Da konnte Hanni ihr nur beipflichten.

»Mmhm«, machte sie und rieb sich zufrieden den Bauch.

»Ja, Papa, das war lecker.« Wiebke stand als Erste auf. »Wann gehst du los?«, fragte sie Hanni.

Die verdrehte die Augen. Sie hätte wissen müssen, dass Wiebke kein Geheimnis für sich behalten konnte.

»Wohin denn?«, fragte Busboom.

Wiebke realisierte, dass sie sich verplappert hatte, und wollte verschwinden. Hanni griff nach ihrem Arm und kniff sie.

»Aua«, rief Wiebke. Gemeinsam ignorierten sie seine Frage und begannen, den Tisch abzuräumen.

»Haut ab und lasst mich das machen.« Gesche wies mit einem Kopfnicken zur Küchentür.

»Halt«, rief Busboom. »Darf ich erfahren, wohin du noch gehen möchtest?«

»Focko«, mahnte Gesche. »Sie ist alt genug, um Geheimnisse vor uns zu haben.«

»Vor mir«, murrte er und erntete dafür ein dreistimmiges »Och, du Ärmster!«.

Wiebke küsste ihn auf die Wange und wisperte: »Sie geht zum Pendeln.«

»Petze«, rief Hanni und eilte in ihr Zimmer. Sie war gerade mit Lippenstift und Eyeliner beschäftigt, als es klopfte.

»Ich könnte doch mitgehen«, bot Focko Busboom an.

»Papa, wenn du das tust, rede ich kein Wort mehr mit dir.«

»Was will er tun?« Gesche war ihm aus der Küche gefolgt, ein Geschirrtuch lag auf ihrer Schulter.

»Ich soll ihn mitnehmen«, beschwerte sich Hanni.

»Zum Pendelkursus?« Gesche schaute ihren Mann erstaunt an.

»Schau nicht so«, verteidigte er sich. »Sie sollte kein Geld für so einen Mist ausgeben.«

»Also möchtest du gleich mitgehen, um deines auch noch

hinzutragen? Und da heißt es immer, Frauen reagierten unlogisch.« Gesche hakte ihn unter und geleitete ihn, gefolgt von Hanni, ins Wohnzimmer.

»Kannst du mir erklären, warum sie sich zu einem Kursus so aufhübschen muss?«

»Davon«, erklärte Gesche, »haben Männer keine Ahnung.« Sie küsste ihn und streichelte seine Wange. »Mach dir keine Sorgen.«

»Aber –«

»Ach was. Der Pendelkram interessiert dich sowieso nicht.«

»Jetzt aber schon.«

»Heute Nacht«, führte Hanni an, obwohl sie wusste, dass ihre Mutter ihn von seinem Vorhaben abhalten würde, »ist auf dem Nordstrand die Strandfete des Vereins Borkumer Jungens. Vielleicht gehe ich nach dem Kurs noch dahin.«

»Toll«, rief Wiebke. »Da will ich auch hin. Leihst du mir deine Schminke?«

»Vergiss es, du Verräterin.«

Eine Viertelstunde später saßen Focko, Gesche und Wiebke vor dem Fernseher. Hanni verabschiedete sich, warf Wiebke ihr Schminktäschchen in den Schoß und gab ihrem Vater einen Kuss auf die Wange. »Keine Angst, Papa. Ich bin schon groß.« Sie deutete auf ihre kleine Schwester. »Begleite doch Wiebke zur Strandfete.«

»Dann ist dies der letzte Urlaub mit euch«, warnte Wiebke ihre Eltern. Alle lachten, nur Focko nicht.

»Entspann dich, Paps.« Und schon war Hanni verschwunden.

»Kein Wunder, dass so ein Spökenkiekerladen existieren kann«, brummte er. »Wenn sie schon der Jugend das Geld aus der Tasche ziehen.«

8

»Warum warst du gestern nicht an der Schule, und was sollte die blöde Idee mit dem Blut auf der Mauer?« Olaf reichte Vittorio die Hälfte der gestrigen Einnahmen.

»Was, so wenig?« Vittorio steckte das Geld ein. »Und was ist mit den Trinkgeldern?« Fordernd streckte er die Hand aus.

Olaf griff in die andere Hosentasche und zahlte Vittorios Anteil aus. »Wäre mehr geworden, wenn sich eine der Frauen nicht in die Blutlache gesetzt hätte. Mann, hat die gezetert. Wie ein altes Waschweib. Die Rechnung für die Reinigung ihrer Klamotten zahlst du.«

»Ich zahle gar nichts. Was für Blut?«

»Das auf der Mauer. Das war überflüssig.«

»Ich schmiere doch keine Mauern voll.« Vittorio zählte die Münzen, verzog das Gesicht und steckte sie ein. »Vielleicht«, sagte er, und seine Stimme klang etwas gnädiger, »stammt es von Florian.«

»Welcher Florian?«

»Kennst du nicht. Ein Typ aus Groningen. Wir sind aneinandergeraten, da habe ich ihm eins auf die Nase gegeben. Ist vermutlich sein Blut. Geschieht ihm recht.«

»Groningen? Ist das einer deiner Drogenlieferanten? Vittorio, mir wird ganz übel bei dem, was du vorhast. Wir sollten das lassen.«

So schnell konnte Olaf gar nicht gucken, wie Vittorio ihn am Shirt packte und dicht an sich zog. »Wenn du kneifst, weißt du, was dir blüht.« Er stieß Olaf von sich weg. »Denk an die viele Kohle, die wir verdienen werden.«

»Ich bin mit dem zufrieden, was ich habe.«

»Red keinen Scheiß. Jeder braucht Knete.« Vittorio hob drohend die rechte Hand, in seinen Mundwinkeln war ein sadistisches Zucken zu sehen.

Olaf trat einen Schritt zurück. Vittorio führte die Hand zum

Ohr und deutete mit Zeige- und kleinem Finger ein Telefongespräch an. »Ich ruf dich an, wenn die Ware eingetroffen ist.« Dann ließ er ihn stehen.

Olaf stöhnte. Er wollte auf keinen Fall in Vittorios Drogengeschäfte verwickelt werden. Doch wie sollte er da wieder herauskommen?

***

»Kommen Sie herein. Herzlich willkommen. Mein Name ist Jasmin. Madame Jasmin.« Die Frau zeigte beim Lächeln eine Reihe weißer Zähne, mit der sie für Zahnpasta Werbung hätte machen können. »Mit Ihnen beiden sind wir vollzählig.« Sie schüttelte einem Mann, der mit Hanni den Laden betreten hatte, und ihr die Hand. »Die anderen Kursteilnehmer warten schon.«

Madame Jasmin verschloss die Ladentür. »Wenn Sie dann bitte noch kurz die Teilnahmegebühr bezahlen würden, bevor wir anfangen.«

Genau wie der Mann hatte Hanni den Betrag passend parat. Madame Jasmin dankte ihnen beiden mit einem Kopfnicken, legte das Geld hinter dem Tresen in eine Schublade und deutete auf den hinteren Teil der Geschäftsräume. »Dort entlang. Ich gehe am besten voraus.« Ihre bunten Ketten klimperten bei jedem Schritt. Um die Hüften hatte sie einen breiten schwarzen Gürtel mit silberfarbenen Knöpfen gebunden. Darunter trug sie einen kunterbunten Flickenrock, der aussah, als habe man ihn aus einzelnen Stoffmustern zusammengenäht.

Sie folgten Madame Jasmin durch den Laden, durchquerten eine Art Lager und betraten ein Zimmer, in dem die anderen Kursteilnehmer warteten und das Hanni sich genau so vorgestellt hatte. In der Mitte stand ein mit Filz bezogener ovaler Tisch. Drumherum einige Stühle, die bis auf drei besetzt waren. Über dem Tisch hing eine Lampe, die vermutlich aus einem Orientbasar stammte. Der Rest des Raumes passte ebenfalls zum Tausend-und-eine-Nacht-Ambiente.

»Nehmen Sie Platz.« Madame Jasmin deutete auf die freien Stühle. »Jetzt«, sagte sie und setzte sich ebenfalls, »stellen wir uns gegenseitig vor.«

Hanni hasste das. Es ging niemanden etwas an, wer sie war, was sie tat und warum sie an diesem Kurs, der nur eine Stunde dauern sollte, teilnahm.

»Der Vorname reicht«, sagte Madame Jasmin, und Hanni stellte fest, dass die anderen am Tisch ebenso erleichtert wirkten wie sie selbst. Erst jetzt erkannte sie Frau Aggen, die sie anlächelte.

Nachdem jeder seinen Vornamen genannt hatte, zog Madame Jasmin eine Art Teewagen zu sich heran. Feierlich, als handelte es sich um Kostbarkeiten, nahm sie einige kugelförmige Pendel davon herunter und legte sie nebeneinander auf den Tisch wie eine Juwelierin, die zwei jungen Leuten eine Auswahl von Verlobungsringen zeigte. »Bevor wir beginnen, sollte sich jeder von Ihnen ein Pendel aussuchen.«

Sie blickte Markus, einen etwa vierzigjährigen Mann zu ihrer Linken an. Der nickte und wies auf ein Bergkristall-Pendel.

»Eine gute Wahl«, sagte Madame. »Bergkristalle stehen für Reinheit und Klarheit.«

Hanni war als Nächste an der Reihe. Sie zeigte auf ein grünes Pendel, das stark glitzerte.

»Aventurin.« Madame Jasmin lächelte nachsichtig. »Das ist ein Gesundheitspendel«, erklärte sie mit Blick auf eine Frau namens Dini, die auffallend gekleidet war, und Sofie Aggen, die beiden ältesten Damen in der Runde. Sie schob Hanni zwei andere Stücke zur Auswahl herüber. »Der Rosenquarz steht für Liebe, die Jade für Liebe und Anerkennung.«

Hanni überlegte kurz, ob Madame Jasmin das Wort Liebe etwas mehr hervorgehoben hatte. Vermutlich nur Einbildung. Sie nahm das Pendel aus Jade, da sie Rosa nicht leiden konnte.

Noch ehe Madame sich Dini zuwenden konnte, deutete diese auf das Tigerauge. »Wofür steht das?«

Sie suchte den Augenkontakt zu Madame Jasmin und hielt

ihn. Hanni dachte schon, der stumme Zweikampf würde ewig dauern, als Madame woanders hinblickte.

»Erkenne falsche Freunde«, sagte sie, ohne eine Regung zu zeigen.

»Der passt«, versicherte Dini und zwinkerte Hanni zu.

»Worauf Sie sich verlassen können«, murmelte Madame Jasmin.

Hanni und Dini tauschten einen Blick. Sie waren sich sofort sympathisch.

Der zweite Mann in der Runde, Fabian, entschied sich für ein Pendel aus Metall.

Sofie Aggen war als Letzte an der Reihe. Sie tippte auf einen apfelgrünen, durchscheinenden Chrysopras. Ihre Miene verriet Besorgnis, so als fürchtete sie die Nachricht, wofür er stand.

»Dieser Stein, Sofie, stärkt Ihre innere Balance. Sie können selbstverständlich die Pendel, die sie sich ausgesucht haben, anschließend käuflich erwerben.«

»Na, dann kann es ja losgehen«, sagte Fabian und begann, sein Pendel in der Hand zu reiben, als wollte er es anwärmen.

»Nicht so stürmisch, junger Mann«, ermahnte ihn Madame Jasmin. »Das Pendeln oder auch das Pendel-Orakel, worum es Ihnen ja heute geht, ist eine der ältesten und am meisten angewendeten Methoden, die Zukunft vorherzusagen.« Sie schaute jeden Teilnehmer des Kurses der Reihe nach an, ignorierte Fabians schiefes Grinsen und nickte Hanni leicht zu, so als bedürfte sie einer besonderen Aufmunterung. »In der kommenden Stunde werden Sie lernen, wie es funktioniert. Sie sollten sich das Pendeln als eine Art Gespräch mit Ihrem eigenen Unterbewusstsein vorstellen. Jede Frage, die Sie Ihrem Pendel stellen, ist mit persönlichen Erwartungen und Gefühlen verbunden. Diese Gefühle lösen nicht wahrnehmbare Muskel- und Nervenreaktionen in Ihrem Körper aus. In unseren Händen befinden sich besonders viele Nervenbahnen und Muskeln.«

Hanni sah, wie Fabian das Metallpendel auf den Tisch legte und seine Finger betrachtete, als sähe er sie zum ersten Mal.

»Deshalb macht es Sinn, das Pendel mit eben diesen Muskeln und Nerven zu verbinden. Ist irgendjemand von Ihnen Linkshänder? Dann nehmen Sie es bitte gleich in die linke Hand.«

Alle am Tisch schüttelten den Kopf. Madame Jasmin hob beide Hände, griff in ihren Nacken und löste eine ihrer Ketten vom Hals. Bei dem Anhänger daran handelte es sich offenbar um ihr persönliches Pendel. Es war rot und hatte die Form eines Kegels.

»Ob die Pendel rund oder länglich sind, spielt keine Rolle«, sagte sie, als sie die vergleichenden Blicke der anderen bemerkte. »Die Technik des Pendelns hat auch wenig mit Magie oder Übersinnlichem zu tun.«

»Schade«, flüsterte Fabian.

»Die Ergebnisse, die Sie erzielen, werden durch eine Verfeinerung der Wahrnehmung erzielt. Erfolgreiches Pendeln ist also eher eine Frage der Ausdauer und des Trainings.«

Aha, dachte Hanni. Das war jetzt die Vorwarnung für den Fall, dass es gleich bei jemandem schiefgehen wird.

»Zu Beginn«, damit legte Madame Jasmin ihr Pendel auf die linke Handfläche und fixierte es mit dem Ringfinger, »richten wir das Pendel aus.« Sie hob die rechte Hand und zog die Kette stramm, ehe sie das Pendel damit anhob und über der linken Handfläche baumeln ließ.

Die Teilnehmer starrten den roten Kegel gebannt an. Er hing still.

»Bitte alle einmal nachmachen. Und achten Sie darauf, dass die linke Hand fest auf dem Tisch liegt und der rechte Ellenbogen ebenfalls aufgesetzt wird.«

Bis jeder Teilnehmer sein Pendel vorschriftsmäßig hängen hatte, dauerte es eine Weile. »Zu Beginn wird es Ihnen mühselig erscheinen, für einige wird es regelrecht anstrengend werden. Um den eigenen Geist nicht zu überfordern, sollten Sie langsam eine Steigerung vornehmen.«

Madame Jasmin machte es noch einmal vor, und alle anderen taten es ihr nach.

Ein weiteres Mal hingen alle Pendel über den Handflächen.

»Fabian, die Kette mit Daumen und Zeigefinger spannen, dann locker baumeln lassen. Dini, Sie sollten beide Füße fest auf den Boden stellen und eine aufrechte Position einnehmen. Ja, so ist es richtig.«

Dinis Tigerauge begann vor- und zurückzuschwingen.

»Hanni, Sie haben vergessen, den Ellenbogen aufzustützen. Sehen Sie, schon kommt Bewegung hinein.«

Hanni blickte auf und sah, dass die Männer ihr zuschauten. Sie ließ die grüne Kugel sinken, die Kette wurde schlaff, als sie die Handfläche erreichte.

»Tief ein- und wieder ausatmen«, sagte Madame Jasmin. »Das gilt auch für die Herren. Die Luft anhalten und auf andere schauen hilft wenig. Konzentrieren Sie sich auf Ihr eigenes Pendel. Richten Sie Ihr Augenmerk darauf, jedes bewusste Schwingen zu unterlassen. Ja, ich meine Sie, Markus. Ich kann sehen, wie Sie mit den Fingern eine Kreiselbewegung anzustoßen versuchen.«

Sie übten noch einige Minuten, ehe Markus schließlich das Schweigen brach. »Und was bedeuten nun zum Beispiel Dinis Bewegungen?«, fragte er, nachdem sein Pendel jede Art von Regung verweigerte.

»Dazu kommen wir jetzt. Bitte alle das Pendel ablegen. Wenn Sie diesen grundlegenden Handgriff eine Zeit lang geübt haben, legen Sie eine eindeutige Zuordnung fest. Das heißt, Sie beginnen mit dem Pendeln und bitten das Pendel, Ihnen eine deutliche Bewegung für ein Ja zu geben. Das kann bei Dini ein ›Vor und zurück‹ sein, bei Fabian ein ›Von links nach rechts‹ und bei Hanni ein ›Kreisen im Uhrzeigersinn‹.«

»Und bei mir?«

»Dasselbe oder etwas anderes. Zum Beispiel ein Kreisen gegen den Uhrzeigersinn. Es sind individuell verschiedene Möglichkeiten. Sie wiederholen die Aufforderung an das Pendel einige Male, damit immer das gleiche Ergebnis herauskommt, und notieren es.«

»Und wenn gar nichts herauskommt?«

»Dann notieren Sie das. Ihr Ja kann auch durch Stillstand zum Ausdruck gebracht werden, was allerdings selten vorkommt. Wenn Sie sich sicher über Ihr ganz persönliches Ja sind, machen Sie dasselbe für ein Nein. Bitte auch dieses Ergebnis notieren. Später, wenn Sie routinierter sind, brauchen Sie keinen Zettel mehr und können sich die Zuordnung so merken.«

Madame Jasmin nahm ein Kästchen vom Teewagen. Die bunten Steine und Spiegelsplitter, mit denen es verziert war, blitzten im Schein der Lampe. Sie entnahm ihm einige Blättchen und Stifte und verteilte sie an die Teilnehmer. »Das üben wir jetzt, bis jeder von Ihnen seine Bewegungen für Ja und Nein notiert hat, und schauen dann, ob wir noch Zeit finden, um die Ergebnisse zu überprüfen.«

»Wie wollen Sie das denn machen?«, fragte Markus.

»Indem Sie mir verraten, wie Ihr Pendel bei einem Ja ausschlägt. Danach frage ich Sie, ob Ihr Name Markus ist. Wenn das der Wahrheit entspricht, sollte das Pendel die entsprechende Bewegung zeigen.«

Alle lachten, nur Markus schaute verdrießlich.

»Auf dieselbe Weise können Sie dann später zu Hause natürlich auch das Nein überprüfen. Stellen Sie laut Ihre Fragen, auf die es nur ein eindeutiges Ja oder Nein als Antwort gibt.«

»Nur Ja und Nein? Mehr kann das Ding nicht?«

»Aber sicher kann es mehr. Wenn eine zufriedenstellende Treffsicherheit erlangt wurde, erweitern Sie den Definitionskatalog. Sie bitten Ihr Pendel um ein Schwingen für ›immer‹, ›vielleicht‹, ›nie‹ oder ›keine Antwort möglich‹. Und notieren, welche Bewegung für welches Wort steht. Sie können zum Beispiel auch ›heute‹, ›morgen‹, ›übermorgen‹ und ›gar nicht‹ in den Katalog aufnehmen. Da gibt es viele Optionen. Später, wenn Sie fit sind, arbeiten Sie mit Pendelkarten.«

»Sie meinen so ähnlich wie mit einem Ouija-Brett?«

»Richtig. Haben Sie Ihr Brett schon ausprobiert?«

Hanni schüttelte den Kopf. Madame Jasmin schaute sie lange an, und Hanni spürte, dass die bei Kauf des Brettes ausgesprochene Lüge, sie kenne sich mit Hexenbrettern aus, spätestens jetzt durchschaut wurde.

»Erfahrene Pendler nutzen den Seelenschreiber, wie das Ouija-Brett gern genannt wird, als Informationsquelle.«

»Seelenschreiber? Das klingt interessant. Gibt es dafür einen Kursus?«, wollte Dini wissen.

»Den hält mein Mitarbeiter, ein äußerst kompetenter junger Mann«, versicherte Madame, und Hanni konnte zusehen, wie ein leichtes Rot Frau Aggens Wangen überzog. Hitzewelle, dachte sie. Madame Jasmin hatte es ebenfalls bemerkt, was Hanni an ihrem wissenden Lächeln erkannte. »Ich werde Sie im Anschluss an diese Stunde gern dafür eintragen«, erklärte sie an Frau Aggen gewandt. »Wo waren wir stehen geblieben? Ach ja, bei den Pendelkarten. Sie können sie auch selbst herstellen, wenn Sie in meinem Sortiment keine passende finden.«

»Wie sehen die Dinger denn aus?«, fragte Fabian.

»Kommt drauf an. Es gibt beispielsweise eine sogenannte Jobkarte. Das ist eine runde Scheibe, in deren Mitte das Wort ›Job‹ steht. In tortenähnlichen Stücken sind rundherum Begriffe wie ›Erfolg‹, ›Kündigung‹, ›Kollegen‹, ›Aufstieg‹, ›Auszeit‹ und so weiter angeordnet. Haben Sie also Probleme mit Ihrer Arbeit, pendeln Sie aus, wie Sie in Zukunft vorgehen wollen.«

»Da mache ich mir eine, auf der steht, was ich anziehen soll«, sagte Dini. Die Männer schauten sie an und grinsten. Dini trug eine schwarze, kinnlange Perücke mit Pony, die von einem goldfarbenen und mit bunten Perlen bestickten Stirnband gehalten wurde. Aus dem gleichen Material und ebenso reich verziert war der üppige Kragen auf ihrem schlichten schwarzen Kleid. Um die Taille trug sie passend dazu einen Gürtel. Das Kleid war ärmellos. Stattdessen schlängelten sich goldfarbene Schlangen um ihre Oberarme. Ihre mit schwarzem Kajal umrandeten Augen vervollständigten das Erscheinungsbild einer Ägypterin zu Pharaos Zeiten.

»Gute Idee. Meiner Frau sollte ich auch so eines schenken«, sagte Fabian. »Die weiß nie, welche Klamotten sie tragen will.«

»Das ist gar nicht so abwegig. Die Art unserer Kleidung hat viel mit unseren Gefühlen zu tun. Helle und bunte Sachen zum Beispiel stehen für schöne Gedanken«, erklärte Madame Jasmin.

»Und schwarze trägt man, wenn es einem mies geht«, ergänzte Hanni. »Doch dafür brauche ich kein Pendel, das weiß ich aus dem Bauch heraus.«

Madame Jasmin schaute auf ihre Armbanduhr. »Unsere Zeit ist leider um. Probieren Sie es zu Hause aus, und wenn Sie Lust haben, besuchen Sie den Aufbaukurs.«

Alle erhoben sich mit ihren Pendeln in der Hand. Nur Markus ließ seines auf dem Tisch liegen. Mit zusammengekniffenen Lippen und einem knappen »Tschüss« ging er zur Tür.

»Bitte warten Sie, die Ladentür ist verschlossen«, erinnerte ihn Madame Jasmin. »Und wie gesagt, üben, üben, üben.«

Sie führte die Teilnehmer nach vorn und entriegelte die Tür, ehe sie von jedem außer Markus, der längst weg war, vierzehn Euro fünfzig für das Pendel kassierte. »Wenn Sie es nicht so in die Tasche stecken möchten, habe ich auch hübsche Stoffsäckchen für den Transport. Es gibt sie in verschiedenen Farben und Mustern.«

Wenig später stand Hanni auf der Straße vor der nun wieder verschlossenen Tür und verabschiedete sich von Frau Aggen.

»Das hat Spaß gemacht«, sagte Dini, die ebenfalls noch da war, und Hanni nickte. »Vielleicht sollten wir uns mal zusammensetzen, um zu üben«, schlug Dini vor. »Aber was rede ich da. So ein junges Mädchen wie du trifft sich bestimmt nur ungern mit einer alten Schachtel wie mir.«

»Unsinn, das wäre nett«, hörte Hanni sich sagen. »Ich meine, ich treffe mich gern mit Ihnen.«

»Wie heißt du eigentlich mit Nachnamen?«

»Busboom.«

»Hanni Busboom. Kennst du Focko Busboom, den Auricher Kriminalbeamten?«, fragte Dini.

»Das ist mein Vater.«

»Na, wunderbar. Mein Neffe ist ebenfalls Polizist.«

Hanni überlegte, was daran wunderbar war.

»Hast du morgen Vormittag Zeit?«, fragte Dini und lächelte spitzbübisch.

9

»Was habt ihr heute vor?«, erkundigte sich Gesche Busboom, als die Familie am nächsten Morgen gemeinsam am Frühstückstisch saß. Diesmal hatte Wiebke die Brötchen geholt. Sie riss die Tüte auf und schüttete sie in ein Körbchen.

»Ich habe heute Nachmittag meine erste Reitstunde am Strand. Endlich. In der Halle immer nur in der Runde reiten wird auf Dauer auch langweilig«, antwortete sie.

»Warum geht es bei diesem schönen Wetter nicht gleich hinaus?«

»Weil man keine Anfänger mit den Tieren rauslässt.«

»Und du bist jetzt Profi?«

»Zumindest keine Anfängerin mehr.«

»Als Kind hattest du Angst vor Pferden.« Gesche schnitt ein Brötchen auf und legte es ihrem Mann auf den Teller.

»Ich bin aber kein Kind mehr«, erwiderte Wiebke. Sie warf Hanni einen Blick zu, der sagte: Wir sind ja wohl alt genug, um das selbst beurteilen zu können.

»Woher kommt auf einmal dein Interesse an Pferden?«, fragte Focko Busboom.

Wiebke zuckte mit den Schultern. »Mama sagt immer, man soll alles mal ausprobieren.«

»Richtig. Nur so kann man mitreden«, pflichtete Gesche ihr bei.

»Na, da bin ich aber froh«, sagte Hanni. »Das gilt ja dann auch für mich.«

»Wieso? Was hast du denn vor?«, erkundigte sich Focko Busboom misstrauisch.

»Ich will mir die Surfer am Nordstrand ansehen. Aber vorher gehe ich noch mal in den Laden für Magie.« Sie tauschte einen Blick mit ihrer Schwester. Beide lächelten, so als wüssten sie, wie ihr Vater gleich reagieren würde.

»Für diesen Humbug solltest du kein Geld aus dem Fenster werfen«, sagte Focko Busboom prompt und musste mit ansehen, wie Wiebke die Hand ausstreckte und Hanni in der Hosentasche kramte. Ein Fünf-Euro-Schein wechselte den Besitzer. Gesche schenkte Kaffee ein, und Focko strich so kräftig Butter auf eine Brötchenhälfte, dass es heftig krümelte. »Spökenkiekerei. Du solltest dein Geld lieber für Sinnvolleres ausgeben.«

»Richtig, Papa. Es ist mein Geld. Damit kann ich machen, was ich will.«

»Ich meine es doch nur gut.«

»Ich verstehe nicht, warum du Menschen, die sich mit Übersinnlichem beschäftigen, gleich als Scharlatane abstempelst«, sagte Hanni. »Du bist doch sonst so tolerant.« Sie legte eine Hand auf Gesches Arm. »Mama, nun sag doch auch mal etwas.«

Hanni schaute ihre Mutter an und erkannte, dass Gesche ebenfalls skeptisch war.

»Erzähl«, forderte Wiebke sie auf. »Wie ist es bei deiner Pendelei gewesen?« Zufrieden schob sie sich einen Löffel Müsli in den Mund. »Papa gibt sowieso erst Ruhe, wenn er alles erfahren hat.« Dabei zwinkerte sie ihm zu.

»Sprich nicht mit vollem Mund«, ermahnte Gesche ihre Jüngste und reichte Hanni das Marmeladenglas. »Wie viele waren da?«

»Sechs. Zwei Männer und drei Frauen.«

»Das sind fünf.«

»Schlaumeier. Ich meine fünf Teilnehmer und Madame Jasmin. Sie hat den Kurs gegeben.« Hanni fasste in ihre Hosentasche und legte die Kette, an der das Pendel hing, auf den Tisch.

Wiebke griff danach. »Cool. Mit dem Ding kannst du jetzt die Zukunft vorhersagen?« Sie schlenkerte damit herum. »Wie funktioniert es?«

Hanni erklärte, was sie gestern Abend gelernt hatte. »Übrigens, Frau Aggen war auch da.«

»Krass«, sagte Wiebke.

»Und?« Focko Busboom schmierte Leberwurst auf das

Brötchen. »Wie geht es weiter? Besuchst du noch mehr Kurse?«

»Mal sehen. Erst einmal übe ich. Ach, Papa, da fällt mir ein, ich brauche ein Versuchskaninchen.«

»Wozu?«

»Ich möchte das Pendel mit jemandem zusammen ausprobieren. Ich will wissen, wie es ausschlägt, wenn ich lüge. Dazu fragst du mich etwas, das ich zum Beispiel nur mit Ja beantworten kann. Um zu sehen, ob es dann auch so ausschlägt, obwohl ich mich auf ein Nein konzentriere. Vielleicht bringe ich es dir auch bei.«

»Super, das kann Papa bei seinen Verhören anwenden.« Wiebke lachte. »Und den Kriminellen damit so richtig Angst einjagen.« Sie nahm das Ende der Kette, hielt sie in die Höhe und ließ das Pendel hin und her schwingen. Mit verstellter Stimme raunte sie: »Geben Sie es zu, Sie haben den Mord begangen. Leugnen hilft nicht, das Pendel kennt die Wahrheit.« Sie kicherte und wollte die grüne Kugel einstecken, doch Hanni kam ihr zuvor.

»Kauf dir selbst eins.«

»Ne. Ich gebe mein Geld lieber für Reitstunden aus.«

»Ja. Und stinkst uns die Ferienwohnung voll.«

»Besser, als sich mit Geistern abzugeben.«

»Vielleicht sollte ich die mit dem Pendel anrufen, damit sie dich vom Gaul schubsen.« Harte Worte, weich ausgesprochen.

»Das funktioniert?«

»Du bist so leichtgläubig, kleine Schwester.«

»Na, das sagt genau die Richtige. Du solltest dir zu diesem Schwingungsgedöns auch gleich die Tarotkarten legen lassen. Die sagen dir dann, ob du in Zukunft die Zukunft vorhersagen kannst.«

Ihr Vater malträtierte mit dem Messer derweil die nächste Brötchenhälfte. »Schluss jetzt.«

Hanni und Wiebke schauten ihn erstaunt an. »Paps, wir streiten nicht, wie diskutieren nur.«

»Dann macht das woanders.«

»Was ist sonst für den Tag geplant?«, warf Gesche ein. »Außer reiten?«

»Nachdem ich am Nordstrand war, besuche ich jemanden, den ich im Kurs kennengelernt habe.«

»Einen der beiden Männer?« Die Stimme ihrer Mutter klang hoffnungsvoll. Ihr Vater hingegen schluckte missmutig und spülte den Rest seines Brötchens mit Tee herunter.

»Nö, die gefielen mir beide nicht.«

»Ich bleibe vermutlich den ganzen Tag im Stall«, verkündete Wiebke, stand auf und wollte ihr Geschirr abräumen.

»Lass mal, ich mache das schon«, sagte Gesche. »Geht nur. Euer Vater kann mit anfassen.«

Das ließen sich Hanni und Wiebke nicht zweimal sagen.

»Und?«, fragte Gesche und lächelte ihren Mann an. »Was machen wir zwei Hübschen heute?«

***

»Du bist Hanni, stimmt's?« Kutschbauer erkannte Busbooms Tochter sofort, auch wenn es Jahre her war, dass er sie das letzte Mal gesehen hatte.

»Äh, ja. Woher wissen Sie das?«

»Du siehst aus wie deine Mama.« Toll, was redest du da für einen Quatsch, dachte er. Kein junges Mädchen möchte aussehen wie die Mutter. »Ich kannte dich«, er hob die Hand auf Brusthöhe, »da warst du noch so klein.«

Auch keinen Deut besser, doch Hannis Lächeln verriet, dass sie es ihm nicht übel nahm.

»Dann sind Sie Bernhard Kutschbauer und arbeiten gelegentlich mit meinem Vater zusammen.«

»Stimmt. Aber nur, wenn es ungeklärte Todesfälle auf der Insel gibt. Wir konnten bislang alle lösen. Möchtest du … Entschuldigung, möchten Sie Maria und Dini besuchen?«

»Sie können Du sagen. Ich wollte zu Dini.«

»Dann einmal ums Haus herumgehen, bitte. Die Tür steht offen.« Kutschbauer bemühte sich, seine Überraschung zu verbergen. Was mochte eine etwa Fünfundzwanzigjährige von Tante Dini wollen? »Ach komm, ich begleite dich.« Er war eigentlich auf dem Weg zur Arbeit, doch die paar Minuten konnte er erübrigen.

»Ah, schön, dass du meiner Einladung gefolgt bist.« Dini stand an der Hintertür, als habe sie bereits auf Hanni gewartet. Sie ergriff Hannis Handgelenk und zog sie ins Wohnzimmer.

Kutschbauer trottete hinter den beiden her. »Mach die Tür zu«, hörte er Dini leise wispern und fühlte sich übergangen.

»Tante Maria?«, rief er.

»Ich bin in der Küche.«

»Was macht die Deern hier?« Kutschbauer trat ein und deutete auf die Wohnzimmertür. »Die beiden tun so geheimnisvoll.«

»Ich weiß nur, dass Dini sie gestern Abend im Hokuspokusladen kennengelernt hat.«

Oje, den hatte er vergessen. »Entschuldige, Tante Maria. Ich hatte bislang keine Zeit, mir den Laden anzusehen. Aber das mache ich noch. Versprochen.«

»Nein, nein. Hat sich erledigt.«

»Ach was.«

»Ja, lass gut sein, mein Junge. Du hast Wichtigeres zu tun.«

»Dann bestehen von deiner Seite aus keine Einwände mehr gegen das Geschäft?«

»Alles in Ordnung. Nur die dummen Sorgen einer alten Frau. Vergiss es einfach.«

»Lass mich raten. Dini hat dich angesteckt, und du interessierst dich jetzt ebenfalls für astrale Parallelwelten und Regenbogenschlangen.« Es sollte ein Witz sein.

»Wo denkst du hin?« Maria riss entrüstet die Augen auf.

Vor Kutschbauers innerem Auge tat sich eine Szene auf: Dini und Maria bei einer spiritistischen Sitzung. Mit geschlossenen Augen hielten sie einander an den Händen und beschworen willige Geister. Undenkbar. Er unterdrückte ein freches Grinsen und schüttelte den Kopf, um die Bilder zu verscheuchen. »Du hast dich demnach selbst überzeugt, ob in dem Laden alles mit rechten Dingen zugeht«, stellte er fest.

»Sag ich doch. Es ist alles in Ordnung. Warum bist du nicht auf dem Festland und besuchst Ariana?«

»Wir haben dieses Wochenende beide Dienst.«

Ariana arbeitete in Aurich, somit sah er sie nur an den Wochenenden, in den Ferien oder wenn es sie beruflich auf die Insel verschlug. Was er sich gelegentlich wünschte, auch wenn er damit ein Kapitalverbrechen in Kauf nehmen musste, denn Ariana war Kriminalhauptkommissar Busbooms Arbeitskollegin. Sie gehörte zu seinem engsten Mitarbeiterstab und war dabei, wenn auf Borkum ermittelt wurde.

»Dann musst du wohl gleich wieder los? Bevor du gehst, könntest du mir einen Gefallen tun.«

»Was?«

»Geh bitte auf den Dachboden, du weißt, die steile Leiter ist für mich recht beschwerlich.«

»Was soll ich holen?«

»Ein Kartenspiel.«

»In eurem Wohnzimmerschrank sind jede Menge Skat- und Rommékarten.«

»Es ist ein besonderes Spiel. Dini hat es in ihrer Jugend in Wien geschenkt bekommen. Sehr alt. Die Karten liegen in einer Pappschachtel. Wenn du den Karton siehst, wirst du sofort wissen, welche ich meine.«

Maria folgte ihm die Treppe in die obere Etage hinauf und drückte ihm einen Holzstock mit einem Haken daran in die Hand. Damit öffnete Kutschbauer die Luke in der Flurdecke und zog die zusammenklappbare Leiter herunter. Als sie fest eingerastet war, stieg er hoch. Auf dem Dachboden herrschte schummriges Licht, das durch die beiden kleinen Giebelfenster hereindrang.

»Sie müssen auf der linken Seite in einem der Koffer sein«, rief Maria. »Ich denke, es ist der grüne, der mit den Gurten drumherum.«

»Ich werde sie schon finden, mach uns doch inzwischen einen Tee.«

»Aber du musst zur Arbeit.«

»Etwas Zeit habe ich noch.«

Er hörte, wie Maria die Treppe hinunterging. Wo war der grüne Koffer? Hier oben war lange niemand mehr gewesen. Er bahnte sich einen Weg über unbefestigte Holzdielen, die niemals festgenagelt wurden und leicht wippten. Ah, da stand er ja, gleich unter dem Fenster. Welch ein Glück, da gab es genügend Licht. Hinter Kutschbauer fiel etwas um, und er zuckte zusammen. »Huhu, die Geister spuken«, murmelte er belustigt.

Am anderen Ende des Speichers knackte das Gebälk. Kutschbauer blickte sich um, doch da war nichts. »Huhu«, wiederholte er. »Gibt es hier Geister? Wenn ja, bitte melden.«

»Hast du was gesagt?« Erschrocken fuhr er herum. Marias Kopf lugte durch die Dachbodenluke.

»Ich rede mit mir selbst.«

Kutschbauer ging auf die Knie, öffnete den Koffer und begann, ihn zu durchsuchen. Obwohl der Deckel fest verschlossen war, war innen drin alles staubig. Er nahm ein altes Fotoalbum heraus und fluchte, als einige schwarz-weiße Fotografien herunterfielen. Er sammelte sie ein und steckte sie zurück ins Album. Über ihm bimmelte es leise, und er meinte zu spüren, wie ihm etwas in den Nacken rieselte. Er rieb über seinen Haaransatz. Nichts. Alles nur Einbildung. Den Kopf weit in den Nacken legend schaute er hoch. Im Dachstuhl hing ein rostiges Windspiel. Er verlor das Gleichgewicht und plumpste auf den Po.

»Alles in Ordnung?«, fragte Maria.

»Ich sehe keine Karten, soll ich stattdessen die Alben mitbringen?«

»Ach was, lass das alte Zeug, wo es ist. Sieh noch mal genauer hin.«

Gleich erzählt sie mir, dass die meisten Männer, die in einem Kühlschrank nach der Butter Ausschau halten, sie nicht entdecken, obwohl sie auf Augenhöhe liegt, dachte er missmutig. Er wollte keiner dieser Kerle sein und suchte weiter. Es dauerte einige Zeit, dann stieß Kutschbauer endlich einen Triumphschrei aus.

»Ah, du hast sie gefunden.« Maria reckte eine Hand durch

die Luke, um den Karton anzunehmen. »Komm runter, das Teewasser kocht sicher schon.« Ohne eine Antwort abzuwarten, eilte sie davon.

Er verließ den Dachboden. In der Küche warteten Dini, Maria und Hanni auf ihn. Er klopfte seine staubige Hose ab und fing sich dafür einen missbilligenden Blick von Maria ein.

»Soll ich sie draußen abklopfen?«, fragte er, schon halb zur Tür hinaus.

»Lass doch den Staub«, wehrte Dini ab. »Setz dich zu uns.« Sie hatte den Deckel vom Karton genommen, Maria nahm ihn entgegen und wischte ihn vorsichtig mit einem feuchten Lappen ab. In der Pappschachtel lagen, eingebettet in grünen Filz, Tarotkarten. Sie sahen ziemlich alt aus. Andächtig, als handelte es sich um eine Kostbarkeit, nahm Dini das Kartendeck heraus. Maria griff nach dem Karton, wischte mit dem Lappen darüber und legte beides beiseite.

Schweigend sahen sie zu, wie Dini die unbenutzten Teetassen auf die Anrichte stellte, damit sie auf der Tischplatte genug Platz hatten. Feierlich legte Dini mehrere Karten aufgedeckt nebeneinander. »Brief und Taufe«, flüsterte sie und tippte auf das erste Motiv. »Eine positive Nachricht, ein gutes Vorzeichen. Steht auch für Überraschungen.«

»Das kann man wohl sagen«, behauptete Kutschbauer. »Ich bin überrascht, dich orakeln zu hören.«

»Und ich hätte niemals geglaubt, dass mir nach so vielen Jahren noch etwas zu den Abbildungen einfällt. Ah, der Dieb.« Sie tippte auf das nächste Blatt. Ein schwarzer Mann mit einem Sack in der Hand floh darauf durch die Nacht.

»Jemand wird bei euch einbrechen«, weissagte Kutschbauer und lachte.

»Bernhard«, mahnte Maria. »Darüber spottet man nicht.«

»Aber er könnte recht behalten. Es ist eine Warnkarte. Eine negative Person tritt in unser Leben. Das Bild bedeutet auch Verlustangst oder Trennung.«

»Oje«, stieß Maria klagend aus, als Dini auf die dritte Karte – ein Skelett im Nachthemd – zeigte. »Der Tod.«

»Keine Sorge«, entgegnete Dini. »Ein Todesfall steht nur ins Haus, wenn das Blatt mit anderen düsteren Karten zusammen ausgelegt wird. Außerdem lege ich jetzt alle einfach so nebeneinander. Das ist ganz etwas anderes, als wenn du sie vorher gemischt hättest und danach die Karten vor dir auslegst.«

»Steck sie ein«, befahl Maria. »Der Tee wird kalt.«

»Du hast ihn doch noch gar nicht aufgegossen.« Dennoch tat Dini, wie ihr geheißen. Maria goss heißes Wasser in die Kanne, füllte sofort die Tassen und reichte jedem eine.

»Das ist Blümchentee«, klagte Kutschbauer.

Er konnte sich nicht erinnern, wann Maria jemals so eine hellbraune Brühe serviert hatte. Sie war beunruhigt wegen der Karten. Aber warum hatte er sie dann vom Speicher holen müssen?

»Bist du eigentlich allein auf Borkum?«, fragte er Hanni, um das Thema in weltliche Gefilde zu lenken, und erfuhr, dass seit Längerem mal wieder fast die ganze Familie Busboom zusammen Urlaub machte. Ariana hatte kein Wort davon erwähnt. Aber ihre Gesprächsthemen drehten sich selten um die Privatangelegenheiten von Arianas Vorgesetztem. »Drei Wochen? Wie immer?«

Hanni nickte, dann blickten sie und Dini gleichzeitig auf ihre Armbanduhren.

»Wir sollten jetzt weiter unsere Antwortbewegungen festlegen«, erklärte Hanni, woraufhin Maria und Dini heftig nickten.

»Ihr geht ins Wohnzimmer«, sagte Maria und scheuchte sie mit einer Handbewegung fort.

»Was tun die beiden so geheimnisvoll?«, fragte Kutschbauer.

»Sie waren doch beide gestern bei diesem Pendelseminar. Jetzt üben sie, was sie gelernt haben.«

10

Das Beil sauste durch die Luft und trennte den Kopf vom Rumpf. Mit einem dumpfen Klacken blieb die scharfe Kante im Holz stecken. Die beiden Männer machten einen Satz rückwärts. Zu spät. Blut spritzte gegen ihre Hosenbeine und auf die Schuhe. Der Kopf rollte vom Holzblock, der Körper plumpste daneben. Aus dem Hals sickerte noch ein bisschen Blut, das war's.

»Wieso spritzt das so armselig, und warum läuft das Viech ohne Kopf nicht noch eine Weile hin und her? Verfluchte Scheiße. Im Film ist das ganz anders.«

»Alles nur Fake.« Olaf Kern klang, als habe er es von Anfang an gewusst. Er zupfte sich mit spitzen Fingern eine Feder von der fleckenübersäten Hose. »Was für eine Sauerei«, klagte er. Wie sollte er das seiner Mutter erklären? Mist, er würde sie persönlich waschen müssen, wenn er nicht wollte, dass sie davon erfuhr.

»Wenigstens wissen wir jetzt, was uns erwartet.«

»Bloß kein zweiter Versuch.«

»Wie denn? Du Idiot hast ja nur ein Tier geklaut.«

Olaf hatte mehrere geklaut, doch das musste Vittorio nicht wissen. So blieb ihm die zweite Probe erspart, und er musste für den eigentlichen Zweck keine weiteren Vögel mehr stehlen. »Das war schon schwierig genug. Das nächste Vieh kannst du besorgen.«

Vittorio zog das Beil aus dem Holzblock und hielt es Olaf an den Hals. »Du tust, was ich sage, kapiert?«

»Ja, verstanden.«

Vittorio rammte das Beil zurück in den Block und stieß mit dem Fuß gegen den Vogelkopf. »Hey, schau mal genau hin.« Er boxte Olaf gegen die Schulter. »Das ist ein Huhn. Ich sagte doch, wir brauchen Hähne.«

»Im Dunkeln sehen die alle gleich aus.«

»Dann nimm das nächste Mal gefälligst eine Taschenlampe mit. Ich will einen, der temperamentvoll ist. Dann spritzt sicherlich auch mehr Blut.«

***

»Jeder hat irgendeinen Talisman. Schauen Sie sich nur die Quizsendungen an. Da stehen erwachsene Leute mit einem Plüschtier in der Hand und erwarten, durch die Kraft eines Teddys zu gewinnen. Haben Sie noch niemals auf Holz geklopft, Salz über die Schulter geworfen oder sind auf die andere Straßenseite ausgewichen, weil sie ansonsten einer schwarzen Katze über den Weg gelaufen wären oder unter einer Leiter hätten hindurchgehen müssen? Ich sehe es doch in Ihrem Gesicht. Sie gehören auch zu den Menschen, die die Dreizehn für eine Unglückszahl halten und glauben, vierblättrige Kleeblätter bringen Glück.«

Polizeikommissar Beckers Lächeln brachte Andreas Kupke aus dem Gleichgewicht. Er dachte an den Glückspfennig, den er als Jugendlicher in einer Silvesternacht gefunden hatte und der seither in seiner Hosentasche steckte, und war überrascht, dass Kollege Becker auch andere Themen kannte außer Krankheiten.

Für die interessierte sich niemand im Revier, mit Ausnahme von Becker natürlich. Die Kollegen nannten ihn darum auch den »Aspirin-Cop«. Bei Becker drehte sich alles um Viren, Bazillen, kalte Umschläge und warme Kompressen, Fangopackungen, Massagen, Pillen und Ärzte. Seine Devise war: »Vorsicht ist besser als Nachsicht.« Wäre sein Nachbar früher zum Arzt gegangen, müsste er jetzt nicht mit den Folgen eines Schlaganfalles dasitzen. Oder die Nichte seiner Schwägerin. Rechtzeitig zur Vorsorge, und auch ihr wäre so einiges erspart geblieben. Das war seine Überzeugung, und er erzählte jedem, der es hören wollte, bereitwillig davon. Auch denen, die es nicht unbedingt hören wollten, so wie unlängst Andreas Kupke. Und nun erfuhr er, dass der Polizeikommissar noch andere Hobbys hatte als Bakterien, Viren und alles, was das Hypochonderherz höherschlagen ließ.

Während Becker sonst in jeder Pause über vorbeugende Maßnahmen wie Impfen, den momentan grassierenden Keuchhusten oder irgendeine eklige Geschwulst einer Bekannten referierte, redete er heute endlich von etwas anderem. Wie waren sie noch gleich auf das Thema gekommen? Ach ja, Becker hatte beim Auspacken seiner Mittagsmahlzeit angekündigt, ihm seine neu erworbene Steinsammlung zeigen zu wollen.

»Handschmeichler«, belehrte er Kupke jetzt, »heißen so, weil sie gut in der Hand liegen. Aber das ist nur zweitrangig. Ihre eigentlich hervorstechende Eigenschaft ist die, dass sie positiv auf jede Art von Leiden wirken können.« Becker griff in die Hosentasche und legte einige Steine auf den Tisch. Er rückte seinen Becher mit Kamillentee beiseite. Mit dem Zeigefinger schob er einen aus dem kleinen Haufen heraus. »Ein Hämatit. Er besitzt eine positive Wirkung auf das Blut, verleiht Spontanität und Lebensfreude.«

Also geht es doch bloß wieder um Gesundheit, dachte Kupke, schwieg jedoch.

»Das ist ein Bernstein, wie man ihn auch bei uns am Strand finden kann.« Becker legte ihm einen polierten braunorangen Stein in die Hand. »Positiver Effekt bei Rheuma und Gicht.«

»Aha«, vermochte Kupke nur zu sagen und legte den Handschmeichler zurück zu den anderen. »Und dieser hier?«, fragte er, um dem Kollegen, der vor Eifer ganz aufgeregt wirkte, einen Gefallen zu tun.

»Das ist ein Falkenauge. Gegen Entzündungen der Augen und gut bei Kurzsichtigkeit.«

»Aber Sie tragen keine Brille.«

»Und so soll es auch bleiben. Außerdem schärft er die Sinne.«

Was Kupke bezweifelte. Er blickte auf seine Armbanduhr. »Meine Pause ist leider schon zu Ende. Ich muss den Diensthabenden ablösen.«

Nur wenige Minuten nach der Ablösung klingelte Kupkes Telefon. »Polizeistation Borkum, Andreas Kupke am Apparat. Was kann ich für Sie tun?«

Kupke griff nach einem Kugelschreiber und einem Schreibblock. »Und Sie sind sicher, dass sie nicht einfach weggelaufen sind? – Gut. Wie viele Tiere, sagten Sie? – Name, Anschrift und Telefonnummer bitte. – Mit zwei t?«

Er notierte die Angaben.

»Wann? – Vorgestern schon, aha. Möchten Sie offiziell Anzeige erstatten? – Das kann ich unmöglich vorab sagen, ob es sich lohnt. Was sind die Tiere denn ungefähr wert? – Verstehe. – Nein, Sie brauchen nicht extra herkommen. Ich habe es aufgeschrieben. Sobald ich etwas höre, melde ich mich bei Ihnen.«

Bernhard Kutschbauer betrat den Empfangsbereich des Polizeigebäudes. »Gibt es was Neues?«

Andreas Kupke legte den Telefonhörer auf. »Ein weiterer Hühnerdiebstahl. Georg Schmitt wurden drei Tiere gestohlen. Das war allerdings schon vorgestern. Außerdem meldete ein gewisser Otto Münster den Diebstahl seines Hahns. Davor war eine Frau da, sie beschwerte sich über den Dieselgeruch der Dampflok und darüber, dass am Nordstrand die Seehunde dafür verantwortlich sind, dass das Badewasser keine gute Qualität mehr besitzt.«

»Dann soll sie weiter links baden gehen, da findet sie das klarste Nordseewasser.«

»Das sagte ich ihr auch, aber sie wollte, dass ich etwas dagegen unternehme. Sie weigert sich, mit dem gemieteten Strandzelt einen halben Kilometer nach Süden zu wandern. Ich habe ihr versichert, dass der Zeltvermieter das für sie erledigen wird und ich selbst kaum in der Lage bin, den Robben ihr Geschäft zu verbieten.«

»Und?«

»Sie verlangt von den Behörden, Schilder aufzustellen.« Kupke stellte sich das Bild darauf vor. Ein roter Kreis auf weißem Untergrund. Darin das Bild einer Robbe, die sich zum

Scheißen krümmte, mit zwei roten Strichen durchkreuzt. Damit auch garantiert keine Missverständnisse entstanden. Er lachte, und Kutschbauer stimmte ein. Vermutlich schwebte ihm das gleiche Verbotsschild vor Augen.

»Sonst noch was?«

»Zwei Fahrraddiebstähle, ein Zechpreller in einem Hotel, eine Ruhestörung und ein Ladendieb. Die Kollegen sind unterwegs und kümmern sich darum. Mit dem Geschädigten Otto Münster sollten Sie persönlich sprechen.«

»Warum?«

»Er bittet darum, dass Sie die Anzeige aufnehmen.« Kupke reichte Kutschbauer eine Notiz.

»Das kann ja kein Mensch lesen. Sieht aus, als wäre ein Vogel übers Blatt gelaufen.«

»Entschuldigung. Das ist Steno.« Er nahm das Stückchen Papier und las vor: »Der Hahn Jakko ist aus dem Stall von Otto Münster gestohlen worden. Jakko ist ein Zwerg-New-Hampshire und hat ein braunrotes Gefieder mit langen schwarzen Schwanzfedern. Er bittet darum – Herr Münster, nicht Jakko –, dass ein einheimischer Polizeibeamter die Anzeige aufnimmt.«

»Das steht alles auf dem winzigen Stück Papier?«

Kupke nickte und war enttäuscht, dass die Stenografie Kutschbauer mehr interessierte als das, was er vorgelesen hatte.

»Wunderbar. Und warum wollte der Mann einen Insulaner?«

»Er redete über Pfingsten, und dass wir doch jetzt August haben. Keine Ahnung, was er damit meinte.«

Kutschbauer erklärte es ihm.

***

Auf dem Weg zu Otto Münster blieb Kutschbauer an der Straßenecke Harpunierstraße stehen. Das Keifen vieler Möwenstimmen verriet, dass die Vögel einen Müllsack aufgerissen hatten und sich um dessen Inhalt stritten. Gut ein halbes Dutzend saßen auf dem Gehsteig, umkreisten einander, um sich gegenseitig die Beute abzujagen, oder zerrten am Plastik der Mülltüte. Die viel zu dünnen Beutel, die auf der Insel benutzt wurden, hielten dem Gezerre oft nur kurz stand, dann platzte der Mist heraus, und in Windeseile verteilten die Möwen den Dreck auf der Straße. Kutschbauer fragte sich, warum der Landkreis Leer keine dickeren Kunststoffsäcke verwendete. Das Amt war für die Müllabfuhr zuständig, und nur diese vom Landkreis herausgegebenen Säcke durften von den Müllhandwerkern mitgenommen werden. Er lief mit ausgebreiteten Armen auf sie zu. »Kusch«, rief er, doch die Vögel schlugen nur mit ihren großen Flügeln oder hopsten ein wenig beiseite. Sie wussten, sie waren schneller, egal was Kutschbauer tat.

Schon wurde eine Haustür aufgerissen. Eine Frau, mit Gummihandschuhen, Besen, Kehrblech und neuer Mülltüte bewaffnet, kam heraus. Auf dem Weg zum Bürgersteig schimpfte sie: »Verfluchte Mistviecher. Wann bekommen wir endlich Tüten, die etwas aushalten? Oder besser noch, ordentliche Mülltonnen.«

Kutschbauer überlegte, ob sie mit »verfluchte Mistviecher« die Vögel oder die Verantwortlichen der Müllabfuhr meinte, und grinste. Ein Thema, über das seit Jahren auf der Insel gestritten wurde. Niemand mochte die Mülltüten, und keiner wollte mehr die verschmutzten Gehsteige an den Abfuhrtagen sehen.

»Da sollte die Polizei sich mal drum kümmern«, rief die Frau ihm hinterher.

Dafür war das Ordnungsamt zuständig. Das hätte er ihr natürlich sagen können, doch Kutschbauer schwieg. Einige Möwen flogen dicht über seinen Kopf hinweg. Vermutlich auf dem Weg zur Strandpromenade oder in die Fußgängerzone. Dort gab es für sie immer etwas zu fressen. Entweder fütterten die Touristen sie, oder die Vögel raubten sich Eistüten und Fischbrötchen im Sturzflug. Die Leute waren selbst schuld, sie hatten es ihnen ja quasi beigebracht.

»Jakko ist unser ganzer Stolz. Er ist ein wunderbarer und kostbarer Hahn. Deshalb sind meine Frau und ich untröstlich. Wissen Sie, Herr Kutschbauer, das Tier ist uns sehr ans Herz gewachsen. Erst vergangenen Monat hat er einen Preis gewonnen. Bei den ostfriesischen Geflügelzüchtern wurde Jakko von dreiunddreißig Rassetieren zum schönsten Hahn gekürt. Er erhielt die Höchstnote: Hervorragend. Da steht der Pokal. Jakko ist ein Zwerg-New-Hampshire, müssen Sie wissen. Sie erkennen ihn sofort an dem braunroten Gefieder und seinen langen schwarzen Schwanzfedern. Hier ist ein Bild von ihm.« Otto Münster griff nach einem Bilderrahmen, entfernte das Glas und reichte Kutschbauer die Fotografie. »Sie brauchen sicher ein Fahndungsfoto. Das hier ist das schönste Bild, das wir von ihm haben. Ich möchte es zurück. Wissen Sie, Jakko ist für uns wie ein Familienmitglied.«

Rechtlich galt ein Tier als »Sache«, niemals als Teil der Familie, aber das konnte Kutschbauer unmöglich sagen. Er benötigte kein Foto wie bei einem entführten Menschen, und so viele Hähne gab es auf der Insel ohnehin nicht. Er würde Münsters Hahn auch so erkennen. Dennoch steckte er es ein. »Ich gebe es Ihnen baldmöglichst zurück. Haben Sie noch mehr Hühner?«

»Selbstverständlich. Jedoch nur einen Hahn. Allerdings habe ich vor einer Woche einen Zwerg-Welsumer bestellt. Ich möchte mit der Züchtung dieser schönen Vögel anfangen. Das Tier hat ein schwarzes, schillerndes Gefieder und rote Federn am Hals und an den Flügeln. Aber der wird erst übermorgen geliefert. Zum Glück, sonst wäre er womöglich auch verschwunden.«

Münster betrachtete wehmütig eine Fotografie. Er selbst mit Jakko auf dem Arm, beide mit erhobenem Kopf und vorgerecktem Kinn beziehungsweise Schnabel. »Kommen Sie. Ich zeige Ihnen, welche Preise Jakko gewonnen hat.«

Kutschbauer tat ihm den Gefallen und ließ sich zu jedem einzelnen Teller und Pokal die dazugehörige Geschichte erzählen.

»Diesen Zinnteller gab es für den zweiten Platz«, schloss Münster. »Aber Herr Kutschbauer, es ist ja nicht nur der materielle Wert des Vogels«, klagte er.

Klar, sonst würde Jakkos Porträt wohl kaum neben den Familienfotos, die Kinder und Enkelkinder in allen Altersklassen zeigten, stehen. »Praktisch wie ein Hund«, murmelte Kutschbauer.

»Sie sagen es. Er gehört zum engsten Familienkreis. Bitte finden Sie den Dieb. Wir alle verlassen uns auf Sie. Würde es helfen, wenn ich einen Finderlohn auslobe?«

»Nein. Bestimmt ist er nur weggelaufen beziehungsweise fortgeflattert.«

»Auf keinen Fall. Es war eindeutig Diebstahl. Die Stalltür ist immer verschlossen, da achte ich sehr drauf.«

»Dann, so fürchte ich ...« Kutschbauer ließ offen, was er vermutete, da er in Münsters Augen Tränen schimmern sah. »Ich kümmere mich darum«, versprach er.

»Genau deswegen habe ich nach Ihnen gefragt. Als Einheimischer und Junggeselle sind Sie bestimmt Mitglied im Verein ...«

Kutschbauer hob eine Hand, um Münsters Redefluss zu stoppen. »Niemals. Der Verein Borkumer Jungens ist in diesem Fall unschuldig. Das wissen Sie so gut wie ich. Die stehlen nur zu Pfingsten einen Hahn.« Er tätschelte Münsters Schulter.

»Sie sagen das, als wären Sie sich vollkommen sicher.«

»Bin ich, Herr Münster. Für die Jungs lege ich meine Hand ins Feuer. Bin, wie Sie ganz richtig annehmen, selbst Mitglied in dem Verein.«

»Dann wird Jakko vermutlich nicht heil und gesund zurückkommen.«

»Das kann ich Ihnen leider nicht versprechen.«

11

Gesche Busboom hakte sich bei ihrem Mann unter. Sie gingen die Bismarckstraße in Richtung Bahnhof entlang und passierten soeben die Kreuzung, an der die Pferdekutschen standen und auf Kundschaft warteten.

»Glaubst du wirklich, dass es Hanni gut geht? Ich denke …«

Gesche stöhnte übertrieben theatralisch und knuffte ihn mit dem eingehakten Ellenbogen in die Seite. Mit der anderen Hand strich sie ihm kurz über den Arm.

»Ich meine«, fuhr er unbeirrt fort, »da sie jetzt einen Hang zum Esoterischen entwickelt …«

»Nun hör aber auf. Nur weil sie ein Hexenbrett gekauft und an einer Geisterwanderung teilgenommen hat, driftet sie noch lange nicht in eine astrale Nebenwelt ab.«

»Du hast den Pendelkurs vergessen.«

»Sie braucht Ablenkung. Sei froh, dass sie eine Beschäftigung hat. Und nur weil dir diese Dinge suspekt erscheinen, heißt das nicht, dass Hanni Gefahr läuft, in eine gefährliche Sekte abzudriften.« Sie lachte auf. »Witzig – eine Sekte auf Borkum. Da weiß bereits nach einer Woche die halbe Inselbevölkerung, dass es sie gibt, wer sie betreibt und was die alles anstellen.«

»Auch in einem kleinen, übersichtlichen Ort geschehen Dinge, die ewig im Verborgenen bleiben können«, widersprach Busboom.

»Aber am Ende kommt es ans Tageslicht. Du solltest es wissen, bei deinem Beruf.«

»Eben. Deshalb mache ich mir ja Gedanken.«

»Lass es sein. Hanni ist erwachsen, und das musst du endlich akzeptieren. Hab Vertrauen. Sie ist klug und kann auf sich aufpassen.« Gesche blieb stehen und hielt ihn fest. »Schau mal da drüben, das ist doch dein Kollege Becker.« Sie deutete auf einen Mann mit schmalem Kinnbart, der in Uniform mitten in der Fußgängerzone stand, vermutlich, um widerrechtlich fahrende Fahrradfahrer anzuhalten. »Wenn es dich beruhigt, sprich mit ihm. Frag, ob die örtliche Polizei den magischen Laden im Visier hat.«

Sie überquerten die Schienen am Inselbahnhof und die anschließende Straßenkreuzung, um Becker vor dem Haupteingang der Sparkasse anzusprechen.

»Frag auf keinen Fall, wie es ihm geht«, raunte Busboom Gesche zu, doch es war bereits zu spät.

»Schön Sie zu sehen, Herr Becker. Wie geht es Ihnen?« Sie reichte ihm die Hand zur Begrüßung.

»Ein wenig besser als gestern, Frau Busboom.«

Als Becker Gesche von seinem gestrigen Fieberschub zu berichten begann, fiel Busboom ein Hypochonder-Witz ein: »Herr Doktor, unser Hypochonder stirbt«, sagt die Krankenschwester. »Nun übertreibt er aber«, behauptet der Arzt. Er schüttelte Becker grinsend die Hand und bewunderte Gesche, die teilnahmsvoll Beckers Tiraden über sich ergehen ließ. Er hatte gelernt, bei Beckers Krankenberichten wegzuhören. Seine Blicke wanderten über die Menschen, die vorbeigingen. Die meisten schauten interessiert herüber. Sicher nahmen sie an, sie seien von dem Polizisten beim Begehen einer Verkehrswidrigkeit oder Ähnlichem erwischt worden und erhielten eine Verwarnung, so intensiv redete Becker auf Gesche ein.

Busboom bemerkte die Frau in der Menge sofort. Wie gestern trug sie die Haare hochgesteckt. Ihre Kleidung war nicht ganz dieselbe, erinnerte aber wieder deutlich an landläufige Vorstellungen von Sinti oder Roma. Gesche bemerkte die Frau ebenfalls und nutzte die Gelegenheit, um auf ihr Anliegen zu kommen. »Sagen Sie, Herr Becker, haben Sie fahrendes Volk auf der Insel?«

»Wie kommen Sie auf den Gedanken?«

Mit einer leichten Kopfbewegung deutete sie auf die Frau, die in diesem Moment an ihnen vorbeiging.

»Das ist Madame Jasmin«, flüsterte er und wartete, bis sie um die Sparkasse gebogen war. »Ihr Äußeres täuscht. Das gehört zum Geschäft. Sie ist die Eigentümerin des Fachgeschäftes für Magie.«

»Sie kennen den Laden?«

Becker nickte. Es wirkte wohlwollend.

»Und?«, fragte Busboom ein wenig enttäuscht. »Was gibt es über sie und das Gewerbe zu berichten?«

»Alles in Ordnung. Keinerlei Beschwerden.«

»Meine Frau«, flunkerte Busboom, »befürchtet, dass der Laden keine Saison überstehen wird.«

»Warum?«

»Nur wenige kaufen Räucherstäbchen und Schutzamulette.«

»Ich könnte mir vorstellen, dass Sie dort Kunde sind«, sagte Gesche an Becker gewandt. »Ich hörte, dass Mojo-Zauberbeutel gegen fast alles helfen sollen. Auch bei Krankheiten, denn wie Sie wissen, ist vieles, was uns krank macht, Kopfsache.«

»Frau Busboom, Sie kennen Mojo-Zauberbeutel? Mir sind die zu teuer«, erklärte Becker. »Ich schwöre auf Handschmeichler.« Er drohte Gesche lächelnd mit dem Zeigefinger. »Wer hätte gedacht, dass Sie sich mit weißer Magie auskennen.«

Busboom wunderte es ebenfalls.

»Ein wenig«, gestand sie. »Vor einiger Zeit gab es darüber einen interessanten Bericht auf Phönix, oder war es die Sendung ›Terra X‹ im ZDF? Jedenfalls nett, Sie zu treffen, Herr Becker. Wir müssen weiter. Sie wissen doch, Urlauber haben nie Zeit.« Ehe Becker widersprechen konnte, zog Gesche Busboom am Arm und verschwand mit ihm in der Menge der Leute, die durch die Fußgängerzone flanierten.

»Was um alles in der Welt sind Mojo-Beutel?«

»So kleine Beutelchen, in die diverse geheimnisvolle Zutaten reinkommen. Kräuter und Teile von Früchten, winzige Knochen von irgendwelchen Tieren oder Zähne und natürlich magisches Pulver. Die in der Sendung meinten, dass für Leute, die daran glauben, der Effekt legendär sei.«

»Legendär sind die Preise, wenn man Becker Glauben schenken darf.«

»Mit hundertdreißig Euro pro Säckchen musst du schon rechnen.«

»Für einen Stoffbeutel voll Federn und Knochen?«

»Immerhin gehen damit Wünsche in Erfüllung. Es gibt Beutel für Erfolg, Karriere und das gute Gelingen von Unternehmungen oder für Partnerschaften. Um zum Beispiel erfolgreich einen Partner zu erobern.«

»Auch zurückzuerobern?«

Gesche überhörte den Einwand. »Außerdem bekommst du für den Preis natürlich alle Informationen, wie du mit dem Beutel umzugehen hast.«

»Klar«, sagte Busboom. Es klang weder sarkastisch noch spöttisch, eher so, als habe er jetzt noch mehr Sorgen als vorher.

»Und ehe du weiter darüber grübelst, ob Hanni sich so etwas gekauft hat, sollten wir lieber entscheiden, was wir heute Abend essen möchten.«

Busboom zuckte mit den Schultern.

»Dann lade ich dich zum Essen ein.«

»Und Hanni und Wiebke?«

»Die können mitkommen, wenn sie wollen. Aber soweit ich weiß, haben sie was anderes vor.«

»Was denn?«

»Ach, Focko. Väter müssen nicht alles wissen.«

***

Gegen zwanzig Uhr dreißig saßen Focko und Gesche Busboom satt und zufrieden im Wohnzimmer vor dem Fernseher. Es lief »Wer wird Millionär«. Focko schaute nur zu, weil Gesche die Sendung liebte. Zusammen lösten sie Jauchs Fragen. Ihre Trefferquote war anständig, was auf die meisten Zuschauer zutreffen mochte, solange sie statt im Studio zu Hause auf dem Sofa hockten.

Wiebke war mit den beiden einheimischen Mädchen, die sie im Reitstall kennengelernt hatte, in der Fußgängerzone. Die drei aßen beim Italiener ein Eis, danach wollten sie an den Strand. Vielleicht war am Volleyballfeld ja noch was los.

Hanni saß in ihrem Zimmer am Computer. Später würde sie in die Disco gehen. Bei den Pendelübungen mit Dini hatte ihr diese von der Herkunft der alten Tarotkarten erzählt.

»Vielleicht sind die ja richtig antik, und man kann sie bei ›Bares für Rares‹ verkaufen«, hatte Hanni gesagt und sich Dini in einer ihrer Verkleidungen im Fernsehen vorgestellt. Um herauszufinden, ob die Karten einen entsprechenden Wert hatten, klickte sie sich durchs Internet, suchte nach Hinweisen auf Wiener Tarotkarten. »Wahnsinn«, flüsterte sie. Auf den Seiten über die Firma Piatnik & Söhne fand sie das Firmengründungsdatum. 1843. Wenn Dinis Karten aus dieser Zeit stammten, waren sie ein kleines Vermögen wert. Das musste sie gleich morgen früh Kutschbauers Tanten erzählen.

Vittorio Garanca stand vor dem Spiegel im Badezimmer. Alles okay. Er war mit seinem Aussehen zufrieden. Nur noch wenige Minuten, dann würde er die Wohnung verlassen, um zuerst in einer Kneipe ein paar Bierchen zu trinken. Anschließend würde er Olaf abholen – wehe, der weigerte sich mitzukommen –, um mit ihm in die Disco zu gehen. »Mädels, aufgepasst, ich komme.« Eine würde sich sicherlich aufreißen lassen. Wenn sie im Bett eine Niete war, taugte sie immer noch als zukünftige Kundin. Ein paar Leute mehr anzufixen machte den Kohl fett. Dann lohnte sich der Aufwand mit den geklauten Hähnen und dem ganzen Voodoo-Quatsch wenigstens.

Olaf Kern konnte sich an einem Samstagabend Schöneres vorstellen, als zu Hause zu sitzen und auf die Geschwister aufzupassen. Aber er hatte es seiner Mutter versprochen. Das Treffen beim Hausfrauenbund würde zudem nicht ewig dauern. Vielleicht fand er später ja noch Zeit, an den Strand zu gehen. Die Volleyballer, die zum Turnier angereist waren, spielten dann sicher noch. Er überlegte, ob es dem Federvieh, das er in einem Schuppen in der Nähe der Franzosenschanze versteckt hatte, gut ging. Wasser, trocken Brot und Vogelfutter reichten hoffentlich. Wenn er nur wüsste, wie viel so ein Tier fraß.

Bernhard Kutschbauer langweilte sich allein zu Hause. Das Fernsehprogramm empfand er als Zumutung. Gern wäre er jetzt mit Ariana zusammen. Er freute sich schon auf das kommende Wochenende, da hatten sie beide keinen Dienst und würden die Zeit gemeinsam verbringen. Er entschied, in eine Kneipe zu gehen und ein paar Bierchen zu trinken.

Polizeikommissar Becker telefonierte mit seiner Frau, die für ein paar Tage ihre Schwester in Hameln besuchte. Sie erzählte ihm gerade, dass sie vor diesem Telefonat mit ihrer Freundin Ingeborg gesprochen hatte, die ihr glaubhaft versicherte, dass in der Disco wieder einmal Drogen verkauft wurden. »Was geht da vor, Horst? Ihr solltet mehr Kontrollen durchführen.«

»Wir können unmöglich jede Nacht die Orte überwachen, an denen eventuell Drogen verkauft werden.«

»Wozu hast du junge Kollegen? Lass die das machen. Und was die Disco angeht, da hältst du dich auch raus. Denk an deine Lunge. Die Luft darin ist das reinste Gift.«

»Erika, wir sind vor Ewigkeiten das letzte Mal in der Disco gewesen. Inzwischen herrscht auch da schon lange Rauchverbot.«

»Trotzdem. Schick Andreas Kupke. Der scheint mir ein pfiffiger Mann zu sein.«

Dini und Maria saßen am Küchentisch. Vor ihnen lagen die Tarotkarten aus Wien. Dini nippte an einem Caipirinha, den niemand besser mixen konnte als Maria. Dann ergriff sie den Stapel und begann zu mischen. Die obersten drei Karten legte sie mit dem Bild nach oben vor sich ab. Den Rest wollte sie Maria geben, aber die schüttelte den Kopf, also legte sie ihn zur Seite.

»Und?« Maria leerte mit einem Zug den Rest Mineralwasser

aus ihrem Glas. Ihr war sichtlich unwohl bei der Sache. Ehe Dini antworten konnte, hob sie die Hand. »Ich brauche eine Stärkung.«

Maria holte aus dem Küchenschrank eine Flasche Rotwein. Nachdem sie sich ein Glas eingeschenkt und einen kräftigen Schluck genommen hatte, fragte sie: »Du kannst dich an die Bedeutung der jeweiligen Karte erinnern?«

»Ja, ich denke schon.« Dini tippte mit dem Zeigefinger auf die linke Karte, danach auf die in der Mitte, dann auf die rechte. »Vergangenheit, Gegenwart und Zukunft. Oder auch«, sie wiederholte ihr Tippen, »ich, der Partner, also du, Maria, und die Umwelt, also die anderen.« Dinis Finger vollzog ein drittes Mal die Bewegung von links nach rechts: »Was spricht dafür, was spricht dagegen, was passiert, wenn wir es tun?«

»Was tun?«

»Was weiß ich.« Dini nahm ein Büchlein vom Schoß und blätterte darin herum, bis sie die richtige Seite gefunden hatte.

»Woher ist das denn?«

»Aus unserem Bücherregal.«

»Nie gesehen.«

»Wann liest du schon mal ein Buch. Ah, da steht es. Unsere linke Karte zeigt einen Wagen. Schau hier, da ist sie.« Sie deutete auf eine Abbildung im Buch. »Es ist ein Triumphwagen. Die zweite Karte ist ein Papst und die dritte der Teufel.«

»Der macht mir Angst.«

»Braucht er nicht. Lass mal sehen.« Sie blätterte wieder und las den dazugehörigen Text im Buch. »Er steht für Abhängigkeit, feste Grenzen und Versuchung und ist an die Materie geschmiedet.«

»Und?« Maria hatte scharfe Augen, wenn sie ihre Brille trug. »Das Negative kannst du auch vorlesen.«

»Warum so pessimistisch? Gehen wir der Reihe nach vor. Der Wagen liegt auf dem Platz der Vergangenheitskarte. Hier steht: Erfolg trotz derzeitiger Stagnation.«

»Wir haben noch keinen Border Collie«, sagte Maria. »Das bedeutet demnach, wir bekommen einen.« Sie leerte ihr Glas, schenkte nach und tippte auf die mittlere Karte. »Und für heute? Was meint der Papst?«

»Warst du in der Kirche?«

»Nein«, sagte Maria.

»Aber gebetet hast du?«

»Jeden Tag, das weißt du doch.«

»Passt. Außerdem steht der Papst für Religiosität, Güte, Gnade und erfahrenen Rat«, las Dini vor.

»Ich habe heute Frau Hartmann aufgeholfen. Sie ist mit dem Rad am Bordstein entlanggescharrt und hingefallen. Ihr Fahrrad und der gesamte Einkauf lagen auf der Straße.« Sie tippte auf die Papst-Karte. »Die steht also für mich und was ich den Tag über getan habe. Alles stimmt.«

»Was spricht dagegen?«

»Na, nichts. Man hilft seiner Nachbarin.« Maria nahm einen weiteren kräftigen Schluck. Ihre Augen glänzten. »Und morgen? Was will der Teufel?«

Dini fand die entsprechende Stelle im Text: »Versuchung steht ganz oben auf der Liste. Wir sollen es also weiter versuchen«, schlussfolgerte sie. Wobei ihr der Unterschied sehr wohl bekannt war.

»Was?«

»Na, alles. Du versuchst mit deinem Hundehoroskop, den Mann der Scharlatanerie zu überführen, und ich beweise mit dem Pendel das Gegenteil.«

»Lies weiter vor«, befahl Maria.

»Wie schon gesagt, der Teufel bedeutet Abhängigkeit und feste Grenzen.«

Maria schob die Karten zurück ins Deck. »Lass uns Günther Jauch gucken.«

***

»Das ist jetzt aber das letzte Mal. Ihr solltet schon lange schlafen«, flüsterte Olaf und schlug das Bilderbuch auf. »Und ihr müsst leise sein, Mama schläft schon.«

Seine Mutter war vom Hausfrauentreffen zurückgekehrt und während der letzten zehn Minuten von »Wer wird Millionär« auf dem Sofa eingeschlafen.

»›Du sollst immer lächeln‹, sagte der Seestern zum Seehundbaby, das jeder Heuler nannte«, las er vor.

Es war die Lieblingsgeschichte seiner jüngeren Geschwister, die sie nun bereits zum dritten Mal hören wollten. Sie liebten den Text und kannten jeden Satz auswendig, was es ihm unmöglich machte, Teile zu überspringen, damit er schneller zum Ende kam. Die beiden Kleinen merkten es sofort.

»Ich mache gern ein freundliches Gesicht, aber wenn alle mich so anstarren, als wären wir im Zoo …«, antwortete Olafs Schwester anstelle von Heuler. Sie schaute Olaf aufmerksam an. »Ich weiß genau, wie sich Heuler fühlt.«

»Ach ja?«

»Ich kann auch nicht lächeln, wenn ich angestarrt werde.«

»Dich starrt aber niemand an.«

»Doch.« Sie streckte den Zeigefinger aus und deutete zum Fenster. Olaf wandte sich um. Vittorio stand draußen und gab ihm Zeichen, herauszukommen.

»Wenn ihr jetzt brav seid und sofort einschlaft, lese ich euch die Geschichte morgen so oft vor, wie ihr wollt. Bis ihr einschlaft.«

»So oft wir wollen?«

»So oft ihr wollt.«

»Was soll das?«, flüsterte Olaf an der Wohnungstür. »Es ist schon spät.«

»Mir doch egal, wie spät es ist. Du kommst mit in die Disco.«

»Sei leise.« Olaf schaute zur Wohnzimmertür und hoffte, dass seine Mutter weiter vor dem Fernseher schlief.

»Los, komm schon. Es gibt Geschäftliches zu erledigen.«

»Das kannst du viel besser alleine«, nuschelte Olaf, erkannte jedoch an Vittorios Gesichtsausdruck, dass dieser gleich losbrüllen würde, wenn er nicht spurte. »Warte. Ich muss mich erst umziehen.«

»Unsinn.« Vittorio packte seinen Arm. »Komm jetzt.«

Vittorios Griff schmerzte. Das würde blaue Flecken geben. Auf eine Bemerkung seiner Mutter dazu konnte er verzichten. »Du tust mir weh.«

»Dir wird gleich noch mehr wehtun, wenn –«

»Ich komme ja.« Olaf trat in den Hausflur, zog die Tür hinter sich zu und folgte Vittorio auf die Straße. Im Haus gegenüber bewegte sich eine Gardine. Vermutlich würde seine Mutter spätestens morgen Mittag von Vittorios Besuch erfahren haben. »Wir sollten alles absagen«, jammerte er unzufrieden.

»Zu spät. Die Ware ist unterwegs und muss verkauft werden. Die Typen sind knallhart.«

»Dann sollen sie das Zeug woanders verticken. Hier ist der Markt viel zu klein.«

»Deswegen veranstalten wir ja den Karibikkram.«

»Davon habe ich doch gar keine Ahnung.«

»Aber ich.« Vittorio klopfte ihm heftig auf die Schulter. Gönnerhaft fügte er an: »Das Köpfen übernehme ich. Der Rest ist besprochen. Du wirst sehen, das läuft wie geschmiert. Und wenn du erst Blut geleckt hast, wird es dir Spaß machen.« Sein Lachen ließ Olaf erschaudern.

»Und wozu brauchst du mich in der Disco?«

»Wir müssen noch ein paar Leute für den Voodoo-Abend zusammentrommeln.«

»Wir haben doch schon welche.«

»Mehr sind besser.« Vittorios Stimme bekam einen schmeichelnden Klang. »Ich brauche dich. Ehrlich. Du siehst so vertrauenswürdig aus. Und bestimmt triffst du da die Kleine von der Geisterwanderung.«

»Welche Kleine?« Olaf stellte sich dumm, doch Vittorio machte er nichts vor.

»Die süße Blonde. Du bist scharf auf sie, das konnte ich sogar im Dunkeln erkennen.«

»Woher willst du wissen, dass sie in der Disco ist?«
»Wo soll sie sonst hingehen, wenn sie tanzen will?«
»Und woher weißt du, dass sie gern tanzt?«
»Das tun alle Weiber.«

***

Focko Busboom hockte vor dem Fernseher und schaute alle paar Minuten auf die Uhr. Er machte den Apparat aus, ging in den Flur und griff nach seiner Jacke.

»Du gehst noch weg?«

Busboom nickte.

»Warte, ich zieh schnell was über und komme mit.«

Gesagt, getan.

»Willst du da wirklich reingehen?«, fragte sie kurze Zeit später am Absatz der Treppe, die in den Discokeller hinabführte. »Ich dachte, wir machen eine Nachtwanderung am Wasser.«

»Du kannst ja zum Strand gehen.«

Gesche schüttelte den Kopf. »Hast du den Verstand verloren? Unseren Mädels nachzuspionieren? Sie sind volljährig, können tun und lassen, was sie wollen. Wir müssen uns um sie keine Sorgen machen, sie sind vernünftig.«

»Bei Hanni bin ich mir da im Augenblick nicht so sicher.«

Behutsam legte sie eine Hand auf seinen Arm. »Wovor hast du Angst? Gibt es etwas, von dem ich nichts weiß?«

»Nein, alles okay.«

»Dann lass das Spionieren, das ist armselig.«

»Ich kann nicht anders.« Er klopfte sich mit der flachen Hand auf die Brust. »Es gärt hier drinnen.«

Gesche tippte gegen seine Stirn. »Eher hier oben. Ich mache dir einen Vorschlag. Wir gehen da jetzt rein und sehen uns um. Sollte unsere Tochter aber nicht gerade von übel aussehenden Typen bedroht werden, verschwinden wir sofort wieder.«

Busboom nickte.

Die Disco war um diese Uhrzeit brechend voll. Der Lärm

der Musik, unterbrochen von der verzerrten Stimme des Discjockeys, füllte den Raum. Busboom hatte nie begriffen, warum es an einem Ort, wo junge Leute sich kennenlernen wollten, so laute Musik geben musste. Man verstand den anderen nur, wenn man schrie. Für ihn verlor jedes Gespräch an Gefälligkeit, wenn man es brüllte, und doch unterhielten sich die Besucher. Überall gesellige Schreiduelle.

Bei den dröhnenden Bässen, dem grellen Flimmerlicht und den hirnlosen Kommentaren des DJs wäre er am liebsten sofort wieder umgedreht. Doch jetzt musste er sein Vorhaben durchziehen.

Er hoffte, dass er seinen Stimmbändern keine bleibenden Schäden zufügte, und rief Gesche zu, sie solle ihm folgen.

Das Flackerlicht gab einem das Gefühl, sich rückwärtszubewegen. »Die sehen alle aus, als hätten sie schlechte Zähne«, brüllte er. Gesche schien ihn nicht verstanden zu haben, also hakte er sie unter und bahnte ihnen den Weg in den hinteren Teil des Raumes. Hier herrschte eine Temperatur wie in einem überhitzten Höllenloch.

Die Zeiten hatten sich, was das Tanzen anging, in den letzten Jahrzehnten kaum verändert. Männer waren nur schwer auf die Tanzfläche zu bekommen. Hier beschränkten sich viele von ihnen darauf, an der Theke Bier zu trinken und den Mädchen auf dem Parkett zuzusehen. Der einzige Vorteil einer Disco: Man konnte auf die Tanzfläche gehen und allein tanzen, was momentan drei Frauen taten. Busboom bemerkte Flecken auf seinem Jackett. Im blauen Neonlicht wirkte man ungepflegt. Jeder weiße Fussel war zu sehen.

An den Tischen saßen die Leute eng beieinander und schrien sich auf kurze Distanz vertraulich an. Von Zeit zu Zeit gelang es ihnen etwas besser, sich Gehör zu verschaffen. In den Sekunden, die der DJ brauchte, um zwischen seinen Dialogen eine neue Platte aufzulegen. Obwohl, Platten hatten die heute bestimmt keine mehr. Busboom lächelte, als er meinte, folgendes Gespräch an den Lippenbewegungen zu verfolgen: »Wie lange bleiben wir noch?«

»Jetzt nicht, die Musik ist mir zu langsam.«
»Lass uns gehen.«
»Nein, die Musik ist doof.«

In der Ecke neben dem Discjockey stand, zwischen Tanzfläche und Wand gequetscht, ein Mann mit einem Glas in der Hand. Er kam Busboom bekannt vor, doch erst als er mit Gesche im Schlepp an ihm vorbei war, fiel ihm wieder ein, woher er ihn kannte. Es war einer der Saisonpolizisten. Gesche zog Busboom am Arm und kam mit ihrem Mund dicht an sein Ohr. »Sie ist nicht hier. Lass uns verschwinden.«

Was sie dann auch taten.

»Das war ein selten dämlicher Gedanke«, rief sie, als sie die Disco verließen und die Treppenstufen hinaufgingen. »Nur gut, dass uns niemand als Gruftis angepöbelt hat.«

In dem Moment drückte sich eine Horde Jugendlicher an ihnen vorbei, um in die Disco zu stürmen. »Jetzt kommen sie schon zum Sterben hierher«, maulte einer der Jungen, der vermutlich noch nicht einmal volljährig war.

***

Andreas Kupke hatte Busboom sofort wiedererkannt, denn er war dabei gewesen, als der Kriminalhauptkommissar zu Beginn dieser Saison in einem Kapitaldelikt ermittelte. Nun, ehrlich gesagt gehörte er damals nicht zum Ermittlungsteam. Jemand musste sich ja um das Tagesgeschäft einer Polizeistation kümmern. Dennoch hatte er miterleben können, wie der Mordfall gelöst wurde.

Es überraschte ihn, einen Mann in Busbooms Alter und offensichtlich in Begleitung seiner Ehefrau in der Disco anzutreffen. Zuerst wollte er »Guten Abend« wünschen, überlegte es sich jedoch anders. Als kleiner Polizist sollte man hochrangige Beamte niemals in der Freizeit stören, schon gar nicht im Urlaub. Vielleicht war er aber auch als verdeckter Ermittler unterwegs. Im Drogenhandel, der von Holland herüberschwappte, schien was im Busch zu sein. Kupke hatte in dieser

Hinsicht einige Gesprächsfetzen mitbekommen. Zwar war es dabei vordergründig um etwas anderes gegangen, aber er hatte da so ein Gefühl. Er würde morgen früh im Büro Bernhard Kutschbauer davon berichten. Was er herausbekommen hatte, fiel allerdings nicht gerade in die Rubrik Kapitaldelikte. Noch nicht.

Sollte Kutschbauer entscheiden, ob man den Kriminalhauptkommissar hinzuziehen sollte.

***

»Letzte Runde«, sagte der Wirt, als Kutschbauer ihm ein Zeichen gab, noch einmal die Gläser zu füllen. Um die Zungen der Leute zu lösen, empfahl es sich, einen auszugeben. Die Menschen wurden dadurch gesprächiger.

Kutschbauer wollte erfahren, was die Gerüchteküche über die Hühnerdiebstähle bereithielt.

»Ihr seid betrunken«, mahnte der Wirt geschäftsschädigend. »Und ihr müsst alle morgen arbeiten.«

»Du klingst wie meine Mutter«, klagte Erik, der Postbote. »Ich habe morgen frei.«

»Du Glücklicher. Meine Milchbude öffnet um zehn.«

»Wo waren wir stehen geblieben?« Eriks Aussprache war schleppend.

»Du wolltest deinem Fahrrad einen Namen geben«, erinnerte jemand den Briefträger. »Man sollte nicht mit einem Rad mehr Zeit verbringen als mit der Ehefrau, ohne es anreden zu können.«

Der Vorschlag, der im nüchternen Zustand gar nicht erst aufgekommen wäre, fand in der Thekenrunde allgemeine Zustimmung, und Kutschbauer nutzte die Gunst der Stunde. »Wie hieß denn der Hahn, der im Greune-Stee-Weg geklaut wurde?«

Der Versuch, auf das gewünschte Thema zu kommen, schlug fehl.

»Was für ein Geschlecht hat dein Fahrrad?«

Erik kratzte sich am Kopf. »Keine Ahnung.«

»Wir sollten es herausfinden«, bestimmte der Milchbudenbesitzer und legte einen Fünfziger auf den Tresen. Der Wirt kassierte und tat, als habe er die georderte Runde vergessen. Doch niemand wollte tatsächlich gehen. Einige Methoden zur Feststellung des Geschlechts von Fahrrädern wurden vorgeschlagen, jedoch nicht für gut befunden.

Die Diskussion dauerte an, der Wirt gab klein bei und zapfte erneut an.

So kam es, dass an diesem Abend neben dem Postrad auch die Räder der anderen einen Namen bekamen, Kutschbauer aber nichts über die verschwundenen Hähne erfuhr. Dafür litt er am kommenden Morgen unter Kopfschmerzen.

12

Bernhard Kutschbauer wurde von einer inneren Unruhe aus dem Haus getrieben. In der Nacht hatte er schlecht geschlafen, was an der Übelkeit liegen mochte. Aber vielleicht auch daran, dass die eine Hälfte des Doppelbettes an diesem Wochenende frei bleiben musste. Und wenn er sich ohnehin bloß schlaflos von einer Seite auf die andere wälzte, konnte er, obwohl sein Dienst sonntags später als gewöhnlich begann, ebenso gut aufstehen und sich nützlich machen. Allerdings war im Moment alles ruhig, wenn man von dem normalen polizeilichen Alltag auf der Insel einmal absah. Hier ein Fahrraddiebstahl, dort ein Streit unter Nachbarn oder eine Kneipenschlägerei – und jede Menge Verkehrsdelikte. Zumeist Fahrradfahrer, die es für unnötig hielten, in der Fußgängerzone abzusteigen. Das Thekengequatsche über Namen für Fahrräder kam ihm in den Sinn. Er schüttelte den Kopf. Schwerer Fehler. Er würde den Kollegen Becker um eine Tablette bitten müssen.

Die wenigen Meter von zu Hause bis zum Polizeirevier ging Kutschbauer zu Fuß. Er seufzte, als ihn ein Radfahrer überholte, dessen Vorderlampe an einem Kabel hängend bei jeder Unebenheit der Straße gegen die Lenkstange schlug. Er hatte jedoch das Gefühl, etwas zu verpassen, wenn er den Mann jetzt anhielt und ihn ermahnte, das Licht zu reparieren, da es bei Dunkelheit so niemals nach vorn leuchten konnte. Als würde ihn im Büro etwas Wichtigeres erwarten. Er beschleunigte seinen Schritt.

»Herr Kutschbauer, haben Sie einen Moment für mich Zeit?« Frau Janssen, eine Insulanerin aus Kutschbauers Nachbarschaft, tauchte neben ihm auf. Sie trat dicht an ihn heran und legte eine Hand auf seinen Arm. Frau Janssen und ihre Familie kannte er seit der Kindheit. Sie gehörte zu jenen Menschen, die einen immer anfassten und oft zu nah herankamen. Er konnte froh sein, dass sie ihn nicht auch noch umarmte und ihm einen Wangenkuss gab, wie sie das liebend gern bei anderen tat. Vermutlich zollte sie der Uniform Respekt.

»Was gibt es denn, Frau Janssen?«

»Ich mache mir Sorgen. Obwohl Finni gesagt hat, ich soll mir keine machen. Es ginge mich nichts an, sagt er. Aber ich muss es jemandem sagen.«

»Aha«, blieb Kutschbauer nur zu erwidern. Finn Janssen war erwachsen. Sicher hörte er es ungern, wenn seine Mutter ihn in der Öffentlichkeit Finni nannte.

»Finni hat eine Drohung bekommen«, erklärte Frau Janssen und hielt Kutschbauer am Ellenbogen fest. »Nun tut er so, als wäre es nichts. Aber ich habe Angst.«

»Wovor haben Sie Angst?«

»Dass ihm etwas Schlimmes zustößt. Man kennt das ja, aus dem Fernsehen.«

»Was kennt man aus dem Fernsehen, Frau Janssen?«

»Diese Warnungen. Man soll sie auf keinen Fall auf die leichte Schulter nehmen.«

»Sagen Sie mir, was für eine Warnung Ihr Sohn erhalten hat?«

»Pscht, leise. Jemand könnte uns hören.«

Kutschbauer zählte innerlich bis zehn, das beruhigt, behauptete Tante Maria.

»Es ist ein Säckchen«, sagte Frau Janssen und ließ Kutschbauers Arm los. »Es ist ganz blutig. Es lag vor der Tür mit einem Zettel daran mit Finnis Namen drauf. Ich habe es aufgehoben und hineingeschaut. Grausig, sage ich Ihnen.«

»Was ist drin?«

»Der abgeschlagene Kopf eines Huhns und jede Menge Kümmel.«

»Kümmel?«

»Kreuzkümmel, um genau zu sein.«

Dafür also braucht der Hühnerdieb die Tiere, dachte Kutschbauer. Es würden vermutlich weitere Drohungen folgen, da mehrere Hühnerdiebstähle angezeigt wurden. Doch davon sagte er Frau Janssen kein Wort.

Kutschbauer wusste über Finn Janssen, dass er ein Naturliebhaber und ein fleißiger und schlichter junger Mann war, der niemals unangenehm auffiel. Soweit ihm bekannt war, arbeitete Finn als Maurergeselle, und man erzählte sich, dass er pünktlich und zuverlässig war und seine Arbeit sehr geschätzt wurde. Er kümmerte sich um verwaiste Möweneier und sammelte in seiner Freizeit in den Dünen und am Strand Müll auf. So ein unbescholtener Mann, von wem mochte er gewarnt oder gar bedroht werden? Kutschbauer bemerkte, dass er in Gedanken etwas abgedriftet war. Sicher der Kater. »Entschuldigung, was haben Sie gesagt, Frau Janssen?«

»Ich habe wohl laut geschrien, als ich in den Sack schaute. Jedenfalls war Finni sofort zur Stelle und hat mir das Ding weggenommen. ›Was soll das bedeuten?‹, habe ich ihn gefragt. ›Nichts Mama, beruhige dich. Das ist nur ein Spaß von Freunden‹, sagte er. ›Schöner Spaß‹, habe ich geantwortet und gesagt, er soll damit zur Polizei gehen. Aber das wollte er nicht. Er hat das Säckchen genommen und in die Mülltonne geworfen. Ich mache mir Sorgen, Herr Kutschbauer, können Sie das verstehen?«

»Kann ich«, sagte Kutschbauer. »Ist das Säckchen noch in der Tonne?«

»Ich denke schon.« Frau Janssen deutete mit dem Daumen über ihre Schulter. »Die Mülltonnen stehen dort.« Sich nach allen Seiten umsehend folgte sie Kutschbauer. Der hob den Deckel einer großen Holzkiste an und lehnte ihn gegen die Hauswand. Drei Plastiktonnen standen darin. Papier, Kunststoffe und Restmüll. Wie es sich für einen ordentlichen Haushalt, der den Müll korrekt trennt, gehörte.

Frau Janssen hob für ihn den Deckel des Restmüllbehälters an. Mit einer einladenden Handbewegung bedeutete sie ihm, er dürfe sich bedienen.

Widerstrebend schaute Kutschbauer in die Tonne.

»Warten Sie«, sagte Frau Janssen. »Ich hole ein paar Gummihandschuhe.« Sie drückte ihm den Tonnendeckel in die Hand, eilte davon und kam kurze Zeit später mit einem Paar lilafarbener Handschuhe zurück. Kutschbauer ließ den Deckel wieder auf die Tonne fallen, zwängte seine Hände in die zu kleinen Handschuhe und beugte sich erneut über die Restmülltonne. Mit angehaltenem Atem begann er zu suchen. Da war es. Mit spitzen Fingern holte er das Säckchen heraus und hielt es ihr zur Begutachtung hin.

»Genau. Das ist es. Sehen Sie das Blut?«

Kutschbauer nickte.

»Schauen Sie hinein.«

Auch das tat er und war kurz erleichtert. Münsters preisgekrönter Hahn war es nicht, diese Nachricht hätte er nur ungern überbracht. Der Hühnerkopf musste zu einem von Georg Schmitts Tieren gehören.

»Nehmen Sie ihn mit. Hier können Sie ihn hineinstecken.« Sie hielt ihm einen durchsichtigen Gefrierbeutel hin. »Was denken Sie?«

Kutschbauer dachte an Jakko und Voodoo und schwieg.

»Es ist doch Kreuzkümmel, oder?«

»Keine Ahnung, Frau Janssen.«

»Karibikzauber«, sagte sie. »Ich habe im Internet nachgesehen. Einfach ›Kreuzkümmel‹ und ›Blut‹ in die Suchmaschine eingegeben. Wussten Sie, dass Voodoo in Westafrika so eine Art Religion ist? Wie bei uns die Katholiken oder Protestanten.«

»Ein bisschen anders wird es schon sein, Frau Janssen.«

»Da gab es einen Mann, der hat seiner Frau ein mit Knochen gefülltes Kopfkissen untergejubelt, damit sie ihm treu bleibt.«

»Ich denke, das wird sie wohl gemerkt haben«, mutmaßte Kutschbauer.

»Bestimmt. So ein Kissen scheint mir doch recht unbequem zu sein. Und ein Professor von einer Universität irgendwo in Südafrika reibt sich jeden Morgen mit Löwenfett ein, um sich gegen seine Feinde zu wappnen.«

»Tja, Lehrer haben es überall auf der Welt schwer. Aber Sie sollten nicht alles glauben, was Sie im Internet finden. Möchten Sie Anzeige gegen unbekannt erstatten?«

»Lieber nicht. Finni würde mir das übel nehmen. Halten Sie es für möglich, dass irgendjemand ihn verzaubern will?«

»Nein, Frau Janssen. Ganz bestimmt nicht.«

***

»Wo ist Papa?«

»Schon weg. Mit dem Fahrrad zum Ostland.«

»Warum fährt er allein?«

»Weil er gern über den Strand radelt. Das ist mir zu anstrengend. Schau auf den Tidekalender. In einer Stunde ist Hochwasser. Da wird er nur kurze Zeit auf hartem Sand fahren können, und den Rest des Weges muss er sein Rad durch Zuckersand schieben.«

»Ich wäre mitgefahren.«

»Dann hättest du eher aufstehen sollen.«

Hanni setzte sich an den gedeckten Frühstückstisch. »Ihr seid gestern Nacht in der Disco gewesen?«

»Woher weißt du das?«

»Ihr wurdet gesehen.«

»Von wem?«

»Von mir. Ich bog gerade in die Bismarckstraße ein, da sah ich euch die Treppenstufen hinuntergehen.«

»Du hättest rufen können.«

»Ich wollte auf keinen Fall stören. Wenn Papa dich schon zum Tanzen ausführt.« Hanni lächelte und griff nach dem Glas mit der Sanddornmarmelade, die sie fingerdick auf ein Toastbrot strich.

»Schon wär's. Dein Vater und tanzen? Als ob ich das noch erleben dürfte. Da wachsen eher Palmen am Nordseestrand.«

»Ihr habt mir also hinterherspioniert.« Hanni zwinkerte ihrer Mutter zu und schob das Frühstücksbrett ein wenig beiseite, um Platz für ihr Tablet zu schaffen. »Und ehe Papa fragt, was ich heute Abend vorhabe – ich besuche eine Freundin.«

»Was willst du jetzt mit dem Ding beim Frühstück?«

»Nachschauen, ob es auf YouTube Filme über den Gebrauch von Ouija-Brettern gibt.«

»Tu mir einen Gefallen, und pack das Ding weg, ehe Papa zurückkommt.«

»Aber was hat er denn gegen mein Tablet?«

»Nichts. Nur wenn er noch mehr über diesen Hokuspokus hört, macht er gar keinen Urlaub mehr.«

***

»Herr Becker, Herr Kutschbauer, haben Sie kurz Zeit für mich?«

Andreas Kupke bemerkte, dass Becker sich mit den Händen die Seiten seines Bauches rieb und dabei schmerzvoll das Gesicht verzog. Er nahm, ohne darauf einzugehen, auf dem Besucherstuhl neben Beckers Schreibtisch Platz. Auf der Straße klingelte jemand heftig mit seiner Fahrradklingel, und Kutschbauer stand von seinem Platz auf, trat ans Fenster und schaute hinaus.

»Gestern war ich in der Disco«, sagte Kupke. »Es gibt da einen Typ, der behauptet, er könne Flüche, die auf den Leuten lasten, fortnehmen.«

»Das ist doch schön.« Becker hatte die Schublade seines Schreibtisches aufgezogen und betrachtete den Inhalt, der dem Warenbestand einer Miniapotheke ebenbürtig war.

»Vermutlich ja. Aber die Art, wie er die Dienste den Leuten anbot, bereitet mir Sorge.«

Beckers Interesse für Salben, Pillen und Tinkturen erlosch. Das Schubfach bekam einen Stoß und ging zu. »Warum?«

»Die ganze Art und Weise beunruhigt mich. Er beteuerte, seine Mutter wäre eine Hexe, die ihm jede Art von Teufelsflüchen beigebracht hätte. Wie man sie jemandem auferlegt und wie man sie jemandem abnimmt. Angeblich kann er das seit dem zwölften Lebensjahr. Der Mann erzählte vor allem jungen Frauen, er würde die schwarze Magie beherrschen, und behauptete, sein Vater sei auf einer karibischen Insel geboren.

Daher habe er von beiden Elternteilen das Talent zum Verwünschen geerbt.« Kupke schnaubte verächtlich. »Er könne außerdem unglücklich Verliebten ermöglichen, eine unerreichbare Person, egal ob Mann oder Frau, für sich zu gewinnen, Arbeitslosen zu mehr Talent und damit zu einem Job verhelfen und reiche Eltern dazu verleiten, ihren Kindern wieder Geld zu geben. Auch wenn sie ihre Zeit mit Nichtstun totschlagen oder schon längst enterbt werden sollten. Sprich: Er will jeden noch so geheimen Wunsch erfüllen können.«

»Und den Quatsch glaubt die Jugend?«

»Sie gehen ja auch in die Kirche und glauben an –«

Becker stoppte Kupke mit einer Handbewegung. »Das ist ja wohl etwas anderes.«

»Selbstverständlich. Entschuldigung.«

Kutschbauer wandte sich vom Fenster ab und trat hinter Becker. »Hat er auch von Bewusstseinserweiterung geredet oder Ihnen oder den anderen irgendwelche abgefahrenen Trips versprochen?«

»Nein, ganz so direkt hat er es nicht gesagt.«

»Dennoch denken Sie an Drogen.«

»Richtig. Wenn man Kunden generieren will, die bislang nichts damit am Hut hatten, tönt man nicht gleich heraus, dass man ihnen Stoff andrehen will.«

»Kupke«, sagte Becker, »ich glaube, Ihre Phantasie geht mit Ihnen durch.«

»Mag sein, auf jeden Fall ködert er mit fadenscheinigen Versprechungen die Leute. Gestern Abend habe ich eine junge Frau angesprochen, die sich eine Weile mit ihm unterhalten hatte. Sabine heißt sie, oder nein, es war Silke. Nach dem zweiten Glas, das ich ihr spendierte, erzählte sie mir noch mehr.«

Beckers Mimik verdeutlichte, dass er von dieser Art der Befragung wenig hielt. »Und? Was weiß sie über ihn?«

»Dass er allen das Blaue vom Himmel verspricht.«

»Gegen Geld, vermute ich.«

»Was sonst. Irgendwann in den kommenden Tagen soll ein Superevent stattfinden.«

»Superevent?« Becker hielt wenig von Anglizismen. Die waren bloß *bullshit*, wie er gern behauptete.

»Silkes Worte. Ein großes Ereignis eben. Ein Treffen, an dem er seine vererbten Fähigkeiten im Umgang mit den Geistern präsentieren will.«

»Zu einem horrenden Preis, wie ich befürchte.«

»Anzunehmen. Als ich Näheres wissen wollte, fing Silke an zu mauern.«

»Sie hätten ihr noch einen Drink ausgeben sollen«, sagte Kutschbauer.

»Habe ich versucht. Keine Chance, sie ist misstrauisch geworden. Dennoch habe ich eine Verabredung mit ihr. Ich treffe sie heute Abend.«

»Wie schön für Sie. Und was haben wir mit der Sache zu tun?«

»Der Mann nennt sich Vittorio Garanca. Nie im Leben ist das sein echter Name. Ich habe im Computer nachgesehen. Nichts. Alles in allem denke ich, dass es dabei letzten Endes wirklich um Drogen geht.«

Becker sah ihn lange schweigend an und nickte dann.

»Ich bin nicht der Einzige, der das glaubt«, fügte Kupke hinzu. »Ein paar der Discobesucher machten gestern ähnliche Andeutungen. Wir sollten ihn im Auge behalten.«

»Das werden wir.« Becker fischte einige Papiere aus einem Stapel heraus. »Und es gibt sehr wohl eine Akte über ihn. Vittorio Garanca heißt nämlich im wirklichen Leben Peter Kunze.«

»Wir haben eine Akte über den Mann?« Kutschbauer klang verstimmt.

»Ich weiß immer gern, mit wem ich es zu tun habe.«

»Was haben Sie mit Peter Kunze zu tun?«

»Er arbeitet im Fachgeschäft für Magie und …«

Kupke lächelte. »Ah, dort haben Sie die Handschmeichler gekauft.«

»Ja. Die haben dort eine sehr schöne Auswahl, jedenfalls –«

»Hallo?«, rief Kutschbauer dazwischen. »Worüber reden wir gerade?«

»Über Peter Kunze.« Becker zupfte an seinem Ziegenbart und stand auf. »Ich konnte in Madame Jasmins Laden durch Zufall einen Blick auf seine Verdienstabrechnung erhaschen, so erfuhr ich seinen richtigen Namen. Der Mann war mir von Anfang an suspekt, deshalb habe ich ihn überprüft. Er ist kein unbeschriebenes Blatt, hat sich jedoch, seit er auf der Insel lebt, nichts zuschulden kommen lassen.«

»Was hat er angestellt?«

»Wiederholtes Fahren ohne Führerschein, Geschwindigkeitsüberschreitungen und Teilnahme an illegalen Autorennen. Hinzu kommen diverse Kleindiebstähle, versuchter Einbruch und Urkundenfälschung.«

»Was macht einer wie Garanca in einem Laden für Magie?«

»Leute betrügen, was sonst?«, antwortete Kupke.

»Was nicht bewiesen ist. Wir haben keine Beschwerden, geschweige denn eine Anzeige hereinbekommen.«

»Garanca alias Kunze verdient sein Geld demnach auf legale Weise mit Hokuspokus.«

Becker räusperte sich und schob seinen Stuhl unter den Schreibtisch. »Wir sprechen gleich weiter darüber.« Er deutete mit dem Daumen in Richtung Aufenthaltsraum. »Ich brauche jetzt erst einmal einen Kamillentee.«

***

Das blutige Säckchen passte hervorragend zum Thema. Es lag, in der Klarsichttüte sicher verwahrt, auf Bernhard Kutschbauers Schreibtisch.

Kutschbauer nutzte die Zeit, in der Becker sich einen Kamillentee kochte, um Finn Janssen anzurufen und mit ihm einen Termin für den frühen Nachmittag zu vereinbaren. Anschließend betrat er mit dem Beweisstück in der Hand das Besprechungszimmer, das auch als Frühstücksraum genutzt wurde, und klärte seine Kollegen über das Gespräch mit Frau Janssen auf.

Am Ende der Sitzung fasste Becker zusammen: »Wir haben

also verschiedene Hinweise auf Voodoo-ähnliche Praktiken, mutmaßlich im Zusammenhang mit Drogenverkäufen, aber keinen offiziellen Fall, wenn man einmal von den Hühnerdiebstählen absieht. Wir sind uns jedoch einig, die Angelegenheit im Auge zu behalten. Kupke, Sie treffen sich heute Abend mit der jungen Dame. Lassen Sie Ihren Charme spielen, quetschen Sie sie richtig aus.«

»Jawohl.«

»Kutschbauer, Sie sprechen mit Finn Janssen und sehen zu, was Ihre Tanten so alles zum Thema Hokuspokus beizusteuern haben. Ich selbst werde mich im Laden für Magie umschauen.«

»Denken Sie, dass die Besitzerin etwas damit zu tun hat?«

»Ich weiß es nicht.« Es war Becker anzusehen, dass der Gedanke ihm unangenehm war. »Aber ausschließen dürfen wir nichts. Ich kümmere mich darum.«

Gegen Mittag rief Kutschbauer bei Dini und Maria an, um eine Einladung zum Essen zu erhalten.

In den Töpfen köchelte es, ein herrlicher Duft empfing ihn bereits an der Hintertür. Tante Dini war nirgends zu sehen. Maria stand am Küchenfenster und blickte hinaus. Mit einem ausgedehnten Seufzer zupfte sie kurz an ihrem Rock.

»Moin, Tante Maria.« Kutschbauer trat hinter sie, beugte sich um sie herum und küsste ihre Wange. »Was ist passiert? Erwartest du jemanden?« Er schaute ebenfalls hinaus. Ein paar Badegäste in Shorts und Plastik-Flip-Flops, einer hatte eine Luftmatratze unter dem Arm, gingen vorbei.

»Ich warte auf Dini. Sie ist schon viel zu lange fort.«

»Du kennst sie doch. Sie ist unstet und flüchtig.«

»Eben deshalb.«

»Wo wollte sie denn hin?«

»Sie hat versprochen, pünktlich zum Essen zurück zu sein.«

»Zurück von wo?«

»Ach, unwichtig.«

»Warum regst du dich dann so auf?«

»Ich rege mich nicht auf. Ich warte nur auf sie.«

»Tante Maria«, Kutschbauer drehte sie zu sich herum, nahm ihre Hände und drückte sie fest, »du erzählst mir jetzt, was los ist.«

Erneut seufzte sie tief, schüttelte seine Hände ab und ging zum Herd. »Möchtest du eine Tasse Tee?«

»Du lenkst ab. Sag sofort, was los ist, sonst gehe ich.«

Die Drohung saß. Maria bedeutete ihm, Platz zu nehmen, und trat wieder ans Fenster. »Wir haben uns da in etwas hineingeritten.«

»Aha.«

»Mehr fällt dir dazu nicht ein?«

»Ich warte auf weitere Erklärungen.«

»Dini muss etwas für uns besorgen.«

Hoffentlich keine Teufelssäckchen oder Drogen, dachte Kutschbauer. In ihrer Jugend war Dini ein heißer Feger gewesen, und sie hatte auch Bekanntschaft mit dem einen oder anderen Joint gemacht. Das harte Zeug, mit dem heute gedealt wurde, würde sie allerdings umhauen. Sachte, nun mal ganz langsam, ermahnte er sich. Jetzt geht deine Phantasie mit dir durch.

»Tante Maria, sag mir, was sie besorgen will.«

»Einen Hund.«

»Wie bitte?«

»Ich weiß, ich reagiere allergisch. Aber nicht wegen der Tiere, sondern auf den Dreck, den sie mit sich bringen. Trotzdem brauchen wir dringend einen Border Collie. Setz dich, mein Junge, und versprich, nicht über mich zu lachen.«

So erfuhr Kutschbauer alles über Marias Besuch im Fachgeschäft für Magie und von der geplanten Tierpfotenlesung. Wie versprochen, verkniff er sich ein Grinsen. Die Sache war Maria ernst.

»Das ist alles?«, fragte er, als sie geendet hatte.

»Mir reicht es.«

»Ich meine wirklich alles?«

»Wenn ich es doch sage!«

Kutschbauer glaubte ihr. Maria hätte es ihm anvertraut, sollte sie noch anderes belasten. »Du könntest den Termin absagen. Oder geh einfach nicht hin.«

Maria sah ihn strafend an. »Man lässt keine Vereinbarung sausen. Außerdem …«

»Ja?«

»Es ist die perfekte Gelegenheit, Dini zu beweisen, dass all dieser Geisterkram Humbug ist. Ich bin fest davon überzeugt, dass man den Leuten mit den Pendelkursen nur das Geld aus der Tasche ziehen will. Der Himmel weiß, was die Dini dort sonst noch alles andrehen werden. Du weißt, wie anfällig sie fürs Okkulte ist. Ah, da kommt sie.«

Wenige Minuten später aßen sie zu Mittag. Unter dem Tisch lag Pünktchen, ein gut erzogener Border Collie.

»Warum habt ihr den Hund schon heute ausgeliehen? Ihr braucht ihn doch erst am Dienstag.«

»Er muss sich an uns gewöhnen«, erklärte Dini. »Wir wollen im Laden auf keinen Fall als Schwindler enttarnt werden, nur weil jeder sofort merkt, dass Pünktchen uns gar nicht richtig kennt.«

Das machte Sinn.

»Und ehe du fragst, warum ich dabei mitmache, erkläre ich es dir. Ich werde damit beweisen, dass an dem, was du, mein lieber Bernhard, ›Schwingungsgedöns‹ nennst, etwas dran ist.«

»Euch ist klar, dass alles, was dort vorhergesagt wird, schwer zu überprüfen ist?«

»Wieso? Pünktchen ist doch hinterher nicht aus der Welt.«

Blieb abzuwarten, wie die Wette ausging. Kutschbauer war gespannt, wer am Ende wen überzeugen würde.

13

Kutschbauer hatte sich mit Finn Janssen an dessen derzeitigem Baustellenarbeitsplatz verabredet.

Finn gab ihm von Weitem ein Handzeichen, er möge neben einem Steinhaufen und einigen Säcken Zement auf ihn warten. Nachdem er kurz mit einem Kollegen gesprochen hatte, verließ er die Baustelle und trat vor Kutschbauer. »Moin«, grüßte er.

»Herr Janssen –«

»Finn«, unterbrach ihn Finn.

»Okay, Finn. Ich habe ein paar Fragen zu dem Säckchen, das Sie erhalten haben.«

Finn schaute ihn nur unverwandt an.

»Sie wissen, von welchem Säckchen ich spreche?«

»Das blutige?«

»Gibt es noch andere?«

»Nein.«

»Es ist eine Drohung. Wer schickt Ihnen so etwas?«

Finn zuckte mit den Schultern, blinzelte und steckte seine Hände in die Hosentaschen.

»Ein Säckchen mit Kümmel und dem abgeschlagenen Kopf von einem Hahn darin«, sagte Kutschbauer.

»Huhn.«

»Wie bitte?«

»Es war der Kopf von einem Huhn.«

»Ja, klar.«

Finn nickte, schaute kurz zur Hecke des Nachbargrundstücks hinüber, in der sich Vögel zankten, und lächelte. »Spatzen«, erklärte er und ergänzte: »Kreuzkümmel.«

»Ja, Kreuzkümmel. Ihre Mutter erwähnte es. Kommen wir auf die Drohung zurück. Wenn Sie nicht wissen, von wem das Säckchen ist, haben Sie dann wenigstens eine Ahnung, warum man Ihnen so was vor die Tür gelegt hat?«

»Nein.«
»Haben Sie mit jemandem Streit? Werden Sie bedroht?«
»Nein«, wiederholte Finn.
»Können Sie auch mehr als drei Worte sagen?«
»Ja. Ich muss wieder an die Arbeit.«

***

Polizeikommissar Becker surfte im Internet, um etwas über Madame Jasmin zu erfahren. Alles, was er finden konnte, betraf ihren Laden. Er las Beurteilungen von zufriedenen Kunden und studierte Madames Geschäftsseite. Die vielen Angebote interessierten ihn. Solange sie ermittelten, sollte er in privater Hinsicht einen Bogen um den Laden machen. Doch noch gab es keinen Fall, und die Aktionspreise für Essenzen, Handschmeichler, Seifen und andere Dinge, die der Gesundheit bekömmlich waren, klangen verlockend.

Madames Geburtsnamen herauszufinden war leicht. Er musste nur im Ordnungsamt einen Blick in die Gewerbeanmeldung werfen. Anna Waltraud Jasmin Meyer. Künstlername: Madame Jasmin. So lautete auch der Eintrag im Melderegister.

Beckers nächster Schritt war die Suche im Polizeicomputer.

»Habe ich es doch gewusst.«

Mit der Dame war alles in Ordnung.

***

»Ich sehe es dir an der Nasenspitze an.«

»Was?« Die Frage hätte Busboom sich sparen können. Gesche wusste immer, was ihn beschäftigte.

»Geh endlich rein«, sagte sie. »Ich begleite dich auch. Wer weiß, was du sonst anrichtest.«

»Was soll das denn heißen?«

»Dass du aufhören sollst, den Laden, den Hanni für sich entdeckt hat, anzustarren. Ich weiß«, wehrte sie seinen Einwand ab, »du machst dir nur Sorgen. Hör auf damit.« Gesche hatte die Klinke der Ladentür in der Hand. »Kommst du?«

»Ich denke, ich soll mit dem Spionieren aufhören?« Dass er dem Laden bereits vorgestern einen Besuch abgestattet hatte, erwähnte Busboom lieber nicht.

»Du gibst ja doch keine Ruhe.« Sie lachte. »Vielleicht zeigt man uns, wie Stühle gerückt werden oder wie ich dich mit einem Zauberbann belegen kann, damit du dich entspannst. Schau nicht so, ich mache nur Spaß.«

Sie betraten das Fachgeschäft für Magie. Als das Klingeln der Türglocke verklang, teilte sich mit leichtem Klimpern ein Perlenvorhang, der den Zugang zu den hinteren Räumen zierte, und Madame Jasmin betrat den Verkaufsraum.

»Guten Morgen. Kann ich Ihnen helfen?«

»Danke, aber wir möchten erst einmal nur schauen.« Gesche trat an eines der Regale und nahm eine Tonfigur in die Hand, die jeweils zur Hälfte grün und rot war.

»Das ist ein malaysischer Traumdeuter«, sagte Madame Jasmin.

Gesche stellte die Figur, die Ähnlichkeit mit einem Buddha hatte, zurück und begutachtete einige bunte Steine, die nach Größen sortiert in Bastkörbchen lagen. Sie griff hinein. »Meinst du«, erkundigte sie sich bei ihrem Mann und hielt ihm einen Rosenquarz in Herzform hin, »der könnte Wiebke gefallen?«

Er schüttelte den Kopf. »Wiebke interessiert sich im Moment nur für Pferde.«

Gesche nickte. »Und Hanni hasst alles, was rosa ist.« Der Quarz kam wieder ins Körbchen.

Busboom wechselte einen Blick mit der Ladenbesitzerin. Madames wortlose Botschaft lautete: Ich verrate niemandem, dass Sie schon einmal hier waren.

Er fühlte sich ertappt. War er so leicht zu durchschauen? Er war bisher immer vom Gegenteil überzeugt gewesen.

»Sie mögen Tarotkarten?«

»Wie bitte?«

Madame Jasmin deutete auf seine Hand, die einen Satz Karten hielt. Er hatte unbewusst danach gegriffen. »Wenn Sie möchten, kann ich Ihnen die Zukunft voraussagen. Die Séance dauert ein Viertelstündchen. Wie ist denn Ihr Name?«

»Busboom«, sagte Gesche, und er war froh, dass sie vor ihm geantwortet hatte. Er selbst hätte aus einem Impuls heraus einen falschen genannt. Für einen Augenblick kam er sich albern vor. Es war ungewohnt, außerhalb des Dienstes etwas auszukundschaften. Bei privaten Ermittlungen durfte und wollte er den Dienstausweis nicht gebrauchen. Der lag sowieso zu Hause in der Schublade.

Madame trat hinter den Verkaufstresen, schaute in ein Buch und nickte. »Es ginge jetzt sofort.« Sie blickte Busboom herausfordernd an, als wollte sie fragen: Oder haben Sie Angst?

Gesche griff in ihre Handtasche und holte die Geldbörse heraus. »Was kostet es?«

»Achtzehn Euro.«

Gesche legte einen Zwanziger auf den Tresen. Busboom schnaubte verhalten. Zwanzig Euro für fünfzehn Minuten? So einen Stundenlohn hätte er auch gern.

»Ich bin Madame Jasmin. Bitte folgen Sie mir nach hinten, Herr Busboom.«

Gesche kniff die Lippen zusammen. Das tat sie immer, wenn sie sich ein Grinsen verkneifen wollte.

»Wenn ich Sie bitten darf, solange hier zu warten.« Madame Jasmin deutete auf einen Hocker, ging zur Ladentür, verschloss sie und drehte ein Pappschild herum. Darauf stand: »Bin in zehn Minuten zurück«.

So viel zur Dauer einer magischen Viertelstunde, dachte Busboom, ignorierte Gesches aufmunterndes Augenzwinkern und folgte Madame Jasmin nach hinten. Jenseits des Perlenvorhangs, der aussah, als stamme er aus einem orientalischen Basar, lag ein kleiner Raum, der als Lager genutzt wurde. Hier war alles in Kartons verpackt und sehr aufgeräumt. In der Mitte des Lagers stand ein großer viereckiger Tisch. Busboom vermutete, dass darauf Waren in Geschenkpapier verpackt wurden, denn in einem der Regale daneben befanden sich entsprechende Papierrollen, bunte Bänder, eine Schere und Klebeband.

Madame Jasmin führte ihn durch einen kurzen Flur in einen größeren Raum. Sie schloss die Tür und bedeutete ihm, am ovalen, mit Filz bezogenen Tisch Platz zu nehmen. Acht Stühle standen darum herum. Er wählte einen Stuhl an der geraden Seite. Sie setzte sich ihm gegenüber. Aus den Taschen ihres Rockes zog sie ein Deck schon recht abgegriffen wirkender Karten. Sie legte sie auf den Tisch, deutete darauf und wies ihn an, sie zu mischen. Danach nahm sie ihm die Karten ab und legte die oberste mit dem Bild nach oben vor ihn hin. Den Rest des Stapels schob sie mit den Bildern nach unten in die Mitte des Tisches.

Busboom wusste nicht, wohin mit seinen Händen, und legte sie auf die Oberschenkel. Immer, wenn ihn etwas nervte oder ihm gegen den Strich ging, tippte er mit dem rechten Ringfinger auf die Tischfläche. Das wollte er vermeiden. Madame Jasmin besaß garantiert vortreffliche Kenntnisse auf dem Feld der Deutung von Körperhaltung und Bewegungen, sonst könnte sie ihren Beruf schwerlich ausüben. Ein nervöses Tippen verriet viel.

»Legen Sie bitte die Handflächen auf den Tisch.«

Busboom folgte widerstrebend der Bitte und starrte die Karte an, um jeden Augenkontakt zu vermeiden. Das Blatt zeigte den Narren.

Madame räusperte sich und erreichte damit, dass er sie anschaute. Eine kaum wahrnehmbare Lidbewegung, und er fühlte sich wie ein Esel.

»Der Narr steht für Menschen, die für alle und alles offen sind, so wie Sie. Unter normalen Bedingungen, versteht sich. Denn im Moment verhalten Sie sich genau gegenteilig. Etwas blockiert Sie. Das sagt mir die Karte, denn sie steht auf dem Kopf.«

Von Ihrer Seite aus gesehen, dachte er, doch die Bemerkung behielt er für sich.

»Sie haben eine große Familie, Herr Busboom.«

Klar, Gesche saß nebenan, und sie hatten eben davon gesprochen, den Mädchen etwas zu kaufen. Busboom nickte dennoch. Er hatte nicht vor, ihr die genaue Anzahl seiner Kinder zu verraten.

Madame Jasmin griff nach dem Deck und drehte die oberste Karte um. »Die Welt, sie steht auch für den Reisenden. Darf ich fragen, welches Sternzeichen Sie sind?«

»Krebs.«

»Das passt. Der Krebs befindet sich heute in Konstellation zum großen Wagen.«

Eine der wenigen Sterngruppen, die Busboom am Himmel identifizieren konnte.

»Und der Wagen deutet ebenfalls auf den Reisenden.« Madame wirkte zufrieden.

Wenn sie gleich erwähnt, dass ich in den kommenden Tagen eine Seereise machen werde, nämlich dann, wenn unser Urlaub beendet ist und wir mit dem Schiff zurück zum Festland müssen, stehe ich auf und gehe, dachte Busboom säuerlich. Solche Zukunftsvorhersagen kann jeder.

»Die Welt«, sie tippte auf die Karte, »stellt das endgültige Ziel Ihrer Reise dar. Keine Angst, es bedeutet nicht, dass Ihr Leben bald beendet sein wird. Es ist mehr ein Zeichen für die Entwicklung eines Menschen. Sie sind sich Ihrer inneren wie äußeren Kräfte bewusst. Setzen Sie sie ein.«

Ehe er sich zurechtlegen konnte, was sie damit gemeint haben könnte, deckte sie die dritte Karte auf.

»Der Einsiedler«, verkündete sie. »Er steht dem Reisenden mit gutem Rat zur Seite. Sie sollten öfter auf Ihre Frau hören. Sie zumindest konzentriert sich auf die Erholung. Das sollten Sie auch. Schieben Sie die Sorgen um Ihr Kind beiseite.«

War das etwas, das sie tatsächlich in den Karten gelesen haben konnte? Nein, er kannte keine Eltern, die in Bezug auf ihre Kinder auf Dauer sorgenfrei waren. Demnach war es für Madame unverfänglich, dies zu erwähnen.

Madame lächelte und strich ihm sachte über die Hand. »Es

ist Ihre Tochter, die Sie im Augenblick aus dem Gleichgewicht bringt, habe ich recht? Sie fürchten um ihre Balance. Glauben, sie sei in ein tiefes Loch gefallen. Aber keine Bange, sie fühlt keine Einsamkeit. Die zerbrochene Liebe hat sie längst überwunden. Haben Sie Vertrauen.«

Eine Hitzewelle durchströmte Busboom, er spürte eine innere Wandlung, begann, die Frau zu bewundern. Nein, Bewunderung war ein zu starkes Wort. Er empfand Respekt. Jemand in Madame Jasmins Gewerbe musste neben einer ordentlichen Portion Menschenkenntnis auch ein gutes Gedächtnis haben. Er überlegte, ob Gesche und er noch mehr Privates im Laden miteinander beredet hatten.

Du bist dabei, dich einlullen zu lassen, dachte er, zog eine Hand vom Tisch und kniff sich selbst in den Oberschenkel. Dann wusste er Bescheid. Hanni musste während des Pendellehrganges einiges erzählt haben, doch wie konnte Madame sicher sein, dass ausgerechnet er Hannis sich sorgender Vater war?

»Sie sollten sich in den kommenden Tagen entspannen und …« Sie deckte eine weitere Karte auf. Das Blatt zeigte eine spindeldürre Figur, die mit einem Strick um den Hals an einem Ast hing. »Oh, der Gehängte«, sagte sie, und Busboom würde niemals zugeben, dass ihn bei diesem »Oh« ein unangenehmes Kribbeln erfasste.

Er sollte gehen.

»Keine Angst, es ist nur ein Symbol.«

Er blieb sitzen, doch das flaue Empfinden blieb ebenfalls.

»Der Gehängte deutet auf eine Ruhepause hin, auf ein Verschnaufen oder aber auf Verzicht.«

Vermutlich sprach sie vom Essen. Busbooms Bierbauch konnte niemand übersehen. Doch er lag falsch.

»Vertrauen Sie nicht allem, was ein Freund Ihnen sagt.«

»Welcher Freund?«

»Der, mit dem Sie gestern sprachen.«

Busboom unterdrückte ein intensiveres Luftholen und jede andere körperliche Regung der Art, die ihm als Kriminalbeamtem bei Vernehmungen sofort aufgefallen wäre. Zeichen, die beispielsweise angaben, dass man sich ertappt fühlte und beabsichtigte, ab jetzt zu lügen. Als Fachmann in Bezug auf Falschaussagen war er sicher, diese Hürde meistern zu können. Offenbar hatte Madame Jasmin ihn, Gesche und Becker plaudernd auf der Straße stehen sehen.

»Ich rate Ihnen«, fuhr sie fort, »einfach Ihren Urlaub zu genießen. In welchem Tierkreiszeichen ist er denn geboren?«

»Wer?«

»Ihr Freund.«

»Skorpion«, sagte Busboom, obwohl er keine Ahnung hatte.

»Ah ja, das untermauert den Gehängten. Die Planetenstellungen von Skorpion und Krebs sind ungünstig. Ihr Freund könnte sich irren.«

War das ein Versuch, ihm zu suggerieren, eventuellen Auskünften über ihre Person keinen Glauben zu schenken? So dumm, ihm das direkt vor die Nase zu halten, konnte Madame Jasmin kaum sein, und doch schien sie es ernst zu meinen. Sie lächelte, aber das gelang ja auch einem Krokodil, sammelte die Karten ein und mischte sie. Ohne hinzuschauen, zog sie eine heraus, legte sie aber nicht neben die anderen.

»Sie sollten in den kommenden Tagen vorsichtig sein.« Mit diesen Worten stand sie auf, warf die Karte in die Luft und verließ den Raum, ehe sie auf der Tischplatte landete.

Busboom schaute auf das Bild und fühlte sich, als rutschte ihm eine gehörige Portion Eis in den Magen. Madame war fort. Niemand außer ihm sah, was das Blatt zeigte.

Ein Skelett im Umhang mit einer Sense in der Hand.

Der Tod sollte ihn als Kriminalhauptkommissar wenig schrecken, dennoch schauderte es ihn. Er nahm die Karte auf, um festzustellen, ob etwas an dem Stück Pappe anders war. Vielleicht steckte ein dünner Magnet zwischen dem Deckblatt und dem Kartenwert? Das würde erklären, warum sie mit der Abbildung nach oben auf den Tisch gefallen war. Er hob den Arm und ließ sie erneut fallen. Sie landete mit der Rückseite nach oben auf dem Tisch. Keine Mechanik. Kaum zu glauben, dass sie nur aufgrund des Willens von Madame Jasmin richtig herum gelandet war. Es musste einen Trick geben. Oder sie vertraute auf den Zufall, mit einer fünfzigprozentigen Gewinnchance.

Er untersuchte zwei weitere Karten aus dem Deck. Sie unterschieden sich, wenn man von dem Kartenwert einmal absah, in keiner Weise voneinander.

»Du siehst blass aus«, flüsterte Gesche, ließ sich von ihm unterhaken und zum Ausgang ziehen.

Busboom hielt immer noch die Skelettkarte in der Hand. Er steckte sie in die Hosentasche, brummte: »Auf Wiedersehen«, und floh fast aus dem Laden.

»Was ist passiert?« Die Frage stellte Gesche erst, als beide die nächste Straßenecke erreichten.

»Nichts.«

Er war dankbar, dass Gesche sich vorerst damit zufriedengab.

Bildete er sich das im Nachhinein ein, oder hatte er wirklich einen leicht drohenden Unterton in Madame Jasmins Stimme wahrgenommen, als sie seine Begegnung mit Polizeikommissar Becker erwähnte?

Sie lebte auf Borkum, demnach kannte sie Becker und wusste, dass er Polizeibeamter war, und vermutlich hatte sie den uniformierten Becker auch mit ihm auf der Straße sprechen sehen.

Wie auch immer, die letzte Karte, sie nagte an ihm. Wäre sie andersherum auf den Tisch gefallen, Busboom hätte kaum widerstehen können, das Blatt umzudrehen. Also war das Werfen reine Effekthascherei, das Ergebnis letztlich dasselbe. Er war darauf reingefallen.

Dennoch, ein ungutes Gefühl fraß sich fest. Seine Hand fuhr in die Hosentasche und berührte die Karte. Er fühlte sich herausgefordert.

14

»Komm rein, fühl dich wie zu Hause.« Dini Woltjer berührte Hannis Wangen mit ihren. Danach trippelte sie ins Wohnzimmer.

Hanni tat, als sähe sie andauernd in Kimonos gehüllte Damen, die auf ostfriesischen Inseln herumliefen, und folgte ihr, den Blick fest auf den üppigen falschen Haarknoten mit den Stäbchen darin gerichtet. Das eng geschnittene rot-goldene Seidenkleid und die ungewöhnlich hohen Schuhsohlen hinderten Dini daran, normal zu laufen. Hanni hoffte inständig, dass Dini ihre aufgerissenen Augen nicht bemerkt hatte. Auf den wenigen Metern in die gute Stube erinnerte sie sich an eine Bemerkung ihres Vaters. Vor langer Zeit hatte er ihr einmal erzählt, dass Kutschbauers Tante Dini gern extravagant gekleidet herumlief. Im Pendelkurs war sie eine Ägypterin gewesen, heute eine Geisha. Soweit Hanni das beurteilen konnte, war der Kimono kein Karnevalskostüm.

»Du hast sie vollgeschmiert«, mäkelte Maria Kutschbauer. Sie drängte Dini beiseite, um Hanni die Hand zu schütteln. »Schön, dass du wieder da bist. Darf ich?«

Mit dem Handrücken wischte sie über Hannis Wangen. »Sicher darf ich das. Ich kannte dich schon, da warst du so klein.« Sie deutete Kniehöhe an, ehe sie sich an den Dutt fasste, wie um den Sitz der Haare zu überprüfen. »Wir beide«, sie deutete auf Dini und dann auf sich, »sind die Lieblingstanten von Bernhard Kutschbauer, einem Arbeitskollegen deines Vaters.«

»Maria, das weiß die junge Dame doch schon.«

»Vielen Dank für Ihre Einladung«, sagte Hanni und widerstand dem Bedürfnis, ebenfalls über ihre Wangen zu wischen. Der Geruch von Theaterschminke umgab sie.

»Aber wir waren doch schon beim Du. Sag Tante Maria zu mir.«

»Zu mir nicht.«

»Warum sollte sie? Du heißt ja Dini.«

»Genau. Ohne die Tante. Dini reicht vollkommen. Tante klingt spießig und altmodisch, zumal wenn man keine echte ist.«

»Altmodisch? Wir sind alt, Dini.«

»Du vielleicht. Ich fühle mich wie eben vierzig geworden. Setzt euch.« Dini deutete auf den Wohnzimmertisch. Die Lampe darüber brannte, obwohl es noch helllichter Tag war. »Hier ist am meisten Licht, da können wir wunderbar Pendeln und Kartenlegen üben. Maria, würdest du uns etwas zu trinken holen?«

Maria verschwand und balancierte kurz darauf ein Tablett mit drei vollen Gläsern zur Tür herein. »Ich hoffe, du magst Longdrinks?«, fragte sie Hanni. Die Eiswürfel klirrten leise.

»Prost. Auf einen schönen Abend.« Dinis rot geschminkter Mund umschloss den Strohhalm, sie saugte leicht. Dann nahm sie das Stäbchen mit den Glitzerfäden aus dem Glas und legte es beiseite, griff nach dem Holzspieß, auf dem ein Stück Ananas, eine Weintraube und eine Erdbeere steckten, und aß sie auf. »Köstlich, meine Liebe«, lobte sie.

»Nicht zu viel Alkohol?«

»Sehr lecker«, bestätigte auch Hanni. Sie leerte ein Drittel des Glases.

»Lasst uns mit dem Pendeln anfangen«, entschied Dini, und Maria sprang auf, um Kugelschreiber und Schreibblöcke zu holen. Während Hanni ihr Pendel aus der Hosentasche kramte, bemühte Dini sich, ihres in den Falten des Kimonos zu finden.

»Dein Kleid ist unglücklich gewählt, meine Liebe«, mokierte sich Maria. »Wenn es euch recht ist, schaue ich erst einmal zu.«

Hanni erklärte Maria, was sie von Madame gelernt hatten, dann übten sie und Dini abwechselnd das Hin- und Herschwingen. Marias Geduld, schweigend zuzusehen, reichte gerade so lange, bis sie ihr Glas leer getrunken hatte. Ihre Wangen glühten vom Alkohol. »Möchte noch jemand ein Schlückchen?«

»Für mich keines mehr.« Hanni war bereits ein wenig

schwindelig, und das lag nicht an der Drehung des Pendels. »Was ist da alles drin?«

»So dies und das. Ein wenig Rum, etwas Cinzano, ein Schuss Portwein, Obstsäfte und natürlich Eis.«

»Ich nehme noch einen«, sagte Dini, und Hanni meinte, unter dem weiß geschminkten Gesicht deutlich gerötete Wangen zu erkennen. Oder lag es am roten Lippenstift, der ein wenig verwischt war?

»Heiße ich Dini?«, fragte Dini ihr Tigeraugenpendel, um eindeutige Ja-Schwingungen zu bekommen. »Wohne ich auf Borkum? Bin ich unter Freunden?«

Dinis Pendel ging bei jeder Frage eindeutig hin und her.

»Das ist ein Ja«, jubelte sie. »Gab es heute Mittag Labskaus?« Nun sollte ebenfalls ein Ja kommen, doch das Pendel stand still.

»Hat das Essen geschmeckt?«, fragte Maria. Dini sog hörbar die Luft ein und ließ das Tigerauge fallen.

»Nach so langem Üben könnte man mehr erwarten«, sagte sie.

Hanni vertrat die gleiche Meinung. Was sie auch anstellte, ihr Stein aus Jade drehte sich nur.

Maria hatte bereits nach ihrem Strickzeug gegriffen. »Lasst uns was anderes machen. Vielleicht Karten legen?«

Dinis Tarotkarten. Hanni hatte ganz vergessen, den Damen zu berichten, was sie im Internet entdeckt hatte. »Wisst ihr, ich habe mal nach genau solchen Karten geschaut und festgestellt, dass eure Zigeunerkarten möglicherweise sehr wertvoll sind. Man findet sie im Netz ab fünfhundert Euro aufwärts.«

»Das bezweifle ich«, erklärte Dini und zupfte an ihrer Perücke. »Sicherlich kannst du da noch eine Null dranhängen. Mein Deck ist von Piatnik & Söhne, und zwar vom alten Ferdinand Piatnik. Er war Spielkartenmacher. So ab 1843 hat er die Firma übernommen, und genauso alt ist mein Tarotdeck.«

Maria ließ Garn und Nadeln sinken. »Warum weiß ich nichts davon?«

»Weil du dir nur Sorgen machst, wenn wir etwas Wertvolles

im Haus herumliegen haben.«

»Na, danke. Nun sorge ich mich.«

»Keine Angst, es weiß ja niemand, und Hanni wird es nicht verraten.«

Hannis Herz schlug schneller, ihr Mund wurde trocken. Zu spät. Sie hatte es bereits jemandem erzählt.

Keine drei Stunden zuvor wusste Hanni noch nichts von dem Verrat, den sie Dini und Maria gegenüber begehen würde. Zu diesem Zeitpunkt war sie ahnungslos, was die Person Vittorio Garanca betraf.

Sie schlenderte durch den Supermarkt unweit des Polizeigebäudes auf der Suche nach etwas Herzhaftem. Ohne genau zu wissen, worauf sie Appetit hatte, betrachtete sie die Auslage an Antipasti.

»Ich empfehle die getrockneten Tomaten in Öl«, sagte eine angenehme Stimme, die von einem leichten hessischen Akzent geprägt war.

»Ach ja?« Hanni blickte hoch. Der Mann, den sie bei der Geisterwanderung mehrmals bemerkt hatte, grinste sie frech an.

»Ich heiße Vittorio. Wer bist du?«

»Hanni.«

»Hanni! Schöner Name. Woher kommst du?«

»Jedenfalls nicht von so weit südlich wie du.«

Er fuhr sich mit der Hand durchs volle dunkle Haar. »Das hast du richtig erkannt. Mein Vater stammt aus der Karibik. Ich selbst bin geboren und aufgewachsen im schönen Italien.«

Hielt er sie für blöd? »Ist mir neu, dass Hessen so weit in den Süden hineinreicht.«

Auf seinen – zugegeben sehr verführerischen – Lippen lag ein Ausdruck von Belustigung. Er schaute sie mit hochgezogenen Augenbrauen an. »Interessierst du dich für Geister?«

Er hatte sie natürlich bei der Geisterwanderung bemerkt. Das bedeutete jedoch nicht, dass er wusste, dass sie ihn ebenfalls gesehen hatte. »Wie kommst du jetzt auf Geister?«

»Sie sind mein Fachgebiet. Ich bin Magier von Beruf.«

»Ein Hexenmeister?«

»Was für ein garstiges Wort. Aber Meister ist richtig. Ich sehe mich als Experten fürs Übersinnliche.«

»Du kennst dich aus mit Pendeln und Kartenlegen?«

»Tarotkarten oder besser gesagt Zigeunerkarten sind meine Spezialität.« Erneut strich er sich durchs Haar, als wollte er ein Kompliment dafür einheimsen. Ja, er wirkte auf den ersten Blick wie ein Zigeuner. Oder wenigstens so, wie Hanni sich einen vorstellte. Wenn nur keine hessische Klangfarbe in seiner Stimme läge.

»Zufälle gibt es«, sagte Hanni. »Da hört und sieht man sein Leben lang kein einziges Tarotkartenset, und dann«, sie schnippte mit den Fingern, »trifft man innerhalb von achtundvierzig Stunden gleich mehrere Personen, die sich damit auskennen.«

»Aha. Wen denn noch, wenn ich fragen darf?«

»Eine Insulanerin.«

»Würde mich wundern, wenn eine Einheimische davon Ahnung hätte. Die wissen recht wenig hier auf der Insel.«

Sein arroganter Tonfall gefiel Hanni gar nicht. Sie ließ sich zu einer Aussage hinreißen, die sie später bereuen würde. »Diese Unwissende arbeitet mit einem Deck von Piatnik, wenn dir das was sagt. Die Karten sind antik, und was die für einen Wert haben, muss ich einem Fachmann wie dir wohl kaum erzählen.«

Die Gier in Vittorios dunkelbraunen Augen erkannte sie sofort. Sie hatte einen Fehler gemacht. Nur gut, dass sie Dinis Namen nicht genannt hatte.

***

Maria wachte auf, weil jemand im Wohnzimmer war. Sie hörte, wie einige der Bilderrahmen und Vasen auf dem Sideboard klapperten und klirrten. Alarmiert setzte sie sich im Bett auf. Das Geräusch verstummte. Sie lauschte und überlegte, wer das sein konnte. Dini stellte die Dekoration auf keinen Fall um, schon gar nicht um diese Uhrzeit, und Staubwischen gehörte zu Marias Aufgaben. Zudem konnte sie Dini durch die Wand schnarchen hören. Maria tastete nach dem Lichtschalter an der Nachttischlampe. Noch ehe sie ihn gefunden hatte, drang ein Geräusch zu ihr herauf, als ob jemand gegen den chinesischen Fischtopf mit den Kunstblumen darin stieß und dieser übers Parkett scharrte. Dann folgte ein leiser Fluch, eindeutig eine männliche Stimme. Ein Einbrecher.

Maria ließ erschrocken den Lichtschalter los. Sie sollte die Decke über den Kopf ziehen, sich schlafend stellen und hoffen, dass der Mann kein Gewaltverbrecher war, der harmlose Frauen quälte, vergewaltigte oder gar umbrachte.

Dini nebenan bekam einen Schnarchaussetzer oder war aufgewacht. Atemlos lauschte Maria. Nach wenigen Sekunden setzte erneut Schnarchen ein. Vermutlich hatte der Unbekannte es ebenfalls gehört. Denn nachdem Dini dreimal nacheinander laut ein- und ausgeatmet hatte, hörte Maria, wie der ungebetene Besuch das Haus verließ. Ein sanftes Klicken der Hintertür zeigte dies an. Stocksteif blieb sie lange Zeit liegen, ehe sie es wagte, das Licht anzumachen. Sie schlug die Bettdecke zur Seite und stand auf. Barfuß ging sie zur Kommode und nahm die hölzerne Jungfrau Maria mit Kind im Arm in die Hand. Damit bewaffnet wagte sie sich in den Flur, schlich die Treppenstufen hinunter und betrat im Schein der Straßenlaterne das Wohnzimmer. Fest entschlossen, sich mit der Figur zu verteidigen, sollte doch noch jemand da sein.

Sie war allein, wenn man von Dini einmal absah, die oben weiter vor sich hin schnarchte.

Maria ließ sich auf das Sofa fallen und merkte erst jetzt, dass ihr Herz viel zu schnell klopfte und ihr Blutdruck vermutlich schwindelerregende Höhen erreicht hatte. Sie stellte die Madonna auf den Wohnzimmertisch, erhob sich, um im Schrank die Bar zu öffnen, und schenkte sich einen Whiskey ein. In einem Zug stürzte sie ihn hinunter und bemerkte dabei nicht, dass es im Haus still geworden war. Zu still. Sie gönnte sich ein weiteres Glas.

Sie wollte es gerade an die Lippen führen, da hätte sie es fast vor Schreck fallen lassen.

»Fängst du auf deine alten Tage das Saufen an?«

»Mein Gott, Dini. Hast du mich erschreckt.«

»Nein, du erschreckst mich. Heimlich Alkohol trinken, und das mitten in der Nacht. Bist du krank?«

»Hier war ein Einbrecher.«

»Und den wolltest du mit der heiligen Mutter Gottes in die Flucht schlagen?« Dini deutete auf die Madonna.

»Ja. Zur Not hätte ich ihm damit eines über den Schädel gezogen«, behauptete Maria. Beide wussten, dass dem vermutlich nicht so war.

»Was mag er gewollt haben?«, fragte Dini.

»Die Karten«, flüsterte Maria.

Dini griff nach Marias Whiskeyglas, doch als sie es an den Mund heben wollte, hinderte Maria sie daran. »Hörst du das?«

»Was denn, Maria?«

»Das Knacken und Knarzen. Es kommt vom Dachboden.«

»Dann ist der Kerl noch da.« Dini stürzte die Flüssigkeit hinunter und wischte sich mit dem Handrücken über die Lippen. Sie wirkte entschlossen, als wollte sie zum Angriff übergehen.

»Ich bin sicher, die Hintertür gehört zu haben. Er muss weg sein«, flüsterte Maria.

»Aber es rumpelt.«

»Soll ich die Polizei rufen?«

»Nein, wir blamieren uns, wenn es nur eine kurze Windböe war. Vielleicht kommt Sturm auf, dann knackt es immer im Gestühl. Wir schauen nach.«

Dini schlich in die Küche und nahm ein Messer aus der Schublade. Maria verließ sich erneut auf die Mutter Gottes. Wer immer da oben herumschleichen mochte, sie wussten sich zu wehren. Dermaßen bewaffnet stiegen sie so leise wie möglich die Treppenstufen hinauf. Sie stellten fest, dass die Luke zum Dachboden fest verschlossen war. Da hörten sie im Gästezimmer ein Geräusch. Als Maria eine Hand auf Dinis Schulter legte, zuckte diese zusammen. »Da ist jemand drin«, flüsterte Maria Dini ins Ohr. »Lass uns Bernhard anrufen.«

Zu spät, Dini hatte die nur angelehnte Tür bereits aufgedrückt. Es polterte laut. Ein Schatten flog auf sie zu, sein unangenehmer lang gezogener Ton ließ sie erschaudern. Er würde ihnen noch lange in den Knochen stecken bleiben. Trotz ihrer zur Abwehr erhobenen Waffen standen beide wie erstarrt. Etwas zischte an ihnen vorbei, und noch ehe sie sich danach umsehen konnten, war das Wesen blitzartig die Treppe hinuntergerannt und im Wohnzimmer verschwunden.

Dini fand als Erste die Stimme wieder: »Die Fenster sind verschlossen«, krächzte sie. »Da kommt er nicht raus.«

15

»Na endlich. Wo bleiben Sie so lange?« Andreas Kupke blickte demonstrativ auf seine Armbanduhr. Kutschbauers Dienst begann um acht Uhr, jetzt war es drei Minuten vor.

»Was soll das denn heißen? Ich bin überpünktlich. Hatten wir eine Verabredung?«

»Nein. Aber ich habe wichtige Neuigkeiten. Wie Sie wissen, war ich gestern Abend mit Silke verabredet.«

Kutschbauer hob abwehrend die Hand. »Wir sollten auf den Kollegen Becker warten.«

»Der kommt später, er ist heute Morgen über ein Hühnerauge gestolpert.«

»Er weiß mehr über die Diebstähle?«

»Nein.« Andreas Kupke legte den Kopf schief und lächelte spitzbübisch. »Er ist bei der Fußpflege.«

»Wer ist bei der Fußpflege?« Becker betrat den Raum, eine kleine Tüte mit dem Aufdruck »Nordsee-Apotheke« in der Hand.

»Sie.« Kupke vermied den Augenkontakt mit Kutschbauer.

»So etwas erledige ich vor Dienstbeginn.« Becker griff in die Papiertüte, nahm ein Plastikfläschchen heraus und schüttelte es, ehe er das Etikett eingehend prüfte. Er nickte zufrieden. »Ein Schlückchen Wasser, dann geht es los. In zwei Minuten bin ich zurück.«

»Ich habe die halbe Nacht schlecht geschlafen«, flüsterte Kupke Kutschbauer zu. »Weil ich überlegt habe, ob wir uns an Kommissar Busboom wenden sollten.«

»Busboom? Der bearbeitet nur Kapitaldelikte. Geklaute Hühner und Drogen interessieren den nicht.«

»Aber er ist auf der Insel, ich habe ihn gesehen.«

»Er ist im Urlaub. Die Busbooms machen immer Urlaub auf Borkum.«

»Silke«, wechselte Kupke das Thema, »hat mich gestern

Abend in ihre Clique eingeführt. Wir waren am Strand, haben ein kleines Lagerfeuer gemacht und so. Die sind schräg drauf, das sag ich Ihnen. Redeten von Astralreisen und Geisterbeschwörungen, während sie verbotenes Zeugs rauchten ...«

»Haben Sie etwa gekifft?«

»Quatsch.«

Kutschbauer zupfte an Kupkes Hemdkragen. »Und von denen weiß niemand, was Sie beruflich machen?«

»Sie denken, die verarschen mich? Auf keinen Fall. Jedenfalls scheint Vittorio Garanca der Drahtzieher zu sein.«

»Von was?«

»Von was immer die vorhaben. Dieses geheime Treffen, das bald stattfinden wird, Sie wissen schon.«

»Na, Ihr Wort in Gottes Ohr. Haben Sie Beweise, dass Garanca dahintersteckt?«

»Nein. Aber er war gestern auch da und ist Silke über den Mund gefahren, als sie sagte, ich solle doch mitkommen. Sah so aus, als würde er ihr gleich eine Ohrfeige verpassen, so stinkig war der. Langer Rede kurzer Sinn: Ich bin dabei, ich kann mitmachen.«

»Wobei?«

»Na, bei den bewusstseinserweiternden Trips, Geisterbeschwörungen, dem Voodoo-Quatsch, wie auch immer Sie es nennen wollen. Es soll übermorgen Abend stattfinden. Auf dem Ostland. Die treffen sich bei irgend so einem Bauwerk, das weiter hinten in den Dünen stehen soll.«

»Die Ostbake?« Kutschbauer zog das O lang wie im Wort Ostern.

Der Kollege Fuge betrat den Raum. Er versah erst seit ein paar Wochen auf Borkum seinen Dienst als Saisonpolizist.

»Sagen Sie, Herr Fuge, Geisterbeschwörungen, was fällt Ihnen spontan dazu ein?«, fragte Kutschbauer.

»Dunkel gekleidete Männer mit Kapuzen und einer Kerze in der Hand. Nachts, irgendwo draußen. Im Hintergrund ein brennendes Pentagramm. Davor steht der Hexenmeister. Er trägt ein Widdergehörn auf dem Kopf. Ringsherum sexuelle

Ausschweifungen. Ist vermutlich eine klischeehafte Vorstellung, aber hat die nicht jeder? Wie der Verlauf einer Geisterbeschwörung tatsächlich ist, davon habe ich keine Ahnung. Doch«, er hob den Zeigefinger, »ich glaube, Jugendliche, die sich auf Friedhöfen rumtreiben und Gräber schänden, gehören auch dazu.«

»Wow«, sagte Kutschbauer. »Wir sollten anstelle des Kollegen Kupke lieber Sie in die Clique einschleusen.«

»Laut meiner Informantin –«, begann Kupke mit verkniffenem Mund, doch er kam nicht dazu, weiterzureden.

»Da fällt mir noch was ein«, unterbrach ihn Fuge. »Die jungen Leute, die bei so was mitmachen, haben meist mit einem Problem zu kämpfen. Zoff mit den Eltern, Rachegelüste gegen irgendjemanden, schlechte Schulnoten oder Ärger mit dem Chef, was weiß ich. Sie sind auf der Suche nach einem Ausgleich, nach Anerkennung und Bestätigung. Was sich der Hexenmeister«, Fuge deutete mit den Fingern Anführungsstriche an, »sicher teuer bezahlen lässt. Jedenfalls stehen oder knien sie vor ihm, er veranstaltet irgendeinen Hokuspokus, besprüht sie mit Weihrauch –«

»Hey, Vorsicht«, mahnte Becker, der unbemerkt hereingekommen war. »Werfen Sie nicht alles in einen Pott. Weihrauch gibt es in der katholischen Kirche.«

»Natürlich, Herr Polizeikommissar.«

»Jedenfalls werden lebende Hühner dazu gebraucht«, warf Kupke ein. »Denen wird dann der Hals gebrochen …«

»Oder der Kopf abgetrennt.« Fuge warf Kupke einen genervten Blick zu. »Mit dem Blut werden die Teilnehmer dann vollgespritzt. Das soll ihr Problem lösen.«

»Ich glaube«, sagte Becker, »wir werfen gerade zu Unrecht Geisterbeschwörungen, Teufelsanbetungen und Voodoo in einen Topf.«

»Vermutlich deshalb«, sagte Kutschbauer, »weil niemand von uns sich richtig damit auskennt. Auf jeden Fall können wir aber davon ausgehen, dass genügend Alkohol fließen wird, was nicht verboten ist. Und …« Er deutete mit dem Zeigefinger auf Kupke.

»… dass Drogen im Spiel sind«, antwortete dieser.

»Genau. Voodoo hin oder her, darum geht es. Darauf möchte ich wetten.«

»Kopflose, Blut verspritzende Hühner, die durch die Gegend rennen. Cool«, sagte Kupke.

»Eine Erfindung von irgendeinem Filmproduzenten, ›made in Hollywood‹«, erwiderte Becker. »Voodoo ist eine ernst zu nehmende Religion, die von Millionen von Menschen praktiziert wird. Sicherlich gibt es abschreckende Abweichungen, aber …« Becker winkte ab, so als führten seine Kenntnisse darüber jetzt zu weit.

»Ich könnte im Internet recherchieren, ob es in Ostfriesland oder den Niederlanden rund um die Groninger Gegend so was gibt«, bot Andreas Kupke an.

»Machen Sie das.«

»Wir haben abgeschlagene Hühnerköpfe und Kreuzkümmel«, fasste Becker zusammen, »eine durchgeknallte Truppe Jugendlicher, die gern kifft, und die vage Erkenntnis, dass Drogen geliefert werden sollen.« Er hob die Hand, um Einwände abzuwehren. »Das mit der Drogenlieferung hat mir der Zoll berichtet. Die haben jemanden im Visier und geben uns Bescheid, wenn sie mehr wissen. Dazu ein entfernter Ort, an dem niemand stört, das passt alles zusammen.«

Er öffnete ein Tütchen mit Salbeibonbons und bot jedem eines an. »Die Vermutung«, fabulierte er lutschend, »dass jemand die Gelegenheit nutzt, um unbedarften Leuten Drogen unterzujubeln, liegt nahe. Eine perfide Art, neue Kunden zu gewinnen.«

»Oh, ehe ich es vergesse«, meldete sich Kupke erneut zu Wort. »Gestern Abend habe ich mit dem Smartphone ein paar Bilder gemacht.« Er zog es aus der Hosentasche, tippte und wischte darauf herum und zeigte einige Fotos. »Kennen Sie den?«, fragte er Kutschbauer.

»Das ist Olaf Kern, unser Geisterwanderer. Ein netter Typ.«

»Er war dabei.«

»Das wundert mich. Olaf zieht den Touristen das Geld aus

der Tasche, und was er erzählt, darf man nicht auf die Goldwaage legen. Aber er ist ein harmloser Kerl.«

»Erkennen Sie sonst noch jemanden auf den Bildern?«

Kutschbauer schüttelte den Kopf. Was hatte Olaf Kern mit Vittorio Garanca alias Peter Kunze zu tun, dessen Polizeiakte mit diversen Vergehen angefüllt war? Ein Kleinkrimineller, der sich an harmlose und unbedarfte Zeitgenossen wie Olaf Kern und Tante Maria heranmachte, die morgen mit ihm einen Termin hatte. Wenn alles glatt lief, konnten sie Garanca festnehmen. Aber bis dahin konnte er noch seinen Betrügereien nachgehen. Vielleicht sollte er Tante Maria zu dem Termin begleiten? Nein, keine gute Idee. Er sollte sich aus Dinis und Marias Wette heraushalten. Vorerst jedenfalls. »Was gibt es über Madame Jasmin zu sagen?«

»Wie wir bereits wissen, ist sie die Eigentümerin des Fachgeschäftes für Magie«, erklärte Becker. »Madame Jasmin ist ihr Künstlername. Im Gegensatz zu Vittorio Garanca hatte sie sich, als sie nach Borkum zog, mit ihrem echten Namen im Einwohnermeldeamt angemeldet. Sie heißt Anna Waltraud Jasmin Meyer.«

»Mit so einem Allerweltsnamen lässt sich in dem Gewerbe schwer arbeiten. Geschweige denn ein mysteriöses Image aufbauen«, bemerkte Kutschbauer. Er handelte sich dafür einen tadelnden Blick von Becker ein.

»Wie erwartet hat sie keine Vorstrafen«, sagte Becker und wirkte zufrieden. »Ich bezweifle, dass sie von den Aktivitäten ihres Mitarbeiters Kenntnis hat.«

»Sie kennen die Frau näher?«

Ein Hauch von Rot flog über Beckers Gesicht. »Ich war ein- oder zweimal zum Kartenlegen da.«

»Und? Hat es geholfen?«

»Das geht Sie nichts an.«

Kupke lachte auf. »Dann sage ich uns allen jetzt mal die Zukunft voraus. Heute bei Sonnenuntergang sind wir an der Ostbake und observieren die Gegend.«

»Was hoffen Sie dort zu entdecken?«

»Keine Ahnung. Aber egal, was da stattfinden soll, es will vorbereitet sein.«

»Wir machen das schon am Nachmittag. Ich will schließlich sehen, wo ich hintrete.«

***

Als der Himmel kurz vor Sonnenaufgang blass geworden war, hatten Dini und Maria entschieden, den Einbruch vor ihrem Neffen vorerst geheim zu halten. Nichts fehlte. Einige Bilder waren verschoben worden, ebenso der Fischtopf mit den künstlichen Blumen darin. Auch ein paar offene Schubladen zeugten davon, dass ein Fremder im Haus gewesen war. Das Knarren im Dachstuhl war bloß der Wind gewesen, und vor ihnen auf dem Teppich räkelte sich der dicke Kater von nebenan, der keine Anstalten machte, das Haus wieder zu verlassen. Er musste hereingekommen sein, als der Unbekannte die Tür öffnete, und sich oben ein gemütliches Plätzchen gesucht haben. Jedenfalls war er später genauso erschrocken wie die Damen, als sie ihn im Gästezimmer aufscheuchten.

»Was der Einbrecher gesucht hat«, sagte Dini, »ist klar.«

»Du meinst die Karten? Aber woher weiß er davon?«

»Vielleicht hat Hanni es weitererzählt. Ihren Eltern oder Freunden zum Beispiel. Die haben es wiederum anderen erzählt. Unser Neffe könnte erwähnt haben, dass er die Karten vom Dachboden holen musste, doch das ist eher unwahrscheinlich. Zudem kennt er ihren Wert nicht. Jedenfalls gibt es einige Möglichkeiten. Und du weißt, wie schnell Geschichten auf Borkum die Runde machen. Es könnte ein Zufall gewesen sein.«

»Ich glaube nicht an Zufälle«, sagte Maria. Die beiden hatten schon viel über das Ereignis gesprochen.

»Ach Maria, es ist keineswegs bewiesen, dass der Verkäufer aus dem Fachgeschäft für Magie etwas damit zu tun hat, nur weil du spontan an ihn denken musstest, als du mit der Madonna bewaffnet durchs Haus gegeistert bist.« Dini versuchte, überzeugt zu klingen, konnte Marias Verdacht jedoch nicht von der Hand weisen. Es war eine logische Schlussfolgerung. Trotzdem konnten sie nicht hundertprozentig sicher sein.

»Jetzt will ich dir erst recht beweisen, dass in diesem Hokuspokusladen alles bloß Lug und Trug ist. Warte nur ab. Spätestens morgen werden wir ja sehen.«

»Das Pfotenlesen, wie immer es ausgehen wird, beweist keinesfalls, dass der junge Mann der Einbrecher ist. Und gerade der«, Dinis Mundwinkel ging auf einer Seite hoch, »hat es dir doch so angetan.«

»Hat er nicht«, wehrte Maria ab und konterte: »Du selbst könntest es jemandem verraten haben. Seit Jahren kennst du den Wert der Karten. Bestimmt hast du es mal irgendjemandem erzählt.«

»Und der bricht dann nach so langer Zeit rein zufällig ausgerechnet jetzt bei uns ein? Nein, du sagst doch selbst, dass du nicht an Zufälle glaubst.«

»Was machen wir jetzt?«

»Das, was wir jeden Morgen tun.«

Sie verließen das Haus und gingen barfuß über den Strand. Es versprach ein warmer Sommertag zu werden. Noch waren sie allein am Nordstrand, doch in den kommenden Stunden würde sich das ändern. Sobald die Touristen mit dem Frühstück fertig waren, eilten sie zum Sonnenbaden ans Meer.

Wie jeden Morgen schmerzten ihre Fußsohlen, als sie über die festen, von den Wellen in den Sand gedrückten Rillen liefen. Sie blieben dennoch auf dem harten Untergrund, statt einige Meter weiter vom Meeressaum entfernt im weichen Zuckersand zu laufen.

Das sei Wellness für die Füße, behauptete Dini immer. Eine kostenlose Massage, die dem ganzen Körper guttat.

Maria erduldete die Tortur, weil sie den feinen Sand zwischen den Zehen schon als Kind nicht leiden konnte.

»Sieh mal, ein Krebs«, sagte Maria.

Dini bückte sich nach dem Tier, das seitwärts laufend zu

fliehen versuchte. Ehe sie mit Daumen und Zeigefinger geschickt den Panzer packte, drohte der Krebs ihr mit den Scheren. Sie nahm ihn hoch, betrachtete ihn von unten und warf ihn dann im hohen Bogen ins Meer.

»Hast du dir jemals Gedanken darüber gemacht, ob die Tiere so einen Flug überhaupt überleben?«, fragte Maria.

»Nein. Aber vermutlich schon.«

Gemeinsam gingen sie weiter und blieben nach wenigen Schritten erneut stehen. Mit dem großen Zeh des rechten Fußes stupste Dini gegen eine blaue Qualle. Die Tiere wurden von Jahr zu Jahr früher gesichtet. Als sie jung war, trieb das Meer die ersten ab Mitte Juli an den Strand. Damals bewarfen die Kinder und Jugendlichen sich gegenseitig mit den toten und oft schon eingetrockneten Tierkadavern. Dini meinte, das glitschige Gefühl in der Handfläche zu spüren. Einige Meter weiter lag eine rote Qualle. Im Gegensatz zu den blauen waren deren Tentakel giftig. Sie lächelte bei dem Gedanken, wie oft sie in der Kindheit nach Hause gerannt war, um sich von ihrer Mutter Mückenstichsalbe gegen das Jucken auftragen zu lassen. Trotzdem gingen sie und ihre Freunde immer wieder baden, ohne auf die Feuerquallen zu achten.

»Lass uns umkehren«, sagte Maria, die stets angab, wann der Rückweg angetreten werden sollte. Wenn es nach Dini ginge, würden sie noch eine Weile geradeaus laufen.

»Da kommt Pünktchen.«

Sie begrüßten den Hund und dessen Frauchen.

»Bleibt es dabei, dass Sie Pünktchen jeden Tag eine Stunde lang nehmen?«

»Wie verabredet«, bestätigte Dini, die Maria gegenüber verschwieg, dass sie fürs Hundeausführen Geld bezahlte. Die Frau hatte keine Fragen gestellt. Dini war für ihre Extravaganzen bekannt. »Auf jeden Fall bis einschließlich morgen.«

Auf der Strandpromenade nahmen Dini und Maria auf einer der Sitzbänke Platz. Sie ließen ihre Füße in der Sonne trocknen, ehe sie den Sand mit den Socken abrubbelten und die Schuhe anzogen.

»Ist das dahinten auf der Bank Focko Busboom?« Dini deutete mit ausgestrecktem Zeigefinger nach rechts.

»Das kann nicht sein. Der ist doch tot«, antwortete Maria.

»Was redest du, er bewegt sich doch.«

»Entschuldige. Ich habe ihn mit jemandem verwechselt.«

»Du solltest aufpassen, wen du für tot erklärst. Jemandem mit einem schwachen Herzen kann das ganz schön zusetzen.«

»Erzähl mir nicht, du hättest ein schwaches Herz.«

»Lass uns hingehen und Guten Tag sagen.«

Sie standen auf und gingen hinüber.

»Juhuuu, Herr Busboom«, rief Dini. »Ah, Sie sind es wirklich. Schön, Sie bei bester Gesundheit zu sehen.«

Busboom erhob sich. »Frau Woltjer, wie geht es Ihnen? Und da ist ja auch Frau Kutschbauer.«

Sie schüttelten sich die Hände.

»Trinken Sie mit uns eine Tasse Tee?« Dini deutete auf das »Café Panorama«. Auf der Sonnenterrasse waren bereits alle Tische mit Frühstücksgästen besetzt.

Ehe Busboom antworten konnte, hakte Dini ihn unter und bedeutete Maria, sie solle das Gleiche auf der anderen Seite tun. Dini wusste, wie sehr Maria es hasste, in ein Café zu gehen. Warum Geld für Tee und Kuchen ausgeben, wenn man zu Hause all das herumstehen hatte? Doch in Anwesenheit des Kommissars konnte sie nicht widersprechen.

Sozusagen »abgeführt« begleitete Busboom die Damen ins Lokal.

»Da hat doch glatt jemand behauptet, Sie würden nicht mehr unter uns weilen«, zwitscherte Dini.

»Nein, nein. Unser Urlaub fängt eben erst an«, entgegnete Busboom, der Dinis Worte missverstand.

Dini steuerte einen Tisch am Fenster an. Wenn sie schon nicht draußen in der Sonne sitzen konnten, wollte sie wenigstens einen Blick auf Meer und Strand haben. Zumal es immer interessant war, zu sehen, wer auf der Strandpromenade flanierte. Herr Siebenrot ging vorbei. War der Mann denn schon in Rente, dass er es sich erlauben konnte, wochentags spazieren zu gehen? Dini nahm sich vor, Maria danach zu fragen.

»Ich hoffe, der Familie geht es gut? Die Kinder sind wohlauf? Wie geht es Ihrer Frau? Die haben wir ja schon lange nicht mehr gesehen«, sagte Dini.

»Gut.«

»Ja, Sie sollten uns unbedingt besuchen kommen«, meinte Maria. Man sah ihr an, wie unwohl sie sich fühlte. Schließlich gaukelten sie dem Kommissar vor, Hanni ebenfalls seit Langem nicht gesehen zu haben.

»Nun, da wir so beisammensitzen«, sagte Dini, nachdem sie Ostfriesentee und für jeden ein belegtes Brötchen geordert und der Kellner die Bestellung gebracht hatte, »darf ich Sie sicher um einen Gefallen bitten.«

»Dini«, ermahnte Maria sie lahm. »Herr Busboom hat Ferien.«

»Ach, papperlapapp. So ein Kriminalkommissar ist nie wirklich im Urlaub. Ich verlange ja nichts Außergewöhnliches, nur einen winzig kleinen Rat.«

Busboom trank einen Schluck Tee. Er tat noch ein weiteres Kluntje in die Tasse und einen Schuss Sahne dazu, da der Tee recht stark war, und rührte um. Ein zweiter Happen vom Brötchen steckte eben in seinem Mund, als Dini ihr Anliegen aussprach. Fast hätte er sich verschluckt.

***

Am Vormittag, den Busboom mit seiner Familie am Strand verbrachte, dachte er über die wertvollen Karten, den Einbruch und Dinis Geständnis nach, dass Hanni die Tanten besuchte, um Kartenlegen und Pendeln zu üben. Da war sie wenigstens in sicherer Umgebung, was ihn ein wenig beruhigte. Mehrmals war er versucht, Hanni danach zu fragen, um ihre Einstellung zu okkulten Dingen zu erfahren, ließ es jedoch bleiben. Zum einen hatte Gesche recht: Es ging ihn nichts an, sie war alt genug, um selbst zu entscheiden, was sie in ihrer

Freizeit machte. Zum anderen schämte er sich, bisher so wenig Vertrauen in sie gesetzt zu haben. Er wusste schließlich, dass sie ein vernünftiges Mädchen war, und dennoch … Er war in seinem Beruf schon vielen vernünftigen Menschen begegnet, die ungewollt auf Abwege geraten waren.

Wiebke hatte den Pferden unterdessen den Rücken gekehrt und das Kitesurfen entdeckt.

»Statt des Stallgeruchs kommt aus dem Badezimmer jetzt der Duft von Neoprenklamotten«, moserte Hanni, als sie zur Mittagszeit in die Ferienwohnung zurückkehrten. »Die stinken fast genauso schlimm.«

»Ich räum ja schon alles weg«, versprach Wiebke, verschwand jedoch tatenlos in ihrem Zimmer, um mit ihren neuen Urlaubsbekanntschaften Bilder und Kurzmitteilungen auszutauschen.

Busboom legte sich für ein Mittagsschläfchen aufs Sofa. Doch der Schlaf wollte nicht kommen. An ihm nagte noch immer der Besuch bei Madame Jasmin.

Die Karte in der Hosentasche ließ ihn einfach nicht los. Er hatte gehofft, wenn er erst einmal eine Nacht darüber geschlafen hätte, würde alles anders aussehen. Falsch gedacht. Er war unsicher, was er denken sollte. Einerseits konnte er die Feststellungen und Vorhersagen ohne viel Hokuspokus erklären, andererseits ging ihm das Bild vom Tod schwer aus dem Kopf. Was so ein blödes Abbild von einem Skelett mit Umhang und Sense in der Hand anrichten konnte.

»Seit wir gestern den Laden verlassen haben, hast du kein Wort mehr über die Angelegenheit verloren.« Gesche verstand es, seine Gedanken zu erraten und den Finger in offene Wunden zu legen. »Bedeutet das, Hanni kann nun, ohne dass du dir Sorgen machst, ihrem neuen Hobby nachgehen, oder …« Sie brach ab und betrachtete ihn mit besorgter Miene. »Erzählst du mir, was dich seither noch bedrückt?«

Schweigend griff er in seine Hosentasche, reichte ihr die Tarotkarte und schilderte in groben Zügen, was er bei Madame Jasmin erlebt hatte.

Gesche sah ihn lange schweigend an. Ein Trick, den er selbst gern anwandte, wenn er jemanden zum Weiterreden animieren wollte. Also berichtete er auch von dem Zusammentreffen mit Dini und Maria.

»Wenigstens hast du jetzt andere Sorgen«, erklärte Gesche.

»Ist das alles, was dir dazu einfällt?«

»Du könntest Schritt für Schritt die Probleme lösen. Als Erstes sollten wir im Internet nachsehen, was die Karte zu bedeuten hat.« Gesche wusste, wie ungern er ein Handy gebrauchte, also benutzte sie ihres.

Es dauerte nur wenige Minuten, bis sie ihm die Information unter die Nase hielt.

»Tiefgreifender Lösungsprozess«, las sie vor, als ob er es nicht selbst könnte. »Verlust. Loslösung von alten Bindungen.«

»Verflixt«, murmelte Busboom. Damit konnte nur das Loslassen von der Vorstellung gemeint sein, Hanni könne nicht selbst auf sich aufpassen. Aber die Bindung zwischen Vater und Tochter würde immer bleiben. Busboom verwirrte diese Interpretation noch mehr.

»Da hat die Frau mit ihrer letzten Karte wohl ein weiteres Mal ins Schwarze getroffen. Doch keine Scharlatanerie?« Gesche lächelte wie eine Lehrerin, die ihre uneinsichtigen Schüler eines Besseren belehrte.

Er nickte. Gesche hatte recht. Er begann, an Madames Kraft zu glauben, oder war wenigstens bereit zuzugeben, dass nicht alles Humbug war, wie er immer geglaubt hatte, und das beunruhigte ihn noch mehr.

Nun musste er nur noch herausfinden, ob der Einbruch bei Kutschbauers Tanten etwas mit Madame Jasmin und dem Laden zu tun hatte. Dazu blieb ihm keine andere Wahl, als mit Becker oder Kutschbauer zu sprechen.

16

Ehe Kutschbauer am Nachmittag eine unbestimmte Zeit in den Ostlanddünen verbringen würde, brauchte er eine Stärkung. Deswegen besuchte er in der Mittagspause seine Tanten. Zwar war es fast eins, die beiden hatten schon gegessen. Vielleicht war aber etwas übrig geblieben.

Er fand Maria im Wohnzimmer. Vollgestopft mit Sofa, Sesseln, Schrankwand, Fernseher, einem Sideboard, auf dem Familienfotos standen und über dem ein Ölschinken hing, der ein Segelschiff in peitschender See zeigte, unterschied es sich nicht von Tausenden Stuben in jeder beliebigen Stadt in Norddeutschland. Wäre da nicht die Schneiderpuppe in der Ecke, die einen Kimono trug, an dem Maria gerade einige Näharbeiten erledigte.

»Tante Dinis neueste Errungenschaft?«, fragte Kutschbauer und ließ sich aufs Sofa fallen.

»Den hat sie vor Jahren aus Japan kommen lassen«, antwortete Maria. »Ich behebe nur einige kleine Schäden. Dini hat den Saum aufgetreten.«

Kutschbauer wollte gar nicht wissen, bei welcher Gelegenheit. Es war stickig im Raum, was untypisch für diesen Haushalt war. Dini und Maria waren Lüftungsfanatiker, bei ihnen standen Fenster und Türen immer sperrangelweit offen, es sei denn, draußen tobte ein Sturm.

»Soll ich das Fenster öffnen?«

»Nein. Seit einigen Tagen hockt Wagner ständig auf seiner Terrasse und spitzt die Ohren.«

»Das hat euch doch nie interessiert.«

Maria hob die Schultern und ließ sie wieder fallen. »Gelegentlich kann er recht neugierig sein.«

Kutschbauer sah, dass sie flunkerte. »Was ist passiert?«

»Nichts.« Maria kam ächzend aus der Hocke hoch und legte die Dose mit den Stecknadeln auf eine Kommode. »Ich sehe kurz nach den Kartoffeln. Du bleibst doch zum Essen?«

»Es ist spät. Ich dachte, ihr habt schon gegessen.«

Erneut zuckte Maria mit den Schultern und wich einem Augenkontakt aus.

»Tante Maria? Wir sind doch immer ehrlich miteinander, oder?« Er folgte ihr in die Küche, wo Dini gerade den Tisch deckte. Der Blick, den sie Maria zuwarf, besagte, dass diese lieber schweigen sollte.

»Moin, Tante Dini. Maria wollte mir eben euer Geheimnis anvertrauen.«

Maria blickte Dini an wie ein Kind, das ein Bonbon haben möchte.

Dini winkte ab. »Ehe er alles weiß, gibt er ja doch keine Ruhe. So war er schon als kleiner Junge.«

»Wir hatten einen Einbrecher«, platzte es aus Maria heraus. »Ich denke, ich habe ihn vertrieben.«

»Mit einer Madonna. Aber Maria übertreibt, ganz so dramatisch war es nun doch nicht.«

»Ihr hättet mich anrufen sollen.«

»Mitten in der Nacht?«

»Natürlich. Ich bin Polizist. Das ist mein Job. Ah, ich ahne es. Ihr wolltet ihn selbst überführen, und dann ist euch die Angelegenheit über den Kopf gewachsen. Das ist gefährlich.«

»Papperlapapp, du übertreibst.« Dini seufzte. »Ehe du weiter mit uns schimpfst, kann ich dir versichern, dass die Kriminalpolizei Bescheid weiß.«

»Die Kripo? Aber für Einbrüche bin ich zuständig.«

»Schon klar, mein Junge.« Maria legte eine Hand auf seinen Arm, als müsste sie ihn trösten.

»Du hast doch gerade so viel mit den Hühnerdieben zu tun«, meinte Dini, »da wollten wir dich mit so einer Kleinigkeit nicht belasten. Außerdem ist kein Schaden entstanden.«

»Woher wisst ihr von den Hühnerdiebstählen?«

»Das wird überall erzählt, außerdem fragt Frau Münster ständig nach ihrem Hahn, dem Jakko. Bernhard, ich wundere mich, warum du dich so aufregst.«

»Weil ihr mir nichts sagt.«

»Wir erzählen es dir ja jetzt.«

Und das taten sie dann auch.

»Ich sehe an euren Nasenspitzen, dass ihr einen Verdacht habt«, sagte Kutschbauer, als sie ihn ins Bild gesetzt hatten.

Auch den verrieten sie ihm.

»Vittorio Garanca? Wie kommt ihr auf den?«

Marias Wangen überzog ein Hauch von Rosa. Trotzig schaute sie Dini an. »Sein Aftershave lag in der Luft.«

»Sein Aftershave, so, so. Interessant. Was mag er gesucht haben?«, fragte Kutschbauer, die Damen fest im Blick.

»Die hier.« Maria griff in ihre Schürzentasche.

»Die alten Spielkarten vom Dachboden?« Jetzt werden die Tanten tüttelig, dachte er.

»Es sind besondere Karten. Dini hat sie einst von einem Liebhaber in Wien geschenkt bekommen, aber das ist eine andere Geschichte. Jedenfalls sind sie ein Vermögen wert«, erklärte Maria und steckte sie zurück in die Schürze. »Wirst du ihn verhaften?«

»Nein. Ich habe keine Beweise.«

»Da hast du's«, sagte Dini zu Maria. »Der Polizei sind die Hände gebunden.«

»Ich werde ihn im Auge behalten«, versprach Kutschbauer, ohne zu erwähnen, dass sogar drei Polizisten auf Vittorio Garanca ein Auge hatten. »Bis dahin verbiete ich euch, in seine Nähe zu kommen.«

Dini und Maria versuchten, ausdruckslose Gesichter zu machen, doch auch eine tote Mimik verriet viel. Er hätte es ihnen nicht verbieten sollen, jetzt würde zumindest Dini erst recht Garancas Nähe suchen.

***

Nun hat das Übersinnliche also auch Kutschbauers Tanten erwischt, dachte Busboom auf dem Weg zum Polizeigebäude. Was Dini Woltjer anging, wunderte es ihn kaum. Bei Maria Kutschbauer, einer bodenständigen und altmodischen Frau, überraschte es ihn. Da sah man es mal wieder. Für Dummheiten war man nie zu alt. Andererseits war das mit der Dummheit so eine Sache. Vielleicht war er es ja, der sich in etwas verrannte und sich von gleich vier Damen verunsichern ließ, statt seinen Urlaub zu genießen.

Er musste zugeben, dass ihm Dinis Bitte, sich für sie umzuhören, in den Kram passte. Nun besaß er einen guten Grund, um Nachforschungen rund um den Laden für Magie, die Menschen darin und deren Tätigkeiten durchzuführen.

Reguläres Geschäftsgebaren oder Betrug? Noch schien kein Gesetz gebrochen, wenn man von dem Einbruch absah. Die Damen hatten Vittorio Garanca in Verdacht, doch ihn zu überführen stand auf einem anderen Blatt. Es wurde Zeit, sich den Mann genauer anzuschauen.

Mit diesen Überlegungen klingelte Busboom am Eingang der polizeilichen Dienststelle.

»Guten Tag«, begrüßte er den Polizisten, der für ihn den Knopf zur Entsperrung der Eingangstür drückte. Den Mann hatte er niemals zuvor gesehen, vermutlich ein Saisonpolizist. »Kann ich bitte Polizeikommissar Becker sprechen?«

»In welcher Angelegenheit?«

»Privat.«

»Wie ist Ihr Name?«

»Busboom. Focko Busboom.«

Der Mann griff zum Telefonhörer und tippte zwei Ziffern ein. »Herr Becker, hier ist ein Herr Busboom, der Sie sprechen möchte.« Er lauschte einen Moment und nickte dann heftig, so als könnte Becker ihn sehen. »Sie dürfen durchgehen, Herr Kriminalhauptkommissar«, sagte er schließlich und öffnete die Klappe im Tresen, der die Besucher auf Abstand hielt. »Sie wissen ja, wo Sie hinmüssen.«

»Herein«, rief Becker, nachdem Busboom sich durch ein Räuspern bemerkbar gemacht hatte. Er saß hinter seinem Schreibtisch und streckte mit ineinander verschränkten Händen beide Arme in die Höhe. Vermutlich machte er Dehnübungen.

»Ihr Rücken schmerzt? Sicherlich sitzen Sie zu lange.«

»Einer muss ja den Schriftkram erledigen.« Vor Becker lag eine Zeitung, Busbooms Mundwinkel zuckten. »Was führt Sie zu mir? Gibt es einen Mord?«

»Nein, nein. Ich wollte nur mal Guten Tag sagen.«

Becker beäugte ihn skeptisch. »Das ist nett.«

Busboom trat an den Schreibtisch, schüttelte Beckers Hand und warf einen Blick auf die aufgeschlagene Seite. »Ah, Sie lesen Horoskope.« Wie praktisch, da war er gleich beim Thema.

»Und Sie?«

»Na ja.«

»Was ist Ihr Sternzeichen?«

»Krebs.«

Becker fuhr mit dem Zeigefinger übers Papier und las: »Ziehen Sie sich warm an.«

»Ach, Sie flunkern. Es ist Sommer, die Außentemperatur liegt bei fünfundzwanzig Grad.«

»Es ist im übertragenen Sinn gemeint.«

Ehe Busboom antworten konnte, piepte es nebenan.

»Der Wasserkocher.« Becker ging in den Aufenthaltsraum und schaltete ihn aus. »Möchten Sie auch einen Tee?«

»Gern.«

Becker goss Wasser in eine Porzellankanne, schwenkte sie, schüttete das Wasser in den Ausguss und gab zwei Löffel lose Teeblätter in die vorgewärmte Kanne. Dann goss er den Tee mit heißem Wasser auf. »Kommen Sie doch rüber.«

»Teebeutel sind fürs Büro eigentlich bequemer«, sagte Busboom, obgleich er kein Freund davon war. Becker strafte ihn mit einem Blick, als wollte er sagen: Kein echter Ostfriese trinkt schwarzen Tee, der in Beuteln steckt. Er stellte zwei Tassen, Sahne und ein Porzellanschüsselchen mit Kluntjes auf den Tisch. Busboom folgte seinem einladenden Winken und nahm Platz.

»So, fertig«, verkündete Becker nach dreißig Sekunden.

»Die Blätter sind noch nicht mal nass.« Busboom betrachtete angewidert das fast klare heiße Wasser, das Becker in die eigene Tasse goss.

Becker legte die Hand auf Busbooms Schulter. »Für Sie lasse ich ihn etwas ziehen. Sie scheinen ihn ja lieber kräftig zu trinken, so wie Kollege Kutschbauer. Da wundert es mich kaum, wenn Sie irgendwann mal Magengeschwüre bekommen.«

Das sah Busboom nicht ganz so eng. Kutschbauer und dessen Tanten tranken Tee, der so stark war, dass man ihn für Altöl halten konnte. Busboom hingegen glaubte, die goldene Mitte für Ostfriesentee gefunden zu haben. »Solange keine schillernden Flecken auf der Oberfläche zu sehen sind«, scherzte er.

Becker nahm ihn beim Wort und warf einen kritischen Blick auf den Inhalt in Busbooms Tasse, als er ihm schließlich einschenkte.

Schweigend genossen sie ihr Getränk.

»Ah, köstlich«, beteuerte Becker, nachdem er ausgetrunken hatte. Er bedeckte den Tassengrund mit dem jetzt starken Tee und füllte mit heißem Wasser auf. »Was kann ich für Sie tun?«

»Etwas für mich herausfinden.«

Becker war der Computerexperte im Borkumer Polizeirevier. Zwar konnte Busboom schlecht beurteilen, wie flink die jungen Polizisten, die immer nur für die Sommermonate zur Insel abkommandiert wurden, bei Recherchen im Netz waren. Aber wenn es etwas über Madame Jasmin und ihren Mitarbeiter herauszufinden gab, würde Becker es finden.

»Was möchten Sie wissen?« Beckers Rückenschmerzen schienen verschwunden. Er reckte den Kopf in die Höhe, die Schultern schob er nach hinten und streckte die Wirbelsäule, als habe er eine Vitaminspritze bekommen, die sofort anschlug. Er sprang auf, eilte an seinen Schreibtisch, knüllte die Zeitung zusammen und stopfte sie achtlos in den Papierkorb. Eine kurze Bewegung mit der Computermaus, und der Bildschirm leuchtete auf. »Geht es um Mojo-Zauberbeutel?«

»Wie kommen Sie auf die Idee?«

»Sie schauten so entsetzt, weil Ihre Frau so einiges darüber wusste.«

»Im weitesten Sinne, ja. Es geht um die Inhaberin des Spökenkiekerladens und ihren Angestellten.«

Becker blickte ihn überrascht an und ließ die Computermaus los. »Anna Waltraud Jasmin Meyer und Peter Kunze. Herr Kriminalhauptkommissar, Sie werden mir unheimlich.«

»Aha, warum?«

Becker informierte ihn über Kunzes Alias und Vorstrafenregister, die von Kupke infiltrierte Clique, die Ermittlungen des Zolls und die Drohung gegen Finn Janssen.

Im Gegenzug berichtete Busboom vom Einbruch bei Dini und Maria und von den wertvollen Tarotkarten. »Sie kennen Frau Meyer anscheinend ganz gut. Trauen Sie ihr zu –«

»Sie hat von alldem keine Ahnung«, unterbrach ihn Becker im Brustton der Überzeugung.

»Dann ist sie eine schlechtere Menschenkennerin, als ich dachte.« Busboom bedankte sich bei Becker und verließ die Dienststelle. Statt beruhigt zu sein, musste er jetzt über noch mehr nachdenken.

***

»Kriminalhauptkommissar Busboom war gerade hier. Er wollte alles über Madame Jasmin und Garanca wissen.«

»Hat er gesagt, warum?«

»Er macht sich Sorgen um seine Tochter.«

»Verstehe. Wird er uns heute Nachmittag begleiten?«

»Wo denken Sie hin, Kutschbauer? Erstens ist es unser Fall und er ist im Urlaub, und zweitens geht keiner von uns in die Dünen.« Becker hob eine Hand, um Kutschbauers Einwand abzublocken. »Ich habe lange darüber nachgedacht und bin zu dem Entschluss gekommen, dass wir die Pferde nicht scheu machen sollten. Wenn es eine Bande gibt, sind wir denen sicher bekannt, da fallen wir sofort auf. Wir lassen ihnen also Zeit, ihr Treffen in Ruhe vorzubereiten, wie sonst wollen wir sie auf frischer Tat ertappen? Kupke wird ja mit dabei sein. Es reicht völlig, wenn er uns rechtzeitig die genauen Koordinaten durchgibt.«

17

In einem kleinen Ort verbreiteten sich Gerüchte schnell. Bis sie jedoch an die Ohren eines der Hauptakteure der Klatschgeschichten kamen, dauerte es. Zudem blieben Gerüchte ungern allein, sie liebten Gesellschaft, weswegen sich immer neue anschlossen.

Frau Ohlsen erzählte der Nachbarin, dass die Arbeitskollegin ihrer Schwester den Esoterikladen besucht hatte. Nur mal so, um ein wenig zu stöbern. Dort hatte sie Maria Kutschbauer belauschen können, wie sie einen Termin ausmachte.

Dieses Ereignis machte die Runde. Bei jeder Erzählung gesellten sich mehr Details hinzu. Zuerst Geisterbeschwörungen und Gespräche mit den Ahnen. Nicht dass irgendjemand daran glaubte, aber interessant war es allemal. Zwar fragte sich Frau Ohlsen, mit welchen Ahnen Maria denn wohl sprechen wollte. Verheiratet war sie nie, demnach konnte sie keine Witwe sein. Und die Geschwister lebten alle noch. Andererseits war das ja auch vollkommen egal. Was sie tatsächlich überraschte, war die Tatsache, dass eine Frau wie Maria Kutschbauer an so was Interesse zeigte. Ja, wenn es um Dini Woltjer ginge, könnte man das ja verstehen. Die war verrückt genug, um mit dem Jenseits zu kommunizieren und in parallele Welten zu verschwinden. Der traute jeder zu, an Seelenwanderungen und solchen Kram zu glauben.

»Aber erzähle es niemandem weiter«, verpflichtete Frau Ohlsen ihre Sangesfreundin Frau Siebenrot. Diese versprach dichtzuhalten, meinte jedoch, Ehemänner würden nicht zum Versprechen zählen. Die waren verschwiegen, und schließlich wollte man zu Hause ja auch was Interessantes zu berichten haben. Herr Siebenrot jedenfalls glaubte nicht an solche Dinge, vermutete jedoch, dass Maria den Termin für Dini vereinbart hatte. Dieser Meinung schlossen sich Siebenrots Arbeitskollegen an. Dini Woltjers schien ja sowieso von allen Geistern verlassen zu sein, da konnte es kaum schaden, mit ihnen Verbindung aufzunehmen.

Die Leute hatten was zu lachen. Einer der Arbeitskollegen machte auf dem Nachhauseweg einen Abstecher in eine Kneipe. An der Theke diskutierte es sich bei geistigen Getränken leicht über Geisterbeschwörungen, Gespenstererscheinungen und Stimmen aus dem Jenseits. Man war sich einig, dass zumindest eine der beiden Tanten des Polizisten Kutschbauer auf diesem Gebiet bewandert sein dürfte. »In der kommenden Vollmondnacht wird sie mit den Verstorbenen Verbindung aufnehmen.« Zuerst eine reine Vermutung, wurde daraus beim dritten Glas eine Feststellung. Ein Thekenkunde leerte sein Glas, zahlte und freute sich, zu Hause wegen der Bierchen am helllichten Tag keinen Rüffel zu bekommen, da er etwas Interessantes zu berichten hatte. Auf dem Heimweg kam er an Erwin Horstmanns Haus vorbei. Dessen Hahn machte Spektakel, das ärgerte ihn. »Wäre schön, wenn ihm jemand den Hals umdreht.«

Das Wort »Hühnerdiebstahl« geisterte durch seinen Kopf, und er zog Schlussfolgerungen. Als er die Haustür öffnete, war er der Meinung, dass, um eine Verbindung ins Jenseits zu bekommen, ein geköpfter Hahn dazugehörte. Erst neulich hatte er eine Doku im Fernsehen gesehen, die über solche Voodoo-Zauber berichtete. Schön, wenn Horstmanns Hahn bei solch blutigen Ritualen Verwendung finden könnte. Diesen angenehmen Gedanken fügte er der eben gehörten Tatsache hinzu und erzählte alles seiner Ehefrau. Ihr Entsetzen um kopflose Hühner dauerte nur Sekunden, dann vertrat sie die gleiche Ansicht.

»Da steckt noch mehr dahinter«, überlegte sie. Dini Woltjers traute sie zwar so manche Verrücktheit zu. Dass diese dafür ihre Nachbarn und Bekannten bestahl, glaubte sie jedoch nicht. Das mussten andere für sie erledigt haben. Sicher war sie in die Fänge einer Voodoo-Sekte geraten, mit der sie sich heimlich traf, um ihr blutiges Handwerk auszuüben. »Hast du eigentlich das Pfund Kaffee wieder zurückgebracht?«

»Welchen Kaffee?«

»Den, den wir mal von Dini ausgeliehen haben.«

»Aber das ist ewig her.«

»Egal.« Sie nahm ein angebrochenes Päckchen aus dem Küchenschrank, klebte es mit Tesafilm zu und machte sich auf den Weg zu Dini, um Näheres über die ganze Angelegenheit zu erfahren.

Dini Woltjer war verständlicherweise überrascht, da es viele Monate her war, dass der Kaffee verliehen wurde. Auch meinte sie sich zu erinnern, ihn bereits zurückerhalten zu haben. Sie nahm ihn dennoch entgegen, verkniff sich einen Kommentar wegen der angebrochenen Packung und ahnte, dass etwas anderes dahinterstecken musste. Sie war neugierig genug, erfahren zu wollen, worum es in Wirklichkeit ging, und bat den Besuch herein. Als die Kaffeemaschine endlich durchgelaufen war und Dini die Tassen vollschenkte, war sie bereits im Bilde. Dass es auf Borkum eine Voodoo-Sekte gab, glaubte Dini nicht. Sie hielt Voodoo für ausgemachten Schwachsinn, jedenfalls hierzulande, wo die Menschen nicht wussten, wie man damit umzugehen hatte. Doch ob es auf der Insel Voodoo gab oder nicht, jetzt musste sie zunächst einmal Marias Ehre retten.

»Nun«, versicherte sie, »an der Geschichte ist ein Quäntchen Wahrheit dran. Maria war in dem Laden und hat einen Termin für mich ausgemacht.« Somit war Marias Ruf wiederhergestellt. »Und ich werde meine eigene Kristallkugel mitnehmen«, behauptete sie, weil man genau das von ihr erwartete. »Komm doch mit«, schlug sie vor und freute sich über das Entsetzen im Gesicht ihres Gastes.

»Wir müssen es Busboom und Bernhard sagen«, verlangte Maria später.

»Warum? Wo, wann und ob es überhaupt Voodoo auf Borkum gibt, wissen wir nicht.«

»Aber du bekommst es heraus«, sagte Maria.

»Worauf du dich verlassen kannst.«

***

Maria schlief schlecht in dieser Nacht. Sie war früh zu Bett gegangen und hatte lange in einem Liebesroman geschmökert. Dann war sie eingedöst, aufgeschreckt, zur Toilette gegangen und hatte den Rest des Groschenheftes gelesen. Auch nachdem der Held seine Geliebte nach diversen Katastrophen endlich in die Arme schließen konnte und mit ihr in den Sonnenuntergang geritten war, wartete sie ob dieses tröstlichen Gedankens vergeblich auf etwas innere Ruhe. Gegen ein Uhr stand sie auf, um eines der Lavendelsäckchen aus der Kommodenschublade zu nehmen und auf ihr Nachttischchen zu legen. Das half wenig. Im Gegenteil, der Duft bereitete ihr Unbehagen.

Sie knipste die Nachttischlampe erneut an, setzte sich mit dem Kopfkissen im Rücken aufrecht hin und starrte die Gardinen am gegenüberliegenden Fenster an. Ein leichter Luftzug bewegte sie. Doch das war es nicht, was sie vom Schlafen abhielt. Erneut stand sie auf, zum dritten Mal in dieser Nacht, die kein Ende nehmen wollte. Sie setzte ihre Brille auf und zog die Vorhänge beiseite, ohne vorher Licht gemacht zu haben. Wieder im Bett liegend betrachtete sie das Stück Sternenhimmel, das sie von hier aus sehen konnte, bis ein unbekanntes Geräusch auf der Straße sie ein weiteres Mal aus dem Bett trieb.

Ein Radfahrer, der einen Handwagen hinten an seinem Fahrrad hängen hatte, war mitten auf der Straße stehen geblieben. Sie sah, wie er den Fahrradständer herunterklappte und einen Reifen am Anhänger betrachtete. Sie hörte ihn fluchen, die einzelnen Worte waren nicht zu verstehen, doch die Art des Tonfalls und der Fußtritt gegen das Rad ließen darauf schließen. Im trüben Licht erkannte sie die Statur von Olaf Kern. Was um alles in der Welt trieb er mitten in der Nacht in dieser Gegend? Seine Geisterwanderungen fanden woanders statt, und eine Kneipe, die er besucht haben könnte, gab es hier nicht. Vielleicht hatte er ja endlich eine Freundin, die irgendwo in der Nähe wohnte, doch dazu passte kein Handwagen. Nach dem, was sie erkennen konnte, war die Ladefläche leer. Zumindest enthielt sie nichts, was über die hölzerne Umrandung hinüberragte. Hatte er also etwas wohin transportiert oder wollte irgendwo etwas abholen?

Sie behielt Olaf und das Gefährt so lange im Blick, bis er es aus ihrem Sichtfeld geschoben hatte.

Nun werde ich mir, statt zu schlafen, auch noch darum Gedanken machen, was den jungen Mann wohl umtreibt, dachte Maria, ging zurück ins Bett, kuschelte sich in die Decke und döste entgegen jeder Erwartung innerhalb von Minuten ein.

18

Therese Kern wohnte mit Olaf, dem ältesten Sohn, und ihren jüngeren Kindern in einem Haus, in dem sich sieben Wohnungen befanden. Sechs davon wurden an Feriengäste vermietet. Deren Betreuung hatte sie übernommen, als Olaf noch in den Kindergarten ging. Im Lauf der Jahre hatte sie drei der sieben Wohnungen gekauft, was sie nicht an die große Glocke hängte. Sie hatte das Geld dafür mit eigenen Händen erwirtschaftet, und dort sollte es auch bleiben. Ihr Lebenspartner, der Vater von Olafs Halbgeschwistern, nur Gott allein wusste, warum sie sich auf den eingelassen hatte, war seit einigen Monaten von der Insel verschwunden, während Olaf Kerns Erzeuger niemandem bekannt war, von Therese Kern einmal abgesehen. Er musste jedoch ein gutmütiger Kerl gewesen sein, denn Olaf hatte diesen Charakterzug nicht von der Mutter geerbt.

Kutschbauer und Becker betraten das Grundstück, dem anzusehen war, dass sich hier viele Kinder wohlfühlten. Auf einer Schaukel lag ein Stofftier, und an einem Ast hing ein Seil mit dicken Knoten darin. Es sah aus, als läge mehr Sand auf dem Rasen als im Sandkasten. Der quoll über vor bunten Plastikeimern, Schaufeln, Förmchen und Gießkannen. Das hölzerne Klettergerüst würde jeden Grundschulrektor neidisch machen. Auf dem gepflasterten Teil des Anwesens drängten sich neben Erwachsenenfahrrädern Roller, Kinderräder, ein Bollerwagen, Kinderschubkarren und zwei Puppenwagen.

Sie gingen zur Haustür und klingelten.

»Guten Tag, Frau Kern. Wir möchten mit Olaf sprechen, ist er da?«

»Nein, er ist unterwegs und arbeitet. Hat er etwas angestellt?«

»Das wollen wir herausbekommen.«

Therese Kern wirkte besorgt, sie machte jedoch nicht den

Eindruck, als wäre der Besuch der Polizei eine Überraschung für sie. »Kommen Sie herein.« Sie winkte Becker und Kutschbauer ins Haus. »Ich mache uns einen Tee.«

Sie ging voran in die Küche und gab ihnen zu verstehen, dass sie sich setzen sollten. Es herrschte eine Unordnung, als wäre eingebrochen worden und jemand hätte alle Sachen unachtsam herumgeworfen. Doch vermutlich musste es so aussehen in einer Wohnung, in der mehrere Kinder lebten. Kutschbauer sah ein etwa zehn Monate altes Baby in die Küche hineinkriechen. Es robbte an seinen Füßen vorbei und schenkte ihm keine Beachtung. Vor dem Mülleimer stoppte es, griff an den Rand und zog sich hoch. Kutschbauer befürchtete, Kind und Eimer würden umfallen, und wollte aufspringen.

»Dauert nicht mehr lange, und er kann laufen«, sagte Frau Kern und gab dem Eimer Halt, indem sie ihn mit einer Hand festhielt. Mit der anderen reichte sie Kutschbauer zwei aufeinandergestapelte Tassen und Untertassen. »Nun nehmen Sie doch Platz.«

Als das Kleinkind sicher auf den Füßen stand, widmete sie sich dem Wasserkessel, drehte den Herd an und stellte einen Zuckertopf und Milch auf den Tisch. Dem Jungen auf den Wackelbeinen schenkte sie weniger Beachtung als der zerbeulten und angelaufenen Metalldose, in der sie die Teeblätter aufbewahrte. Sie schaute hinein und verkündete: »Leer.« Dabei sah sie Becker an, als ob das seine Schuld sei. »Dann müssen wir Wasser trinken. Stopp, ich habe noch was Besseres.«

Sie wühlte im Hängeschrank, stieß einen Laut aus, den man getrost als Triumphgeschrei bezeichnen konnte, und hängte mehrere Teebeutel in die Kanne. Dann füllte sie das Ganze mit Wasser auf, das noch nicht gekocht hatte, und stellte die Teekanne auf den Tisch. Der kleine Junge war zwischenzeitig zwei Schritte gegangen und auf den Hintern geplumpst. Jetzt hatte sie vermutlich die ersten Schritte ihres Sohnes verpasst, aber das schien bei dem vierten oder fünften Kind keine große Bedeutung mehr zu haben.

»Was kann ich für die Polizei tun?«

»Für mich keinen Tee«, wehrte Becker ab. Der Mülleimer wurde von dem Kind umgekippt, und Becker hielt sich den Magen, als ob ihm der Geruch Übelkeit bereiten würde.

»Wir kommen, wie schon gesagt, wegen Olaf«, sagte Kutschbauer. »Ihrem ältesten Sohn.« Als ob sie das nicht selbst wüsste.

»Hat er was angestellt?«, wiederholte sie. »Kann ich mir kaum vorstellen. Er ist sehr fleißig und arbeitet gern.«

»Ich weiß«, sagte Kutschbauer, »dennoch haben wir ein paar Fragen an ihn.«

Das Kleinkind widmete sich dem Inhalt des umgekippten Mülleimers. In Anbetracht der zahlreichen Gefahren, wie sie etwa scharfe Konservendosenränder darstellten, rutschte Kutschbauer unruhig auf dem Stuhl herum. Wenn der Kleine gleich das klebrige Plastikpapier in den Mund steckte, würde er aufspringen, doch so weit kam es nicht. Er ließ von dem Spielzeug ab, um neben der Spüle unter einem Vorhang zu verschwinden. Wenn Therese Klein, wie Kutschbauer vermutete, dort Putzsachen aufhob, musste man Schlimmes befürchten. Wie lautete noch gleich die Notrufnummer für Vergiftungen?

Therese Kern beugte sich hinunter, griff nach dem kleinen Fuß, zog das Kind hervor, nahm ihm die Plastikflasche weg, auf der etwas stand, das mit »pick« endete, und sagte: »Pfui, mein Süßer, damit spielt man nicht.«

»Frau Kern, wir haben ein Foto, auf dem Olaf mit Peter Kunze zu sehen ist.«

»Peter Kunze? Kenne ich nicht.«

»Vielleicht kennen Sie Vittorio Garanca. Das ist sein Künstlername«, sagte Becker, der krampfhaft zu versuchen schien, den Müll am Küchenboden zu ignorieren.

»Künstlername? Dass ich nicht lache. Der Kerl hat Dreck am Stecken, wieso sonst sind Sie hier? Aber ich sage Ihnen eines, mein Olaf ist ein guter Junge.«

»Das mag schon sein, Frau Kern. Hat Olaf –«

»In was hat der Kerl meinen Jungen hineingezogen?«, unterbrach sie ihn.

»Das versuchen wir herauszufinden. Hat Olaf von besonderen Aktionen gesprochen?«

»Außer den Geisterwanderungen? Nein. Aber leider erzählt er mir nicht alles.«

»Nichts Ungewöhnliches?«

»Doch, das erinnert mich an etwas. Folgen Sie mir, ich muss Ihnen etwas zeigen.« Sie verließ die Küche.

Kutschbauer und Becker tauschten einen überraschten Blick. Sie wollten das Kind nur ungern allein zurücklassen. Das Baby saß mitten im Raum, biss auf etwas, das Kutschbauer als Bananenschale identifizierte, und verharrte dann. Der Junge bekam einen roten Kopf und ein verkniffenes Gesicht. Mist, was mache ich jetzt, dachte Kutschbauer. Der Kleine hat doch irgendwas. Becker wirkte ebenso hilflos. Zwei Sekunden später entspannten sich alle drei Gesichtszüge. Ein fieser Geruch füllte den Raum.

»Becker, bleiben Sie bei dem Kind«, befahl Kutschbauer und folgte Frau Kern. Fast wäre er im Flur über einen Kinderschuh gestolpert.

Langsam und schwerfällig erklomm Therese Kern Stufe für Stufe die Treppe. Als sie oben ankam, schnaufte sie schwer. »Ich sollte abnehmen«, sagte sie mehr zu sich selbst und verharrte vor einer Zimmertür. Aus der Hosentasche holte sie einen Türschlüssel und steckte ihn ins Schloss. »Olaf hat keine Ahnung, dass ich einen habe. Aber solange er die Füße unter meinen Tisch steckt, will ich wissen, was er tut.«

Sie traten ein. Olafs Zimmer schien seit dessen Teenagertagen unverändert geblieben zu sein. Ein »Millenium Falke« aus Lego stand auf einem Regal, daneben ein paar Actionfiguren und diverse Comic-Hefte. An der Wand hing ein Poster von Johnny Depp als Pirat der Karibik.

»Das ist es, was mir Sorgen macht.« Therese Kern hielt Kutschbauer einen Gegenstand unter die Nase. »Was ist das?«

Ehe er fragen konnte, was sie denn vermute, was es sei,

wurden sie durch das Jammern oder besser gesagt das Schreien des Babys unterbrochen. »Wollen Sie nicht nachsehen?«, fragte er, da sie keine Anstalten machte, nach unten zu gehen.

»Er hat die Hose voll.« Mütter konnten anscheinend am Schrei ihrer Kinder hören, was los war.

Kutschbauer zeigte auf den Gegenstand in ihrer Hand. »Darf ich das mitnehmen?«

Sie nickte und gab ihn ihm. »Ich bin froh, wenn das Ding aus dem Haus ist. Es macht mir Angst.«

Als sie in die Küche zurückkamen, warteten dort vier Personen.

»Er hat am mehrsten«, rief ein etwa drei Jahre alter Junge und deutete auf einige Schokobonbons mit bunter Zuckerglasur in der Hand des Babys.

»Das heißt am meisten«, korrigierte ihn ein circa fünfjähriges Mädchen.

»Sag ich doch«, rief der Junge und versuchte, seiner Schwester etwas wegzunehmen.

»Sie haben den Kindern doch wohl nichts Süßes gegeben?«, fragte Therese Kern. »Und dann auch noch dieses synthetische Zeug.« Sie sah Becker verärgert an.

Zeit zu gehen.

Auf dem Bürgersteig vor dem Haus blieb Becker stehen und kramte in seinen Taschen, bis er ein Reinigungstuch fand. Er riss es auf und wischte sich die bunten Flecken von den Fingern.

»Verraten Sie mir, warum Sie Süßigkeiten mit künstlichen Aromen bei sich haben?«, erkundigte sich Kutschbauer belustigt.

»Wissen Sie, warum Olaf Kern so viel älter als seine Geschwister ist?«, konterte Becker mit einer Gegenfrage.

»Seine Mutter ist ganz jung schwanger geworden. Olafs Vater ist abgehauen. Später hat sie dann mit einem anderen …«

»Schon verstanden.« Becker deutete auf Kutschbauers Hand. »Was hat sie Ihnen gegeben?«

»Wenn ich das wüsste.«

»Zeigen Sie mal. Oh, ein Mojo-Zauberbeutel!« Beckers Augen leuchteten, er streckte die Hand aus, berührte ihn leicht und streichelte mit dem Zeigefinger darüber.

»Ein was?«

»Ein Mojo-Zauberbeutel. Darf ich ihn halten?«

Kutschbauer hatte nichts dagegen. Feierlich führte Becker das Säckchen an die Nase, schnupperte, schloss die Augen und flüsterte: »Kräuter und Teile von getrockneten Früchten.«

»Ein Liebeszauber, wie mir scheint.«

Becker überhörte Kutschbauers Spott. »Vielleicht. Im Büro werde ich ihn auskippen und nachsehen, was alles drin ist.« Er verstaute das Säckchen in seiner Jackentasche und ließ eine Hand darauf liegen, als könnte es sich sonst von allein davonmachen.

Auf dem Weg zurück zum Polizeigebäude bekam Kutschbauer einen Schnellkursus in Sachen weiße Magie der Mojo-Beutel.

»Es gibt sie für jede Art von Wunsch. Um einen Partner zurückzuerobern, für Erfolg, Karriere, Charme, um sich unwiderstehlich zu fühlen und vieles mehr. Sie enthalten heilige Kräuter, Früchte, Zähne von Schlangen, Knochen von Vögeln, Körner, Schalen, Muscheln, Hölzer, Federn und vor allem«, er wartete, bis er Kutschbauers volle Aufmerksamkeit hatte, »verschiedene magische Pulver. Die Säckchen werden nach Kundenwunsch zusammengestellt und sind sehr teuer.« Becker gönnte sich erneut eine Sprechpause, vermutlich wartete er darauf, dass Kutschbauer ihn nach dem Preis fragte.

Kutschbauer tat ihm den Gefallen.

»Hundert bis hundertfünfzig Euro«, verkündete Becker. »Und sie scheinen jeden Cent wert zu sein. Wissen Sie, frühere Kulturen hatten eine andere Geisteshaltung. Sie glaubten an Naturheilkräfte, und parapsychische Kräfte gehören dazu. Die Wirkung magischer Rituale ist bemerkenswert, sie –«

»Placebo-Effekt«, unterbrach ihn Kutschbauer.

Becker wirkte beleidigt. »Wenn Sie es so sehen.«

Sie hatten das Polizeirevier erreicht. Kutschbauer hielt

Becker die Tür auf und ergänzte: »Auf alle Fälle kann man jemandem, der weniger Ahnung hat als Sie, einen mächtigen Schrecken damit einjagen.«

»Zumindest wissen wir jetzt, dass Olaf nicht nur eine Verbindung zu Vittorio Garanca, sondern auch eine zum Fachgeschäft für Magie hat.«

»Die haben Sie aber auch, lieber Kollege.«

***

Um Viertel vor zehn machten sich Dini und Maria mit Pünktchen auf den Weg. Nachdem der Hund einen Laternenpfahl, eine Mülltonne, einen Rasenrandstein, die Hausecke der Borkumer Volksbank und beinahe einen Ständer mit Tüchern und Sonnenhüten bepinkelt hatte, betraten Dini und Maria mit ihm das Fachgeschäft für Magie.

»Hoffentlich ist er jetzt leer«, flüsterte Dini Maria zu. »Wenn er den Wahrsager anpinkelt, schmeißt der uns raus, und wir finden nie heraus, ob er ein Betrüger ist.«

Vittorio Garanca begrüßte sie mit einem freundlichen: »Guten Tag.« Er schien sich in seiner Verkleidung unwohl zu fühlen, soweit Dini beurteilen konnte. Die innere Einstellung dazu fehlte.

»Ist es in Ordnung, wenn meine Freundin beim Pfotenlesen dabei ist?« Maria hielt das Tier fest an der Leine, so wie die Eigentümerin des Hundes es empfohlen hatte.

»Das ist Pünktchen«, sagte Dini, trat einen Schritt vor und schüttelte Garanca die Hand. Ihre goldenen Armreifen klirrten leise, passend zum Ton der Glöckchen, die um Dinis Fesseln gebunden waren. Der hellblaue Sari, die dunkel geschminkten Augen und der rote Fleck mitten auf der Stirn standen ihr hervorragend. Dazu trug sie eine schwarze Perücke, die Haare nach hinten gekämmt und zu einem großen Knoten gebunden, in dem ein elfenbeinfarbener Kamm steckte. »Wir kennen uns ja bereits, nicht wahr? Ich bin ja recht oft hier.« Sie holte tief Luft. »Wissen Sie, früher sagte man, ich sei verrückt, doch seit ich Geld habe, gelte ich als exzentrisch.« Der Mann sollte ruhig glauben, sie sei vermögend und dämlich genug, sich wie ihre Freundin etwas aufschwatzen zu lassen. »Ihnen sehe ich an, dass wir keine Probleme deswegen haben werden.«

Garanca wirkte nur für den Bruchteil einer Sekunde fassungslos, dann entdeckten die Tanten die Gier in seinem Blick. Er schaute den Hund an und wirkte erleichtert, als das Tier sich ihm zu Füßen legte. Über Pünktchen hinweg reichte er auch Maria zur Begrüßung die Hand, die er wie schon beim ersten Mal zu lange festhielt. Sie konnte nichts dafür, ihre Wangen begannen zu glühen. Herzklopfen ist jetzt vollkommen fehl am Platz, dachte sie. Reiß dich zusammen. Garanca wickelt so vermutlich all seine Kundinnen um den Finger. Er schloss die Ladentür ab und hängte ein Schild mit der Aufschrift »Zehn Minuten geschlossen« an die Türscheibe.

»Es kann sofort losgehen. Wenn ich bitte noch das Honorar kassieren dürfte.«

Maria griff in ihre Tasche, holte ihre Geldbörse heraus und entnahm ihr den vereinbarten Betrag abzüglich der zehn Euro, die sie ihm vorab gegeben hatte.

Garanca nahm das Geld und steckte es in seine Hosentasche. »Wenn Sie mir bitte ins Hinterzimmer folgen wollen.«

Der Hund sprang auf und schnüffelte an Garancas Hintern, was den Mann vorantrieb. Maria sah Dini schadenfroh lächeln. Er war also jemand, der mit Hunden nicht besonders konnte. Sie war gespannt, wie es weitergehen würde.

Vittorio hielt den Damen die Tür zu dem Zimmer auf, in dem die Pendelkurse stattfanden. »Bitte nehmen Sie Platz«, sagte er zu Dini und wies auf einen Stuhl, während er zwei weitere vom Tisch abrückte und nebeneinanderstellte. »Pünktchen kann hier Platz nehmen.«

Maria schaute unschlüssig zu Dini hinüber, die mit der Hand andeutete, neben sich auf eine Stuhlfläche zu klopfen. Also gut. Blieb nur zu hoffen, dass Pünktchen mit dem Handzeichen etwas anfangen konnte.

Maria klopfte auf einen der beiden mit lila Samt bezogenen Stühle. Pünktchen machte einen Satz. Braver Hund.

Garanca entdeckte Dinis Pendel, das sie als Kette um den Hals trug. »Ah, ein Tigerauge, ich erkenne es an dem goldbraunen Schimmer. Jungfrau?«, sagte er und deutete mit dem Finger auf ihren Ausschnitt.

»Ich muss doch sehr bitten«, erwiderte Dini schroff.

Maria schüttelte leicht den Kopf, sie wusste, Dini amüsierte sich königlich über Garancas entsetztes Gesicht.

»Sie wollen doch wohl nicht behaupten, ich sei eine alte Jungfer?«

»Nein, nein«, rief Garanca. »Sie missverstehen mich. Ich meine Ihr Tierkreiszeichen. Das Tigerauge empfehlen wir für die zwischen dem 24. August und dem 23. September Geborenen. Wie ist denn das Geburtsdatum von Pünktchen?«

»17. März«, sagten Dini und Maria unisono.

»Im Zeichen der Fische.« Garanca wandte sich dem Border Collie zu und bedeutete Maria, sich neben Pünktchen zu setzen. Er selbst nahm dem Hund gegenüber Platz. Da klingelte Garancas Handy. Er zog es aus der Tasche und warf einen Blick darauf. »Entschuldigung, das ist wichtig, da muss ich rangehen.« Bei Verlassen des Raumes fragte er barsch: »Was willst du?«

Maria sprang auf und schlich an die Tür, die einen Spalt offen stand. »Vergiss es«, hörte sie Garanca sagen, gefolgt von: »Alter, du steckst bis zum Hals mit drin«, und nach einer längeren Pause: »Denk an die süßen Kleinen.«

Was Maria noch hörte, machte ihr Angst. »Und vergiss nicht das Beil, ich will Blut spritzen sehen«, warnte Garanca den Anrufer, ehe er schließlich auflegte. Blass geworden eilte sie auf ihren Platz zurück.

»Was ist?«, flüsterte Dini.

»Erzähl ich dir später«, raunte Maria.

»Entschuldigung.« Garanca war wieder da und nahm Pünktchen gegenüber Platz.

»Um auf das Tigerauge zurückzukommen«, sagte Dini, als er nach einer Pfote greifen wollte und der Hund knurrte.

»Ja?«

»Hilft so ein Stein gegen Krankheiten?«

»Tigeraugen helfen bei Schizophrenie und Verfolgungswahn«, kam es wie auswendig gelernt über Garancas Lippen. Dini lächelte nachsichtig. Diesmal war es Garanca, der rot wurde. »Es schärft aber auch die Sinne«, fügte er kleinlaut hinzu, räusperte sich und kehrte dann Dini den Rücken, um Maria anzusehen. »Wenn ich Sie bitten dürfte, gnädige Frau.« Er zeigte auf die Vorderpfoten des Hundes. »Nehmen Sie eine davon hoch, damit ich sie mir von unten anschauen kann.«

Maria und Dini wechselten einen Blick. Das hatte sie mit Pünktchen geübt, er würde keine Probleme bereiten. Maria umfasste eine Pfote und hob sie leicht an.

»Höher, bitte.« Garanca lehnte sich weit vor und krümmte den Rücken, um darunter sehen zu können. »Das ist schlecht.«

»Oje«, rief Maria. »Das arme Tier.«

»Ich meine, es ist schlecht, aus dieser Position die Pfote richtig anzusehen. Können Sie ihn auf den Schoß nehmen und in Rückenlage drehen?«

Auch das hatten sie mit Pünktchen geübt. Der Hund ließ es geschehen, da er wusste, dass es anschließend eine Belohnung geben würde. Das Rascheln der Hundekuchentüte in Marias Strickjackentasche konnte man hören.

»Ihre Anerkennung und Liebe ist Balsam für seine Seele«, begann Garanca. Vermutlich war ihm das Tütenknistern ebenfalls nicht entgangen. Er fuhr mit dem Zeigefinger über Pünktchens Fußballen, was dem Tier ein leises Grollen entlockte. Schnell lehnte er sich zurück. Die Hände fest auf den Oberschenkeln, verkündete er: »Venus wird ihm in den kommenden Tagen auf die Sprünge helfen.«

»Wohl eher Hoffmanns Hündin«, murmelte Dini. Laut fragte sie: »Das sehen Sie zwischen all den Haaren?«

»Nein, gnädige Frau, dass gehört noch zum Horoskop. Uranus verwandelt selbst ausgedehnte Spaziergänge in Stress. Sie sollten in der nächsten Zeit nur kurz mit ihm rausgehen.«

Der Hund nieste. Es klang, als habe er etwas dagegen.

»Ich bin gleich zurück«, sagte Garanca und verließ beinahe fluchtartig den Raum. Maria setzte den Hund zurück auf den Stuhl.

Eine Minute später kam Garanca mit einem Teller zurück. Darauf lag, in kleine Stücke geschnitten, eine Bratwurst, schön braun gegrillt.

Der Lump hat sich vorbereitet, dachte Maria und erwiderte seinen triumphierenden Blick mit Trotz.

Garanca setzte sich und stellte den Teller auf seinen Oberschenkeln ab. Pünktchen hatte die Wurst fest im Blick. Als Garanca den Zeigefinger hob, bellte er dreimal. Mit einem zufriedenen Grinsen warf Garanca ihm ein Stück Wurst zu, das der Hund geschickt auffing. Ein Schlucken, weg war das Teil. Erneut hob Garanca den Zeigefinger und ließ den Border Collie fünfmal bellen, ehe er ihm die Belohnung vor die Nase hielt. Maria hoffte im Stillen, dass Pünktchen ihm die Hand abbeißen würde, doch er tat es nicht. Das arme Tier ließ sich weiter vom Stückchen Bratwurst zwischen Garancas Fingern hypnotisieren. Der schnalzte mit den Lippen, und der Hund schnappte im selben Moment nach dem Teil. Die Finger blieben dran. Schade.

»Wir mögen es nicht, wenn Pünktchen um ihr Fressen betteln muss.«

Garanca ignorierte den Einwand und griff nach einer Pfote. Pünktchen, der Verräter, wälzte sich auf dem Stuhl, sodass es für beide bequem war.

»Ich sehe, es liegt ein langes Leben vor ihm«, prophezeite Garanca. »Er wird gut und gern zwei Jahre älter werden, als es das Durchschnittsalter eines Border Collies erwarten lässt. Um seine Gesundheit zu steigern …« Dabei warf er Dini einen Blick zu, den sie als triumphierend betrachtete, von dem Maria jedoch im Nachhinein behaupten würde, er sei nachsichtig gewesen. »Um die Gesundheit zu steigern«, wiederholte er, »sollten Sie ihm einen Achat ans Hundehalsband binden. Es bewahrt die Haut vor Ekzemen.« Er streichelte Pünktchen mit der freien Hand den Kopf, sodass einige

Schuppen herunterfielen. »Der Achat besitzt eine positive Wirkung auf die Verdauungsorgane. Zudem kräftigt er die Nieren.«

Das fehlte noch, dass er noch mehr pinkelt, dachte Maria.

»Das war's«, verkündete Garanca. Er ließ die Pfote los und hielt dem Tier den Teller unter die Nase, wobei er mit undurchdringlicher Miene erst Dini anblickte und danach Maria ein bezauberndes Lächeln schenkte.

»Ja, herzlichen Dank.« Maria sprang auf, schüttelte eifrig die gereichte Männerhand und befestige die Leine an Pünktchens Halsband.

»Wenn ich Ihnen dann unsere Handschmeichler zeigen darf?«

»Handschmeichler?« Sie folgten ihm in den Verkaufsraum.

»Das sind Edel- und Halbedelsteine«, sagte Garanca, nahm das Schild von der Ladentür und schloss wieder auf. »Sie liegen schmeichelnd in der Hand und sollten in der Hosen- oder Jackentasche getragen werden.« Er griff nach einem der Körbe, die auf dem Tresen standen, und hielt ihn Maria hin. »Der blaue Amethyst wäre etwas für Sie«, sagte er in schmeichelndem Ton zu Maria. »Er beruhigt Herz und Nerven.«

»Danke, für heute sind wir bedient.« Dini packte Marias Handgelenk und zog sie und Pünktchen aus dem Laden. »Er ist ein Blender, wie ich gesagt habe.«

»Die Vorhersage könnte aber echt sein.«

»Maria, wir brauchen Jahre, um das zu überprüfen.«

»Aber dass ich meine Nerven beruhigen muss, hat er gesehen.«

»Das sieht ein Blinder mit Krückstock. Dein Herz ist dir ja praktisch aus dem Hals geflogen. Und das liegt garantiert an keiner Krankheit. Er hat Horoskope und Handlesen in einen Topf geworfen, er ist ein Scharlatan. Ich habe die Wette gewonnen.«

»Gewonnen?« Maria blieb mitten auf der Straße stehen und starrte sie ungläubig an. »Du warst doch diejenige, die gesagt hat, es sei alles echt in dem Laden. Ich«, sie tippte auf ihre

Brust, »wollte beweisen, dass alles Hokuspokus ist und sie dir nur das Geld aus der Tasche ziehen.«

Schweigend gingen sie heim. Vor der Gartenpforte hielt Dini Maria am Arm fest. »Und was haben wir jetzt erreicht?«

»Ich weiß es nicht genau«, sagte Maria. »Er hat kein einziges Wort über Tarotkarten verloren, und wir wissen immer noch nicht, ob er in unserem Haus war. Aber was er da vorhin am Telefon sagte, klang gar nicht gut …«

19

Als er nach seinem Morgenspaziergang die Tür zur Ferienwohnung aufschloss, merkte Busboom, wie angespannt er war. Was Dini, Maria und Becker ihm gestern erzählt hatten, war beunruhigend. Und eine Nacht darüber zu schlafen, hatte nicht geholfen, seine Sorgen zu vertreiben. Busbooms Gedanken kreisten um Madame Jasmin. Dreh- und Angelpunkt schien ihr Hokuspokusladen zu sein. Sie steckte vermutlich in der Sache mit drin. Aber in was genau? Er überlegte, was er zuerst machen sollte. Dem Laden einen weiteren Besuch abstatten oder allein die Ostlanddünen absuchen? Kurz verspürte er Scham, weil er Becker überredet hatte, es sein zu lassen, selbst aber gehen wollte. Doch ein einziger einsamer Wanderer fiel nun mal weniger auf als ein Suchtrupp der Polizei. Nur was glaubte er dort zu finden? Vermutlich sahen sie alle schon Gespenster, was ihn erneut an Madame Jasmin denken ließ.

»Ich bin da«, rief er, bekam jedoch keine Antwort. Er könnte einkaufen und etwas Leckeres zum Abendessen kochen. Labskaus mit Spiegelei, sauren Gurken und Roter Beete.

Es klapperte im Bad und roch nach Duschgel.

»Jemand zu Hause?«

»Da bist du ja.« Gesche kam aus dem Schlafzimmer und gab ihm einen Kuss. »Du warst lange weg. Wir haben beschlossen, heute Abend essen zu gehen.«

Auch gut.

»Ich möchte Fisch«, forderte Wiebke durch die geschlossene Badezimmertür. Darunter quoll eine Dunstwolke hervor. Würde ihn kaum wundern, wenn im Flur der Spiegel beschlug.

»Seezunge mit Salzkartoffeln. Scholle oder Matjes mit Bratkartoffeln und vielen Zwiebeln …«, lockte er Wiebke mit erhobener Stimme. Als habe sie seine Gedanken erraten, hörte er, wie sie das Badezimmerfenster öffnete.

»Klingt super.«

»Keine Zeit, sich hinzusetzen«, stoppte Gesche ihn, als er auf das Sofa zuhielt. Auch Hanni stand plötzlich hinter ihm.

»Wo wollt ihr hin?«

»Papa hat es vergessen«, sagte Hanni zu ihrer Mutter. »Die Inselmänner kommen gleich an Land.«

»Was für eine Leistung.« Focko Busboom stand mit seiner Familie und anderen Schaulustigen am Strand und beobachtete von Weitem, wie vier Männer dem Meer entstiegen. Im Gummianzug mit Schwimmbrille und giftgrünen Badekappen auf dem Kopf gingen sie am Südstrand vor der Wilhelmshöhe an Land.

»Da sind sie«, rief Wiebke begeistert. Die Männer waren von Schiermonnikoog nach Borkum geschwommen und planten, weiter nach Juist zu schwimmen. Ziel war es, von der ersten niederländischen Insel im Westen bis zur letzten deutschen Nordseeinsel im Osten zu schwimmen.

»Die sehen nicht einmal erschöpft aus.« Busboom strich über seinen Bauch. Ihm würde ein wenig Sport guttun.

»Jetzt ruhen wir uns erst einmal aus«, informierte einer der Schwimmer die Dame von der Presse. »Dann geht es mit dem Fahrrad bis ans andere Ende von Borkum, ehe wir nach Juist hinüberschwimmen.«

Na, wenigstens waren sie in Begleitung. Zwei Männer in einem Schlauchboot erreichten den Strand, sprangen heraus und zogen es an Land. Sie gingen zu den vier Sportlern hinüber, um deren Hände zu schütteln und die zu umarmen. Fotos wurden geschossen. Das Empfangskomitee löste sich langsam auf, und auch Familie Busboom trennte sich. Gesche und Focko spazierten barfuß Richtung Süden, immer am Wellensaum entlang, Hanni und Wiebke hatten andere Pläne.

»Verrätst du mir, was dich beschäftigt?«, fragte Gesche.

»Vittorio Garanca.«

»Das klingt wie eine italienische Oper.«

»Mag sein. Der Mann heißt im wirklichen Leben schlicht und einfach Peter Kunze. Er arbeitet im Hokuspokusladen.«

»Der Name Garanca passt viel besser zum Geschäft als Kunze. Was hast du gegen Künstlernamen?«

»Ist wohl eher ein Tarnname.« Er berichtete Gesche, was er bei Becker über Garanca und Madame Jasmin in Erfahrung gebracht hatte.

»Dann heißt sie sicherlich Müller, Meier oder Schulze.«

»Meyer, mit y.«

Gesche kicherte wie ein junges Mädchen. Ihre Fröhlichkeit verschwand, als sie von dem Einbruch und den übrigen Verdächtigungen erfuhr. »Ihr glaubt, Madame Jasmin steckt da mit drin?«

»Nicht auszuschließen.«

»Schade, ich fand sie sympathisch. Oje, schau dir die dunkle Wolkenwand an.«

Ein schnell aufziehendes Unwetter brachte Busboom zu einer Entscheidung. Bei Regen mochte er keine Ostlanddünen absuchen, lieber wollte er stattdessen Madame Jasmin ein weiteres Mal besuchen.

Als sie auf dem Nachhauseweg an Madames Laden vorbeikamen, zeigte das Schild in der Eingangstür jedoch in geschwungenen Buchstaben »Zehn Minuten geschlossen« an.

***

Olaf war froh, mit der Touristengruppe rechtzeitig aus dem Watt gekommen zu sein. Im Wattenmeer von einem Gewitter überrascht zu werden konnte lebensgefährlich sein. Ringsherum Wasser, nur ab und zu leicht erhöhte Sandbänke. Doch selbst wenn der Mensch sich flach auf den Boden legte, war er immer noch die höchste Erhebung.

Olafs Erleichterung verflog, als Vittorio ihn auf dem Heimweg abpasste.

»Ruf mich nie wieder an, wenn ich bei der Arbeit bin, verstanden?«, moserte er zur Begrüßung. »Ist alles vorbereitet?«

»Wie besprochen. Feuerholz, Federvieh und das Beil, die Trommel und alles andere habe ich rausgebracht. War eine elende Plackerei.« Es fehlte allerdings noch einiges an Brennmaterial, denn Vittorio wollte kein mickriges Feuer.

»Weichei!«

»Ich kann von Glück sagen, dass ich erst auf dem Heimweg einen platten Reifen hatte. Das nächste Mal kannst du den Handwagen selbst durch die Dünen schleppen.«

»Wie schön, dass du bereits vom nächsten Mal sprichst.« Vittorio tätschelte Olafs Wange. »Hat dich irgendwer gesehen?«

»Natürlich. Oder glaubst du, ich fahre die Strecke bis zum Ostland, ohne von jemandem bemerkt zu werden? Ich bin schließlich nicht unsichtbar.«

»Hältst du mich für blöd? Ich will wissen, ob du in den Dünen jemandem begegnet bist.«

»Keiner Menschenseele«, sagte Olaf. Deswegen hatte er sich ja extra so spät aus dem Haus geschlichen. In der Saison gab es in der Gegend allerhöchstens mitten in der Nacht keine Wanderer. Das sagte er Vittorio.

»Dann ist es ja gut, und wir haben alles beisammen. Die Ware aus Holland ist mit den Schwimmern pünktlich angekommen.« Vittorio grinste auf widerliche Weise. »Quasi in aller Öffentlichkeit. Sogar die Presse war da und hat Fotos gemacht.«

»Mir wird das zu heiß, ich will da nicht mehr mitmachen. Ich sag es noch einmal: Du kannst den Stoff auch ohne mich verticken. Kostet dich gar nichts. Bitte, ich will nur raus.«

Olaf bemerkte ein Muskelzucken an Vittorios Kinnpartie, als kostete es ihn Mühe, sich zu beherrschen.

Vittorio schaute zum Himmel, schnaufte leicht und fragte dann in einem Tonfall, der Olafs Herz stolpern ließ: »Und ich habe dich das vorhin schon mal gefragt, aber ich wiederhole es gern noch ein letztes Mal: Wie geht es deinen Geschwistern? Man muss immer auf sie aufpassen, stimmt's? Es soll ja Leute geben, die Kindern bunte Pillen als Süßigkeiten andrehen.«

***

Das Gewitter war so schnell wieder abgezogen, wie es gekommen war. Jetzt lugte bereits wieder die Sonne hinter den Wolken hervor. Kutschbauer beobachtete, wie Becker auf dem Schreibtisch Platz schaffte und den Mojo-Zauberbeutel aus der Jacke zog. Vorsichtig, als handelte es sich um ein rohes Ei, legte er ihn auf die freie Fläche und öffnete den Knoten, mit dem das Säckchen oben zusammengebunden war, um danach mit spitzen Fingern, als könnte es jeden Augenblick explodieren, die Beutelenden auseinanderzuziehen.

Kutschbauer schnaufte, griff nach dem Beutel und kippte den Inhalt aus.

»Sind Sie verrückt? Was da alles hätte passieren können!«

»Was denn? Bin ich jetzt verhext oder bekomme Pickel am Arsch?«

»Ein Krankheitszauber wäre möglich, aber dagegen sprechen die beiden kleinen gelben Federn.«

Sichtlich genervt schob Kutschbauer mit dem Zeigefinger den Mojo-Beutelinhalt auseinander. »Miesmuschelschalen, einige Schneckenhäuschen, getrocknete Früchte, irgendein Kraut, Federn und Sand.«

»Sand? Eher Zauberpulver. Sie sollten vorsichtiger damit sein.«

»Gibt es noch was Schlimmeres als Pickel am –«

Beckers Gesichtsausdruck, als Kutschbauer drei getrocknete Gewürznelken heraussortierte, ließ ihn verstummen. Er hob die Hände, als habe er sich daran verbrannt. »Was?«, rief er alarmiert. In seiner Stimme schwangen plötzliche Bedenken.

»Oh, oh.« Beckers Bärtchen wippte auf und nieder.

»Was?«, wiederholte Kutschbauer merklich ängstlicher.

»Nichts. Ich habe Sie reingelegt. Aber Sie müssen zugeben, so was kann einem zusetzen.«

»Wir sollten Ihre Freundin fragen, was für ein Zauber das ist.«

»Madame Jasmin?«

»Haben Sie noch mehr Freundinnen?«

Vor dem Polizeirevier stand Andreas Kupke. Er befestigte eben einen Aufkleber am Rad eines Jungen. »Dieses Fahrrad ist registriert«, war darauf zu lesen.

»Das hilft nie nicht«, murrte das Kind und verschränkte trotzig die Arme vor dem Bauch.

»Natürlich, Timmy«, sagte seine Mutter.

»Ich will keinen doofen Kleber.«

»Aber Liebling, das haben wir doch besprochen.«

»Wenn ich ein Bandit wäre, würde ich den blöden Sticker einfach abreißen«, erklärte Timmy.

Die Mutter warf Kupke einen Blick zu, als wollte sie sagen: Nun helfen Sie doch.

»Timmy, schau mal.« Kupke bückte sich nach dem Werkzeugkasten und nahm einen Hammer heraus. »Der hier hilft auf jeden Fall. Das ist ein Zauberhammer.«

Timmy schnaufte verächtlich und rückte dicht an seine Mutter heran.

»Wenn ein Dieb den Aufkleber abreißt, kann ich auch ohne ihn sehen, dass dieses Rad dir gehört.« Er entnahm dem Kasten einen Metallstift mit einem geprägten Buchstaben und setzte ihn in der Mitte der Lenkstange an. »Denn jetzt kommt noch ein B hinzu«, ergänzte Kupke in einer Stimmlage, die jedes Kind hasste. »Das steht für Borkum. Dann weiß die Polizei, dass dieses Fahrrad registriert ist und dem Timmy gehört.« Mit zwei gezielten Hammerschlägen schlug er den Buchstaben ins Metall, genau dort, wo die Lenkstange mit einer dicken Schraube am Fahrradrahmen befestigt war.

Timmy machte ein Geräusch, als wäre er geschlagen worden, und Kutschbauer gab ihm recht. Das schöne Rad war jetzt beschädigt. An der Stelle konnte ab sofort der Rost mit seiner Arbeit beginnen.

Mit dem Handrücken fuhr Kupke darüber, als könnte man das Zeichen dann besser erkennen, und sagte: »So.«

Die Mutter schien zufrieden, Timmy standen Tränen in den Augen.

Kupke schüttelte der Mutter zum Abschied die Hand. Die

drei Polizisten sahen den beiden hinterher, wie sie das Rad davonschoben.

»Wir sind auf dem Weg zu Frau Meyer«, informierte Becker Andreas Kupke.

»Zur Madame vom Hokuspokusladen?«

»Fachgeschäft für Magie«, verbesserte Becker.

»Oh, da habe ich was zu berichten.« Kupke verstaute umständlich das Werkzeug im Kasten.

»Sagen Sie uns auch, was?«, fragte Kutschbauer. »Oder müssen wir Madame Jasmin bitten, in die Karten zu sehen?«

»Der Ranger vom Nationalpark hat Frau Meyers Fahrrad in einem Gestrüpp auf dem Ostland entdeckt und es gemeldet.«

»Und wann wollten Sie uns davon unterrichten?«

»Jetzt. Der Anruf kam vor fünf Minuten, da wollte ich zuerst Timmys Rad –«

»Schon gut. Wo genau wurde es gefunden?«

»Ich habe die Koordinaten aufgeschrieben.«

***

Busboom sah Hanni umgeben von lockenden Geistern, fiesen Hexen und Karten, die die Zukunft vorhersagten. Er sah Pendel, die durch Blutlachen schwangen und rote Streifen auf dem Fußboden hinterließen. Dazwischen Becker, der kichernd um die blutigen Pfützen herumhuschte, mit Pillen in der Hand, die er sich nacheinander in den Mund steckte. Dazu tanzten Leute im Flackerlicht einer Disco, das zu einem Lagerfeuer wurde, und verrenkten ihre Körper. Drogen wechselten den Besitzer. Bilder von Nadeln und abgebundenen Armen zuckten durch sein Hirn. Alle nahmen irgendwas ein.

Busboom schreckte vom Sofa hoch. Er war eingedöst. Sogar im wachen Zustand sah er immer noch Hanni, die von der Drogensucht zerfressen wurde, in die andere sie getrieben hatten. Auf keinen Fall würde er zulassen, dass das Leben seiner Tochter den Bach runterging.

»Du siehst aus, als hättest du ein Gespenst gesehen.« Gesche küsste ihn flüchtig auf den Mund.

»Wo sind die Mädchen?«

»Wiebke ist unterwegs. Hanni ist in ihrem Zimmer. Ehe wir essen gehen, solltest du dir noch ein wenig Wind um die Nase wehen lassen.«

Das tat er. Auf dem Weg zum Strand schaute er nach, ob der Laden jetzt geöffnet hatte.

Immer noch geschlossen.

Als er die Ferienwohnung wieder betrat, hörte er, wie seine älteste Tochter entrüstet rief: »Das machst du selbst wieder sauber!«

Ihre Stimme klingt wie Gesches, dachte Busboom. Vermutlich war Wiebke doch wieder im Stall gewesen und hatte neben dem Geruch auch noch Dreck und Haare mitgebracht. Er schnupperte, doch es hing kein Stallgeruch in der Luft.

»Und? Wie war es?«, fragte Hanni.

Busboom wollte schon antworten, als er merkte, dass sie nicht mit ihm, sondern mit Wiebke sprach.

»Super. Und es läuft noch bis Mitternacht.«

Busboom ließ die Haustür hinter sich zufallen und stolperte über Wiebkes Turnschuhe. Die waren heute Morgen noch weiß gewesen, jetzt schimmerten sie blau, grün und pink.

Im Türrahmen zum Wohnzimmer blieb er überrascht stehen. »Wie siehst du denn aus?«

»Toll, was?« Wiebkes Haare schillerten in den gleichen Farben wie die Turnschuhe. Von Kopf bis Fuß sah sie aus, als wäre pulverisierte Kinderkreide über sie geschüttet worden.

»Die Klamotten kannst du wegschmeißen«, prophezeite Hanni.

»Wo warst du?« Busboom starrte sie an, als habe sie den Verstand verloren.

»Beim ›Colorful Sand Holi‹.« Ehe er fragen konnte, was das war, erklärte sie: »Eine Party am Nordstrand. Klasse Liveband, irrer Sound und Hunderte von Leuten, die auf Kommando mit buntem Pulver werfen.«

Gesche kam aus dem Bad. Sie betrachtete Wiebke, hob die Hände, als müsste sie überspringende Farbe abwehren, und gab den Weg ins Bad frei. »Wir könnten es uns ansehen«, schlug sie Busboom im Vorbeigehen vor.

»Ich denke, wir wollen in ein Restaurant.«

»Es gibt dort Würstchen vom Grill«, sagte Wiebke.

»Nein, danke. Ohne mich.«

Kurze Zeit später stand Wiebke mit gewaschenem Haar und frischer Kleidung vor Hannis Tür und klopfte. »Kommst du?«, fragte sie.

»Sie lassen uns einfach allein«, brummte Busboom, als die Ferienwohnungstür hinter den Mädchen zuschlug.

»Och, mein armer Schatz.« Gesche strich ihm über den Kopf. »Du wirst es überstehen. Denk an Madame Jasmins Prophezeiung.«

»Welche?«

»Du sollst loslassen.«

Als wenn das so einfach wäre.

20

Direkt vor der Restauranttür klingelte Busbooms Handy. Er hielt Gesche am Arm fest, damit sie auf ihn wartete, und fingerte das Telefon aus der Hosentasche heraus.

»Hier spricht Maria Kutschbauer. Herr Busboom?«

»Ja?«

»Entschuldigen Sie, dass ich zur Abendbrotzeit störe, aber könnten Sie sofort zu uns kommen? Es ist wichtig.«

»Meine Frau und ich wollten eben –«

»Es geht um das, worüber wir bereits gesprochen haben. Am Telefon kann man es schwer erklären, deshalb wäre es schön, wenn Sie vorbeikommen und uns einen Rat geben könnten. Wegen mir hätte es ja Zeit bis morgen, aber Dini wird dann wieder die ganze Nacht kein Auge zumachen …«

»*Du* wirst keinen Schlaf bekommen«, hörte er Dini im Hintergrund sagen.

»Bin schon unterwegs«, versprach er und beendete das Gespräch.

»Unterwegs wohin?« Gesche studierte die Speisekarte, die neben dem Eingang hing. Dann deutete sie auf den Schiefertafelaufsteller, auf dem »heute frische Seezunge« stand.

»Gorch-Fock-Straße. Keine drei Minuten von hier. Kutschbauers Tanten sind sehr nervös und wollen dringend mit mir sprechen. Du kommst einfach mit.«

»Wunderschön haben Sie es hier«, begrüßte Gesche Maria, die am Gartenzaun auf sie wartete.

»Ja, das finden andere auch. Es kommt vor, dass Fremde uns fragen, ob wir das Haus verkaufen.«

»Und? Verkaufen Sie?«

»Niemals. Kommen Sie herein. Wir gehen hintenrum.« Sie eilte voraus, blieb im Windfang vor der Hintertür stehen und streifte ihre Schuhe ab. Busboom machte Anstalten, es ihr gleichzutun. »Nein, nein. Behalten Sie die Schuhe an. Dini hasst es, wenn unsere Gäste ...« Sie deutete mit dem Zeigefinger auf seine Füße.

»Ich bin hiiieer.« Dini empfing sie in einem kunterbunten Flickenrock, der aussah, als habe sie ihn aus verschiedenen Stoffmusterstücken selbst zusammengenäht. Über der weißen Bluse hingen Ketten jeglicher Couleur. Goldene Kreolen lugten unter einer schwarzen Perücke mit schulterlangen Locken hervor.

Das passt zum Thema, dachte Busboom. Fehlt nur noch die Kristallkugel. Er erwischte sich dabei, wie er danach Ausschau hielt.

»Gehen Sie mit Maria ins Wohnzimmer. Ich bereite uns schnell einen schönen Tee.«

Nur das nicht. Dinis Tee war schwarz wie Erdöl, mit dem gleichen bunt schillernden Film obendrauf und schmeckte auch so. Da halfen Kluntjes und Sahne wenig.

»Bitte keinen Tee, wir wollen gleich zum Essen gehen.«

»Wir haben Neuigkeiten«, sagte Dini.

Maria wandte ein: »Aber zuerst müssen wir Ihnen etwas gestehen. Normalerweise ist es Dini, die für Verwirrung sorgt«, erklärte sie verlegen. »Diesmal bin ich ebenfalls nicht unschuldig. Ach, wie peinlich mir das alles ist.«

»Gut«, sagte Dini. »Dann erzähle ich dem Herrn Kommissar, wo du gewesen bist.«

Ein Hauch von Rot überzog Marias Wangen. *»Wir«*, berichtigte sie. »Du hast mitgemacht.«

»Ja, natürlich. Damit wollte ich Herrn Busboom nur sagen, wie mutig du gewesen bist und wie hervorragend du reagiert hast.«

Marias Gesichtsfarbe wurde intensiver.

»Verstehe«, log Busboom.

»Das bezweifle ich, Herr Kommissar.« Dini machte ein ernstes Gesicht. »Maria und ich waren beim Pfotenlesen, und da hat sie was gehört.«

»Pfotenlesen?«

»Davon erzählen wir später. Spannender ist das andere.« Dini warf Maria einen Blick zu. »Nun sag es schon.«

»Nun ...« Maria griff nach einem Keks und wollte abbeißen, aber Dini hinderte sie daran. »Der junge Mann, Vittorio Garanca, den wir verdächtigen, in unserem Haus gewesen zu sein, um die Karten zu stehlen –«

»Das nicht, Maria. Das weiß Herr Busboom doch längst. Erzähl das andere.«

»Er hat während des Pfotenlesens, das geht übrigens genauso wie Handlesen, nur eben für Tiere, nun, er hat bei der Sitzung einen Anruf bekommen. Natürlich wollte er ungestört telefonieren und ist nach nebenan gegangen. Doch die Tür war nur angelehnt, und ich habe bessere Ohren, als man denken möchte.«

»Sie hört wie ein Luchs«, erklärte Dini, »und ist seit Kurzem mutig wie ein Löwe.«

»Warum, was hat sie getan?«

»Sie hat sich getraut zu lauschen.«

»Und was haben Sie gehört?«

»Was ich hörte, war recht eigenartig und komisch, sage ich Ihnen. Dini und ich haben uns die Geschichte folgendermaßen zusammengereimt.« Sie schwieg zwei, drei Sekunden.

Busbooms Magenknurren unterbrach die Stille.

»Nun mach es nicht so spannend. Sonst verhungern uns die beiden.«

»Morgen Nacht findet etwas statt. Was, konnte ich nicht in Erfahrung bringen, aber möglicherweise hat es etwas mit Voodoo zu tun.«

»Erzähl von dem Gerücht, Maria.«

»Würde ich ja, aber du unterbrichst mich ständig. Zu diesem ›Event‹, wie die jungen Leute heute sagen, sind wenigstens sieben Personen angemeldet. Die haben anscheinend viel Geld im Voraus bezahlt, und der andere, mit dem Garanca gesprochen hat, will aussteigen. Garanca drohte ihm –«

»Und du fandest ihn mal sympathisch«, redete Dini dazwischen.

»Ist doch jetzt egal. Er sagte: ›Du steckst bis zum Hals mit drin‹ und ›denk an die süßen Kleinen‹, und ›aus der Sache kommst du nicht mehr heraus‹, hat er, glaube ich, auch gesagt. Es geht um Drogen, Herr Kommissar. Und um eine Axt, die auf keinen Fall vergessen werden darf. ›Das Blut muss spritzen‹, hat er gesagt.« Maria griff sich ans Herz. »Ich brauche einen Schnaps. Mein Gott, wenn ich daran denke, dass morgen unschuldige junge Leute zu Schaden kommen können, wird mir ganz übel.«

»Wie spät soll es anfangen und wo?«, fragte Busboom. Er fasste Gesches Hand und drückte sie fest.

»Wo? Keine Ahnung. Um Mitternacht, Herr Busboom. So was beginnt doch immer um Schlag zwölf.«

»Das Dünengelände zwischen dem Ostland und Hoge Hörn«, sagte Busboom zu Gesche, als sie sich von Kutschbauers Tanten verabschiedet hatten. »Genau der richtige Ort, um im Geheimen und unter freiem Himmel etwas abzuziehen. Und gleich morgen früh fahre ich hinaus, um die Stelle zu finden. Die Truppe um Garanca hat vielleicht schon öfter so ein Treffen durchgezogen. Das hinterlässt Spuren, auch wenn man den Müll wegräumt. Zertretenes Dünengelände, Reste einer Feuerstelle, Zigarettenkippen oder Kronkorken, die sammelt kaum jemand auf.«

»Wozu betreibt Garanca so einen Aufwand«, fragte Gesche, »wenn er in jeder Disco Drogen verkaufen kann?«

»Um die Leute anzufixen. Solche, die einen besonderen Kick erleben wollen, aber von allein niemals zu Drogen greifen würden.«

»Perfide. Wenn ich daran denke, dass er Hanni womöglich kennt und sie überredet hat mitzumachen, könnte ich ihm den Hals umdrehen.«

»Lass mal, das kann ich viel besser. Deine Aufgabe ist es, mit Hanni zu reden und unsere Mädchen morgen Abend im Haus zu halten. Um den Rest kümmere ich mich.«

***

Becker und Kutschbauer waren nicht dazu gekommen, von Madame Jasmin Informationen über den Inhalt des Mojo-Zauberbeutels einzuholen, denn als sie das Fachgeschäft für Magie erreicht hatten, mussten sie feststellen, dass die Tür verschlossen war. So waren sie unverrichteter Dinge in die Dienststelle zurückgekehrt.

Jetzt saßen sie an Beckers Schreibtisch, und Busboom berichtete ihnen und Andreas Kupke von seinem Gespräch mit Kutschbauers Tanten. Becker sortierte Pillendosen, die aufgereiht vor ihm auf dem Schreibtisch standen, nach Größe, wobei er die Etiketten nach vorn drehte. Eine nach der anderen verschwand in der Schublade. Von der vorletzten schraubte er den Deckel ab, schüttelte eine Tablette heraus und schluckte sie ohne Flüssigkeit herunter.

Niemand fragte, wofür oder wogegen sie war.

»Olaf Kern ist vermutlich sein Kompagnon«, sagte Kutschbauer zu Busboom.

»Wer ist das?«

»Er veranstaltet nächtliche Wanderungen, führt die Leute an verschiedene Orte der Insel und erzählt Schauermärchen. Einiges davon ist wahr, das meiste frei erfunden. Die Gäste lieben es und zahlen gern, um sich ein wenig zu gruseln.«

»Hanni hat an so was teilgenommen. Warum glauben Sie, dass er etwas mit Garanca zu tun hat?«

»Sie wurden zusammen gesehen, Herr Kriminalhauptkommissar«, mischte Kupke sich ein. »Und zu Geisterwanderungen passen Tarotkarten, Pendel und Horoskope.«

»Dann wird er derjenige gewesen sein, der mit Garanca telefoniert hat.«

»›Denk an die süßen Kleinen‹«, sagte Kutschbauer. »Damit könnten Olafs Geschwister gemeint sein.«

»Was ist Olaf Kern für ein Mensch?«, fragte Busboom.

»Anfang bis Mitte dreißig. Von Beruf selbstständiger Touristenführer, ledig. Wohnt noch bei Muttern und kümmert sich um seine jüngeren Geschwister. Aus polizeilicher Sicht unauffällig.«

Busboom blickte Becker an. »Wie wollen Sie jetzt vorgehen?«

»Wir werden alle drei observieren. Garanca, Olaf Kern und Madame Jasmin.«

»Warum Madame Jasmin? Ich dachte, Sie halten sie für unschuldig.«

»Tu ich auch. Dennoch ist Vorsicht die Mutter der Porzellankiste. Ihr Fahrrad wurde schließlich in den Dünen unweit der Ostbake gefunden. Gleich morgen früh geht es los.«

21

Nur selten spürte ein Verfolger, dass er selbst zum Verfolgten geworden war. Becker bemerkte seinen rechtzeitig. Angelehnt an die Mauer des Hotels »Seestern« hielt er Ausschau nach Olaf Kern. Der hatte das Fachgeschäft für Magie vor zehn Minuten betreten. Durch das Schaufenster sah Becker, wie die beiden sich unterhielten. Garanca redete gestenreich. Es wirkte, als wollte er Kern von etwas überzeugen, der jedoch schüttelte den Kopf. Es sah aus, als stritten sie. Dann winkte Garanca Kern in den hinteren Teil des Ladens.

Kutschbauer, der Madame Jasmin observierte, und Kupke, der Garancas Schatten war, saßen auf einer Parkbank und warteten auf ihren Einsatz. Wenn sie alle drei hier herumlungerten, konnten sie sich auch gleich ein Schild um den Hals hängen.

»Wüsste gern, was die zu besprechen haben«, flüsterte Becker.

Geduldig lutschte er ein Kräuterbonbon. Nie wäre ihm der Gedanke gekommen, dass die beiden ihn entdeckt hatten. Doch aus dem Augenwinkel sah Becker, wie sich schräg gegenüber von Madames Laden vor einem Textilgeschäft ein Ständer mit Tüchern und Sonnenmützen drehte. Olaf Kern hatte ihn in Bewegung versetzt, um den Anschein zu erwecken, ihn interessiere die Ware. Er musste zur Hintertür hinausgeschlichen sein und sich von der anderen Seite der Franz-Habich-Straße angepirscht haben. Der Ständer machte sieben- oder achtmal die Runde, bis Becker Olafs Gesicht deutlich erkannte.

Selbst zum Verfolgten geworden, telefonierte er kurz mit den Kollegen und spielte dann den Lockvogel. Er verließ seinen Posten, um in Richtung Bahnhof zu gehen. Olaf Kern folgte ihm dichtauf. An der Kreuzung zur Westerstraße blieb Becker stehen und war froh, dass Kupke und Kutschbauer verschwunden waren. Die Parkbank vor der Volksbank war leer. Becker erwog, in die Bank zu gehen, um zu sehen, ob Kern ihm folgte. Er entschied sich dagegen und ging weiter, wobei er am Schaufenster des Sportgeschäftes und an der Auslage des Teeladens einen Halt einlegte. In der Spiegelung der Schaufensterscheiben hielt er Ausschau nach dem Verfolger. Er entdeckte ihn und entschloss sich, einfach nach Hause zu laufen. Er trug keine Polizeiuniform, deshalb bestand die Möglichkeit, dass Kern ihn nicht als Polizisten erkannte. Daheim würde er es genauso machen wie Kern. Zur Haustür hinein und hinten durchs Fenster wieder hinaus.

Beckers Rechnung ging auf, doch die nachfolgende Beschattung erwies sich als anstrengend.

Kern telefonierte kurz. Dann ging er nach Hause, um gleich darauf mit einem Handwagen, den er an sein Rad anhängte, Strauch- und Baumabfälle zu transportieren. Die entsorgte man normalerweise auf dem ehemaligen Müllplatz, aber Kern fuhr gen Osten.

Ein Stück hinter dem Flugplatz, am Emmich-Denkmal, dort, wo man nach links zum FKK-Strand und zum »Dünenbudje« abbiegen konnte, musste Becker die Verfolgung aufgeben. Seine Fahrradkette sprang ab, und er wäre fast gestürzt. Ehe er den Schaden beheben konnte, war Kern Richtung Ostland verschwunden. Becker schwitzte, das Hemd klebte ihm am Oberkörper, und er hatte Durst. Jetzt aber schnell nach Hause, ehe er sich eine Erkältung einfing.

Dass seine Kollegen ebenfalls erfolglos geblieben waren, wusste er da noch nicht.

»Die bedienen ihre Kunden«, sagte Kupke zu Kutschbauer, nachdem sie mehrere Male am Fachgeschäft für Magie vorbeigegangen waren. »Das kann den ganzen Tag so weitergehen.«

»Lass uns abbrechen, sonst gefährden wir noch deinen Undercover-Einsatz.«

Und das taten sie dann auch.

***

Gesche sprach nach dem Frühstück mit Hanni über das, was sie gestern von Kutschbauers Tanten gehört hatten.

»Davon habe ich keine Ahnung«, versicherte ihre Tochter, und Gesche glaubte ihr.

»Versprich mir, dass du da auf keinen Fall hingehst.«

Das tat Hanni.

Busboom war zu diesem Zeitpunkt bereits unterwegs, um die Stelle zu finden, an der das Treffen stattfinden würde. Auf dem Weg zum Ostland knöpfte er die Jacke zu. Es war frisch geworden. Während der letzten zehn Tage hatte ununterbrochen die Sonne die Nordsee erwärmt. Jetzt trug ein schwacher Wind aus Nordost den Geruch des Meeres herüber. Busboom blieb, die Hände am Fahrradlenker, stehen und atmete tief durch. Das Meer roch vollkommen anders als im Winter. Er überlegte, welcher Geruch ihm lieber war. Unmöglich zu sagen. Er konzentrierte sich auf seine Nase, vielleicht, so hoffte er, lag hier draußen ja auch der Geruch von einem erloschenen Feuer in der Luft. Denn ein Lagerfeuer würde es heute Nacht sicherlich geben. Das wollte vorbereitet sein. Und am besten bereitete man sich vor, indem man es vorab schon einmal testweise entzündete. Er fragte sich kurz, ob der Dünenaufsicht, heutzutage nannte man sie »Ranger«, etwas aufgefallen sein könnte. Er hatte vergessen, Becker danach zu fragen, ob Mitarbeiter des Nationalparks eventuell alte Feuerstellen entdeckt hatten. Vermutlich nicht. Becker hätte es erwähnt.

Busboom hielt an der Bushaltestelle Ostland und überlegte, ob er das Rad hier stehen lassen sollte. Die Straße war für Autos nur noch wenige Meter befahrbar, dann endete sie. Mit dem Fahrrad oder zu Fuß kam man über einen Radfahrweg bis zum Rosenbunker, einem Überbleibsel aus dem Zweiten Weltkrieg. Dort begann oder endete, je nachdem von welcher Seite man es betrachtete, der Seedeich. Über den Deich gelangte man mit Blick aufs Wattenmeer zurück in den Ort. Auf den dazwischenliegenden Weiden tummelten sich neben Kühen und Pferden unzählige Vögel. Vor allem Gänse und Enten, die auf dem Weg von Sibirien nach Afrika hier ihre Reise unterbrachen, um sich satt zu fressen. Viele dieser Tiere verbrachten mittlerweile den gesamten Winter auf der Insel, weil immer weniger Schnee fiel und sie in den eisigen Monaten genug zum Überleben fanden. Einige von ihnen blieben jetzt auch im Sommer, um zu brüten und die Jungtiere großzuziehen.

Gegenüber der Bushaltestelle lockten das Ausflugslokal »Akkermanns Bauernstube« und das Restaurant »Café Ostland«, Letzteres mit dem Hinweisschild: »Letzte Kneipe vor Juist«. Busboom liebte den Duft von Kaffee, Kuchen und Milchreis, vermischt mit ländlichen Gerüchen. Er ließ das Rad stehen und ging an den voll besetzten Terrassen vorbei. Kaum hatte er Borkums letztes Haus in östlicher Richtung erreicht, bog er vor dem Weg zum Rosenbunker nach links ab. Er ging durch die Dünen zum Strand. Gelegentlich kamen ihm ein oder zwei Leute entgegen. Er folgte dem gepflasterten Wanderweg, der irgendwann in einen Sandweg überging, und bog nach rechts ab. Hier hatten vor langer Zeit einmal Bahnschienen im Sand gelegen. Sie waren verlegt worden, als im Zweiten Weltkrieg die Bunker, von denen sich noch viele versteckt in und unter den Dünen befanden, mit Material versorgt werden mussten. Heute war die Strecke noch zu sehen und zu begehen, doch Schienen und Schwellen waren keine mehr da.

Als Busboom zehn Minuten lang in östliche Richtung gegangen war, meinte er, es wäre an der Zeit, gen Süden abzubiegen. Gut eine Stunde suchte er das Gelände ab. Immer mal wieder änderte er die Richtung. Er folgte schmalen, von Tieren ausgetretenen Pfaden und stolperte über Kaninchenlöcher. Mit etlichen Kratzern von Brombeerranken und Sanddornbüschen versehen, erreichte er, hinter einem Buschwerk hervortretend, wieder die alte Schienentrasse. Gesehen hatte er außer Kaninchen, einigen Rehen, jeder Menge verschiedener Vögel, Schmetterlingen und Schnecken mit Häuschen auf dem Rücken nichts als Dünen. Wenn man von den gelegentlichen Blicken zur Nachbarinsel Juist oder auf das weite Meer hinaus einmal absah. Aus dem Augenwinkel bemerkte er etwas, das ihn spontan hinter das Gestrüpp zurückspringen ließ. Mit leicht gebeugtem Oberkörper schlich er vorsichtig näher heran.

Auf dem Sandweg stand ein Mann, der ihm den Rücken zukehrte. Offensichtlich wartete er auf jemanden. Eine aufsteigende Rauchwolke, eine Handbewegung und das Drehen mit dem Fuß verrieten, dass er eine Zigarette austrat. Zu spät dachte Busboom daran, dass ein Knacken seiner Knie ihn verraten könnte, er hatte sich schon hingehockt. Er hielt den Atem an, als könnte das helfen. Der Schrei einer Möwe rettete ihn, der Mann hörte das Knacken nicht.

Busboom war sicher, den Richtigen gefunden zu haben. Nun musste er ihm nur noch folgen.

»Hallo, wir sind hier«, hörte er eine weibliche Stimme sagen. Sein Magen fühlte sich an, als würde Eiswasser hineinlaufen und eine Hand ihn zusammendrücken. Die Stimme kannte er genau. Wiebke? Was machte sie hier draußen?

Ins Blickfeld kam eine junge Frau, etwas pummelig, mit kurz geschnittenen schwarzen Haaren und zwei kleinen Kindern an der Hand. Als diese »Papa« riefen, atmete Busboom erleichtert aus, streckte die Beine durch und ging Schritt für Schritt rückwärts. Wieder in Deckung, drehte er sich um und machte einen großen Bogen, um weiter westlich auf den Sandweg zu gelangen. Drei Minuten später stolperte er in eine flache Delle, in deren Mitte alles für ein Feuerchen vorbereitet lag. Um die Feuerstelle herum hatte jemand grob aus Strandholz zusammengezimmerte Sitzgelegenheiten in den Dünensand gegraben. Die Delle war ideal. Sie besaß einen vom Wild ausgetretenen Ein- und Ausgang und war tief genug, damit andere das Licht der Flammen nicht schon von Weitem sehen konnten.

Gackern und Flügelschlagen ließen Busboom herumfahren. Hinter einem Sanddornbusch stand ein aus Holzpaletten zusammengebundener Pferch. Darin befanden sich zwei mit Wasser gefüllte Schalen, ein Hahn und zwei Hühner, die eifrig an trockenem Brot pickten.

Zurück auf dem Sandweg, steckte Busboom ein paar kurze Äste als Markierung in den Grund.

***

»Das gefällt mir überhaupt nicht«, klagte Olaf Kern.

Vittorio war schuld daran, dass er ins Fadenkreuz der Polizei geraten war. Seine Mutter war fuchsteufelswild geworden und hatte ihn gelöchert, sie wollte wissen, was los war, doch er hatte geschwiegen. Er wusste, sie würde ihn so lange weiter löchern, bis er klein beigab. So war es immer, so würde es bleiben. Doch vorerst hatte er geschwiegen. Wie sollte er ihr auch sagen, dass Vittorio angedroht hatte, den Kleinen etwas anzutun? Sie würde sich Vittorio umgehend vorknöpfen, ja, das würde sie, aber wie lange sollte eine Gardinenpredigt von ihr vorhalten? Nicht einmal seine Mutter konnte einen Kerl wie ihn auf Dauer in Schach halten.

»Die Bullen waren bei uns zu Hause.« Olaf verlegte sich aufs Flehen. »Du musst mich da rauslassen. Sie haben uns observiert. Die wissen Bescheid.«

»Dann wärst du längst verhaftet.«

»Bitte, Vittorio. Die Sache ist zu heiß geworden. Bestimmt stehen die irgendwo und warten nur darauf, uns abzuführen.«

»Du redest Schwachsinn. Wenn die uns aufgreifen, sagen wir, du machst eine deiner Nachtwanderungen.«

»Und die Drogen?«

»Die finden sie nie.«

»Und die geklauten Hühner?«

»Die sind dein Problem. Du hast sie gestohlen.«

»Auf deinen Befehl.«

»Ha, Befehl. Kannst du das beweisen?« Er klopfte auf Olafs Schulter, dass es schmerzte. »Jetzt reiß dich zusammen. Wenn es dunkel wird, ist da hinten kein Mensch. Die Bullen schon gar nicht. Die liegen um die Zeit zu Hause auf dem Sofa.«

»Polizisten sind immer im Dienst«, behauptete Olaf. Es klang wenig überzeugt.

Vittorio betrachtete ihn mit einem bösen Zug um die Lippen. Seinen Blick konnte man als lauernd bezeichnen. »Hast du etwa geplaudert? Dich bei Mama ausgeheult?«

»Nie im Leben, das schwöre ich. Aber vielleicht hat einer von den Leuten gequatscht, die mitmachen?«

»Weißt du was, Olaf? Du siehst Gespenster. Von denen redet niemand. Die erwarten einen Riesenzauber, den ganz besonderen Kick. Den Rausch des Übersinnlichen.« Er wedelte mit den Händen, als wollte er etwas in der Luft verteilen. »Und …«, jetzt griff er blitzschnell in die Hosentasche, beförderte ein Messer heraus, ließ es aufschnappen und hielt Olaf die Spitze ans Kinn, »unsere Kunden wollen Blut sehen. Viel Blut.«

»Die armen Viecher.« Olaf schielte auf die Klinge, mit der ihm Vittorio übers Kinn kratzte.

Vittorio klappte das Messer wieder zusammen und steckte es zurück in die Tasche. »Alles okay?«

Olaf nickte ergeben.

»Na, geht doch. Sei froh, dass du überhaupt dabei sein darfst. Das wird ein Spaß, versprochen.« Er kniff ihm kurz und kräftig in die Wange. Sein Lächeln ließ Olaf erschaudern. »Ist alles vorbereitet?«

Olaf nickte. »Alles da.« Auch das zusätzliche Brennholz. Er konnte nur hoffen, dass die eingesperrten Hühner im Lauf des Tages von jemandem gefunden und gerettet wurden. Einem Jäger. Nein, die Jagdsaison begann erst im Herbst. Oder von einem vom Nationalpark. Die durchstreiften das Gelände, um Zugvögel zu zählen, aber die kamen erst im Oktober. Er dachte kurz daran, den Ranger anzurufen, anonym verstand sich, verwarf den Gedanken jedoch sofort wieder, als er im Geist offene Kinderhände sah, in die jemand bunte Pillen fallen ließ.

»Dann bis heute Abend. Und Olaf …«

»Ja?«

»Halte dich an unsere Abmachung.«

22

Mittags, die Sonne hatte alle Wolken vertrieben, erreichte eine Mitteilung vom Zoll die Borkumer Polizeistation. Kurz vor Langeoog hatte die Küstenwache ein Boot aufgebracht und jemanden verhaftet.

Es handelte sich um einen Mann aus dem Begleitschutz der Inselschwimmer. In Gegenwart der Sportler und ohne deren Wissen hatte er während des Inselschwimmens am helllichten Tag und in aller Öffentlichkeit Drogen aus den Niederlanden auf die deutschen Inseln geschmuggelt.

Kutschbauer entschied, Madame Jasmin aufs Revier zu bitten, um sie zu befragen.

»Soll ich sie abholen?«, fragte Kupke.

»Nein, ich rufe sie an. Wenn sie von alldem keine Ahnung hat, wie Kollege Becker meint, weil es ihm so am liebsten wäre, machen wir nur Garanca scheu.«

Noch bevor Madame Jasmin eintraf, stand auf einmal Busboom in Kutschbauers Büro, um ihn über den genauen Standort des Lagerfeuers und der Hühner zu informieren.

»Frau Meyer wird gleich da sein, möchten Sie bei der Befragung dabei sein?«

Busboom wollte.

Kutschbauer ließ Madame Jasmin den Vortritt. »Bitte nehmen Sie Platz, Frau Meyer.«

»So sieht also ein Verhörraum aus.« Madame Jasmin blickte sich um. Vor dem Spiegel blieb sie einen Augenblick stehen. Sie wirkte angespannt. Vermutlich glaubte sie, in einen venezianischen Spiegel zu schauen, der von einer Seite durchlässig war. Doch so etwas hatten sie hier nicht, hinter diesem war nur die Wand.

»Besprechungszimmer«, korrigierte Busboom, der hinter den beiden eingetreten war.

»Wir danken Ihnen, dass Sie Zeit für uns gefunden haben«, begann Kutschbauer.

»Wenn ich so freundlich gebeten werde.« Sie lächelte, als wollte sie ihm die Zähne zeigen, und nahm auf dem angewiesenen Stuhl Platz.

»Wir haben einige Fragen und hoffen, dass Sie sie uns beantworten können. Wir halten Sie doch nicht von etwas Wichtigem ab?« Busboom versuchte, untröstlich zu klingen, doch eine Frau wie Madame Jasmin täuschte er vermutlich nicht.

»Keine Sorge.«

»Ich dachte nur, Sie hätten womöglich noch etwas Dringendes zu erledigen.«

»Und was sollte das Ihrer Meinung nach sein?«

»Es gibt sicher noch die eine oder andere Vorbereitung für heute Abend zu treffen.«

Madame wirkte überrascht. Ob nun darüber, dass die Polizei davon wusste, oder weil sie keine Ahnung hatte, worauf er hinauswollte, konnte man ihrem Gesichtsausdruck nicht entnehmen.

»Heute Abend? Da habe ich nichts geplant.« Sie schaute Busboom direkt an. »Es sei denn, Sie möchten, dass ich Ihnen noch einmal die Karten lege.«

Busboom fasste intuitiv an seine Hosentasche. Ein leichtes Zucken an Madame Jasmins Mundwinkel ließ ihn zur Mappe greifen, die auf dem Tisch lag. Er rückte sie mit beiden Händen zurecht. Madame neigte leicht den Kopf, als wäre sie Königin Elisabeth, die volksnah einem ihrer Untertanen zunickte, aber zu erhaben war, um zu fragen, was die Akte bedeutete. Busboom schlug sie auf.

»Ihr Mitarbeiter Peter Kunze«, er betonte den Namen und schaute sie an, »seit wann arbeitet er für Sie?«

»Einige Monate. Und um es vorwegzusagen, ich denke«, dabei deutete sie auf die Mappe, »Sie wissen mehr über ihn als ich.«

»Ist es in Ihrer Branche üblich, einen Künstlernamen zu benutzen?«

»Ich selbst trage einen. Sie müssen zugeben, Herr Kommissar, dass die Leute einem Peter Kunze, der in eine Glaskugel schaut, um die Zukunft vorherzusagen, weniger glauben als einem Vittorio Garanca. Zumal wenn er aussieht, wie man sich landläufig einen Zigeuner vorstellt.«

»Sie kannten ihn also von Anfang an unter seinem richtigen Namen?«, fragte Kutschbauer.

Ohne ihn anzuschauen, erklärte sie trocken: »Sonst hätte ich ihn kaum bei der Krankenkasse anmelden können.«

»Er ist mehrfach auffällig geworden.«

»Sehr bedauerlich.« Madame Jasmin schien wenig interessiert zu fragen, womit.

»Sie wollen nicht wissen, was ihm vorgeworfen wird?«, fragte Kutschbauer.

Sie hielt weiter Busbooms Blick stand, und er wusste, dass sie wusste, dass er wusste, dass sie im Bilde war.

»Er hat es erwähnt.«

»Was?«

»Dass er vorbestraft ist. Sehen Sie, Herr Kommissar«, sie legte beide Ellenbogen auf den Tisch und lehnte sich vor, »jeder sollte eine zweite Chance erhalten, und ich mische mich ungern in die privaten Angelegenheiten meiner Mitarbeiter ein.«

»Sehr löblich. Darf ich fragen, woher Sie ihn kennen beziehungsweise wie er zu seiner Anstellung gekommen ist?«

»Wir haben uns im Urlaub kennengelernt.«

»Auf dem Balkan?«, fragte Kutschbauer.

Sie blinzelte verärgert, und Busboom hatte das sichere Gefühl, dass das freundliche Geplänkel gleich ein Ende finden würde.

»Was hat Garanca qualifiziert, in Ihre Dienste zu treten?«

»Er hat mir die Karten gelegt. Die Schlussfolgerungen, die er zog, waren beachtlich. Zudem ist er ein Typ, auf den besonders die Damen reagieren.«

»Dann ist er im Umgang mit dem Kartendeck ebenso talentiert wie Sie?«

Sie nahm die Ellenbogen vom Tisch. Für den Bruchteil einer

Sekunde legte sich ein harter Zug um ihre Lippen. »Er ist begabt, aber mein Können wird er niemals erreichen. Es ist von Gott gegeben.«

»Natürlich. Können Sie mir eine ungefähre Vorstellung davon verschaffen, was Peter Kunze außer Kartenlegen noch so alles für Sie macht?«

»Ware auspacken, auszeichnen, einräumen und verkaufen. Termine mit den Kunden vereinbaren.«

»Sonst nichts?«

»Nein«, versicherte sie. »Was sollte er denn sonst für mich tun?«

»Leute bedrohen.«

»Warum denn das?«

»Um zusätzliche Talismane und Glücksbringer zu verkaufen oder sie dazu zu bringen, weiterhin brav irgendwelche Kurse bei Ihnen zu besuchen.«

Der Blick, den Kutschbauer sich für diese Unterstellung von Madame einhandelte, war zum Fürchten. Vor Busbooms innerem Auge sah er sie Kutschbauer mit einer Handbewegung einen Fluch anhexen. Der machte jedoch den Eindruck, als perlte ihr Zorn an ihm ab. Er legte das blutige Stoffsäckchen, das Finnis Mutter ihm anvertraut hatte und das in einem durchsichtigen Beutel steckte, auf den Tisch.

»Haben Sie mich deswegen herbestellt?« Ihr Lächeln konnte eisiger kaum sein.

»Erklären Sie mir, was das ist?«

»Ein handelsüblicher Mojo-Zauberbeutel. Sie können sie in vielen Varianten bei mir kaufen. Allerdings sind meine Säckchen nicht blutig und auch nicht so primitiv zusammengenäht wie dieser. Auf keinen Fall stammt er aus meinem Laden.« Sie lehnte sich zurück und verschränkte die Arme vor dem Bauch.

Kutschbauer legte das Säckchen, das ihnen Frau Kern gegeben hatte, daneben.

»Ja, solche verkaufe ich.«

»Ist es wie das andere zur Einschüchterung oder Warnung gedacht?«

Madame Jasmin hob trotzig ihr Kinn und streckte den Rücken durch. »Sehr unwahrscheinlich. Mojo-Zauberbeutel sind weiße Magie, da wird niemand verhext.«

»Sie als Fachfrau«, stellte Kutschbauer fest, »sind doch mit allem, was das Übersinnliche angeht, vertraut.«

»Das will ich meinen.«

»Dann wissen Sie sicherlich auch alles über Voodoo.«

Sie sah ihn an, als wäre sie von ihm getreten worden. Die Augen weit aufgerissen, blickte sie von Kutschbauer zu Busboom. »Finger weg von schwarzer Magie«, sagte sie. Ihre Stimme war rau, als würde ein Stück trocken Brot in ihrem Hals stecken. Busboom meinte, neben Angst und Überraschung einen Hauch von Erkenntnis in ihrem Gesicht zu entdecken. »In falschen Händen kann so etwas böse enden«, ergänzte sie leise.

Was für ein dämlicher Reim, dachte Busboom.

»Wir haben Ihr Fahrrad gefunden«, sagte Kutschbauer.

»Mein Fahrrad?«

»Ja. Es stand auf dem Ostland.«

»Das kann nicht sein, meines steht draußen vor der Tür. Sie können nachschauen.«

»Dann besitzen Sie zwei Räder?«

»Wozu sollte das gut sein?«

»Und wie erklären Sie die Tatsache, dass wir ein auf Ihren Namen registriertes Rad in den Dünen gefunden haben?«

»Das kann dann eigentlich nur mein altes Fahrrad sein. Ich hatte es im Winter zum Sperrmüll an die Straße gestellt. Das hat wohl jemand gebrauchen können.«

Zufall?, überlegte Busboom. Er schreckte auf, als sie den Stuhl heftig nach hinten schob und aufstand.

»Darf ich gehen?«

»Selbstverständlich. Aber eine Bitte habe ich«, sagte Busboom.

»Lassen Sie mich raten: Kein einziges Wort davon zu Vittorio Garanca.«

Er nickte.

»Verraten Sie mir, was er vorhat?«

»Morgen«, versprach Busboom.

»Passen Sie auf sich auf.«

»Das werde ich.«

Busboom brauchte eine geschlagene Stunde, um das unangenehme Kribbeln im Nacken und die ängstlichen Schauer, die Madames Schlussbemerkung bei ihm ausgelöst hatte, loszuwerden.

23

»Polizeistation Borkum, Andreas Kupke am Apparat. Moment, Moment, nicht so schnell. Mit wem spreche ich?«

»Unwichtig. Wenn du mehr über die Geisterbeschwörungen erfahren willst, komm zur Ostlandbake. Heute Nachmittag, fünf Uhr. Dann zeige ich dir die Stelle, an der sich deine Kollegen verstecken können.«

»Wieso sollten wir uns verstecken wollen?«

»Um die ganze Bande auf frischer Tat zu ertappen. Und Kupke …«

»Ja, schon verstanden. Keine Polizei.«

»Verarschen kann ich mich selbst. Komm allein, sonst bin ich weg.«

»Ein anonymer Anrufer«, informierte Kupke den Kollegen Kutschbauer. »Ich soll allein zur Ostlandbake kommen, dann will er mir die Stelle zeigen, an der der Hokuspokus stattfinden wird, damit wir uns verstecken und die Bande hochnehmen können.«

»Wann hast du mit ihm telefoniert?«

»Gerade eben.«

»Auf dem Festnetz?« Kutschbauer deutete auf das Diensttelefon.

»Ne. Mit meinem Handy.«

»Stand die Anrufer-Nummer auf dem Display?«

»Nein. So schlau bin ich auch.«

»Hast du die Stimme erkannt?«

Kupke schüttelte den Kopf.

»Wer hat alles deine Nummer?«

»Viele.«

»Auch welche aus Silkes Clique?«

»Keine Ahnung. Silke hat sie auf jeden Fall.«

»Wann triffst du dich mit der Clique?«

Kupke hob die Schultern und ließ sie wieder fallen. »Habe

von Silke noch kein Wort gehört, und sie geht auch nicht an ihr Handy. Meinst du, die wissen, wer ich bin?«

»Gut möglich. Könnte ein Trick sein, um dich für heute Abend loszuwerden.«

»So eine Art Hinterhalt? Das kann man hier im Ort viel leichter haben. Mir fallen da gleich mehrere Stellen ein, die einsam genug sind, um –«

Kutschbauer stoppte ihn mit einem Handzeichen. »Du gehst da hin, aber auf keinen Fall allein. Ich komme mit.«

Als die Bake lange vor der vereinbarten Zeit in Sichtweite kam, trennten sie sich. Kupke erhielt den Auftrag, einen weiten Bogen zu schlagen und sich dem alten Seezeichen von der anderen Seite zu nähern. »Wenn du in Hörweite bist, mach ordentlich Krach. Der Typ soll dich früh bemerken.«

»Pfeifen und ein Liedchen singen?«

»Aber nicht übertreiben.«

Kutschbauer ging über einen Trampelpfad durch ein Mini-Wäldchen weiter direkt auf die Bake zu. Er vermied es, auf trockene Äste zu treten, ihr Knacken könnte ihn verraten. Der Schrei einer Elster ließ ihn innehalten. War der Vogel von ihm oder von jemand anderem aufgescheucht worden? Er blieb etwa eine Minute lang still stehen und lauschte. Vom Strand trieb der Wind die Geräusche der Brandung zu ihm herüber. In einiger Entfernung hoppelte ein Kaninchen vorbei, es schien keinen Feind in seiner Umgebung zu wittern. Also ging Kutschbauer weiter.

Die plötzliche Bewegung in seinem Rücken überraschte ihn. Etwas schlug gegen seinen Hinterkopf, er wurde kalkweiß im Gesicht, und seine Augen weiteten sich. Eine Hand legte sich über seinen Mund, eine andere wirbelte ihn herum. Er sah in ein Augenpaar, das ihn durch eine Skimaske hindurch anblickte, und dachte noch, dass es doch viel zu warm dafür war. Dann bekam er einen Schlag in die Magengrube. Er würgte. Ein Schwall dünner Flüssigkeit, die gärig nach Kaffee roch, schoss ihm aus Mund und Nase. Kurz glaubte er zu ersticken. Der Angreifer trat neben ihn und klopfte ihm den Rücken. Als Kutschbauer wieder Luft bekam, wirbelte er herum, bereit, sich zu wehren. Sein Angreifer schien das erwartet zu haben. Eine Faust traf Kutschbauers Kinn. Er schmeckte Blut, meinte, es im Kiefer knacken zu hören, und sank auf die Knie. Ehe er reagieren konnte, wurden seine Hände nach hinten gerissen und blitzschnell mit einem Kabelbinder gefesselt. Mist, die bekommt man nur mit einem Messer auf, dachte er noch, ehe er einen Fußtritt in den Rücken bekam und zur Seite kippte. Kutschbauer strampelte mit den Beinen, um eine Fesselung seiner Fußgelenke zu verhindern, wofür er sich einen zweiten Fausthieb einhandelte, der ihn endgültig ausknockte.

»Aufwachen, Kutschbauer, wachen Sie auf. Konnten Sie erkennen, wer das war?« Kupke rüttelte an seinen Schultern.

Kutschbauer schlug die Augen auf und blinzelte, da die Sonne direkt in sein Gesicht schien. Er wollte Kupke vor dem Schatten, der hinter dem Kollegen auftauchte, warnen, doch da war es bereits zu spät. Kupke wiederfuhr die gleiche Prozedur wie ihm wenige Minuten zuvor.

Ehe der Maskierte verschwand, nahm er Kutschbauer und Kupke die Handys ab und die Akkus heraus, ehe er alle Teile im hohen Bogen in die Büsche warf.

Der Kollege blieb lange bewusstlos neben ihm liegen.

***

Die Gartenpforte quietschte, und wenige Sekunden später klingelte es. Maria linste unter der Gardine nach draußen. Vor der Tür stand jemand, den sie nie zuvor gesehen hatte.

»Ein Mann mit dem Gesicht eines Auftragsmörders steht vor unserer Tür«, flüsterte sie und ließ den Vorhang fallen.

»Wie sieht denn das Gesicht eines Auftragsmörders aus?«, fragte Dini. Der Hut eines Zauberers war ihr keck in die Stirn gerutscht.

»Halbglatze, zusammenstehende Augen, fehlender Eckzahn.«

»Das ist der neue Wachtmeister, von dem Bernhard erzählt hat. Er ist harmlos.«

»Und warum trägt er keine Uniform?«

»Vermutlich ist er nicht im Dienst.«

»Und was will er bei uns?«

»Bestimmt sucht er Bernhard.«

»Hier?«

»Das zeichnet ihn als guten Polizisten aus. Er weiß, wo seine Kollegen anzutreffen sind.«

»Du hast ja wohl auf alles eine Antwort.«

Es klingelte erneut.

»Ausgerechnet jetzt, da wir Besuch erwarten. Bernhard ist doch gar nicht da.«

»Woher soll der Mann das wissen? Komm, wir fragen ihn, was er will.«

»Guten Tag«, wünschte der Mann und starrte Dini länger an, als schicklich war. »Mein Name ist Christian Fuge, ich bin ein Kollege Ihres Neffen.« Er griff in die Jackeninnentasche und zog seinen Dienstausweis heraus.

»Moin. Ich bin Maria Kutschbauer, und das ist Merlin.« Sie bedachte Dini mit einem herausfordernden Blick.

»Dini Woltjer heiße ich. Maria, du verwirrst den Herrn Polizeihauptmeister. Was können wir für Sie tun?«

»Ich suche Ihren Neffen.«

»Ha, wusste ich's doch.« Ein triumphierender Blick von Dini. »Verraten Sie uns, wieso?«

»Es ist dienstlich. Einsatz in den Dünen und so. Wissen Sie, wo er ist?«

»Nein. Bei uns ist er nicht.«

»Über sein Handy können wir ihn nicht erreichen, und wir fragen uns, warum.«

»Vielleicht ist er zu Hause«, schlug Maria vor. »Manchmal, wenn er Feierabend hat, schaltet er –«

»Nein.« Fuge schüttelte den Kopf. »Der Kollege Kupke

ist ebenfalls verschwunden, und wir stehen kurz vor einem Großeinsatz, da bleibt niemand so einfach weg. Wenn Sie etwas von ihm hören, rufen Sie mich bitte sofort an.« Er überreichte Maria seine Visitenkarte. »Egal wie spät es ist.« Er wandte sich ab, um zu gehen.

»Stopp.«

»Ja?«

»Unser Neffe hat von Ariana und uns zum Geburtstag eine Sportuhr geschenkt bekommen. So ein teures Ding, mit dem man die Schritte zählen kann. Sie misst auch die Herzfrequenz und zählt die Kalorien –«

»Dini, das ist doch jetzt unwichtig und interessiert niemanden.«

»Sollte es aber. Da ist nämlich so ein GPS eingebaut. Aber wie man an die Daten rankommt, kann ich Ihnen nicht sagen. Bestimmt kann Ariana Ihnen da weiterhelfen. Sollen wir sie gleich anrufen?«

»Ja, bitte.« Auf Fuges Gesicht lag ein erleichtertes Strahlen.

»Es meldet sich niemand«, sagte Dini wenig später. »Ich gebe Ihnen ihre Telefonnummer, dann können Sie es ja selbst noch mal versuchen.«

***

Becker, Fuge und andere Kollegen aus dem Polizeirevier versuchten weiter, Kutschbauer, Kupke und Ariana zu erreichen.

»Vielleicht ist Kupke schon mit der Clique unterwegs«, sagte Fuge. »Das würde erklären, warum sein Handy ausgeschaltet ist.«

Becker war anderer Meinung. »Er hätte uns bestimmt eine Nachricht geschickt. Etwas stimmt nicht und hindert die beiden daran, an ihre Handys zu gehen.«

»Ich habe eine Idee.« Christian Fuge griff zum Telefon und wählte Dinis und Marias Nummer. »Frau Kutschbauer, hier spricht Polizeihauptmeister Fuge. – Nein, wir haben noch nichts von Ihrem Neffen gehört, und Ariana haben wir auch nicht erreichen können. Wissen Sie, bei wem die Uhr gekauft wurde? – Moment, ich notiere. Wie war der Vorname? Können Sie das bitte buchstabieren? – Danke.«

»Eine Spur?«, fragte Becker.

»Vielleicht. Lüntje, ist das ein Vorname?«

»Ein Spitzname. Eine schöne Tradition, wie ich finde. Es gab einen Mann, den nannte man Ruum elben, was ›ungefähr elf‹ bedeutete, weil er schlecht rechnen konnte. Oder Peter Clown für einen, der immer herumalberte, und Penaten Albert für den Drogisten. Mit Schwarze Ida brachte man den ständigen Pessimismus der Person zum Ausdruck.«

»Und was bedeutet Lüntje?«

»Spatz oder Sperling. Lüntje hieß unser Uhrmachermeister.«

Fuge ließ enttäuscht die Schultern hängen. »Dann ist er leider der Falsche. Frau Kutschbauer sprach von einem Augenoptiker dieses Namens.«

»Das ist sein Sohn. Er heißt Reinder Kieviet und wird ebenfalls Lüntje gerufen.«

»Den rufe ich jetzt an. Wenn wir Glück haben, steht in seinen Unterlagen die Nummer von Kutschbauers Sportuhr. Ohne die kommen wir nicht an die Standortkoordinaten ran.«

Becker hatte die Telefonnummer bereits herausgesucht und wählte. »Es hebt niemand ab.«

»Und bei ihm zu Hause?«

Becker schaute ins Telefonbuch und wählte erneut. »Nichts. Wir versuchen es weiter.«

Der Einsatz rückte immer näher, und Becker musste sich etwas einfallen lassen, wie er ihn ohne die beiden Kollegen durchziehen sollte. Zumindest wusste er von Busboom, wo dieser die gestohlenen Hühner entdeckt hatte.

Endlich erreichten sie Frau Kieviet. Sie teilte ihnen mit, dass ihr Ehemann die kommenden zwei Stunden im Kurhaus auf der Bühne stehen würde. »Das Konzert der Oldtimer. Er ist Sänger im Shantychor. Sie präsentieren heute Abend ihr neues

Programm. ›Landgang‹ heißt es.« Frau Kieviet versprach, sich um die Angelegenheit zu kümmern und so bald wie möglich zurückzurufen.

Der Abend zog sich hin. Noch immer hatten sie keine Ahnung, wo Kutschbauer und Kupke steckten oder wie es ihnen ging. Als sie nicht länger warten konnten und Becker sich gerade mit den Kollegen auf den Weg zum Ostland machen wollte, kamen ein Notruf wegen häuslicher Gewalt und ein Hinweis auf die vermissten Kollegen herein.

***

Busboom ging den Sandweg entlang, darauf bedacht, die Taschenlampe so selten wie möglich anzuknipsen. Nur wenn der Wind Wolken vor den Halbmond trieb, war es so dunkel, dass er sie einschalten musste, um den Weg zu erkennen. Er konzentrierte sich darauf, die Markierung wiederzufinden. Da, das könnte sie sein. Kurz schaltete er die Lampe ein. Er war am richtigen Ort. Doch wo waren Becker und seine Truppe? Busboom blieb stehen und lauschte. Nur der vereinzelte Ruf eines Vogels war zu hören, gelegentlich knackte und raschelte es auf beiden Seiten des Weges. Kaninchen, Mäuse, Rehe oder verwilderte Katzen? Vielleicht war es auch Becker mit den Kollegen. Er konnte nur hoffen, dass nicht sie es waren, die diesen Lärm machten. Er blickte auf seine Uhr. Die Kollegen mussten längst auf der Lauer liegen. Das war auch besser so, damit sie sich nicht gegenseitig ins Gehege kamen.

Der Schrei einer Eule ließ ihn herumfahren, auch meinte er zu spüren, wie etwas in der Dunkelheit an ihm vorbeiflog. Gab es auf der Insel Fledermäuse?

Ein kurzer Aufschrei ertönte aus der Richtung, in der die Feuerstelle lag, fast wäre ihm die Taschenlampe entglitten. Die Veranstaltung hatte begonnen. Busboom verließ den breiten Sandweg und ging, den Boden schrittweise mit den Füßen ertastend, vorwärts. Dann gaben die Wolken das Mondlicht frei, doch da hatte er es bereits gesehen. Funken flogen über eine

Düne hinweg. Er würde sie hinaufkriechen müssen, damit er in die Mulde schauen konnte.

Busboom trat vom ausgetretenen Wildpfad auf den mit kurzem Gestrüpp bewachsenen Boden. Ganz vorsichtig, um ja keine Geräusche zu machen, bahnte er sich den Weg die Düne hinauf. Von hier oben hatte er einen guten Überblick. Flammen züngelten an aufgestapelten Hölzern empor. Wenige Meter von der Feuerstelle entfernt steckte eine Axt in einem Holzblock. Busboom glaubte, auf dem Holz und im Sand vor dem Block dunkle Flecken zu sehen, in denen sich der Schein der Flammen brach. War das Blut? Das Aroma von verbrannten Federn reizte Busbooms Nase. Er rieb sie, als könnte das den üblen Geruch vertreiben. In seinem Magen rumorte es. Er drückte eine Hand fest auf seinen Bauch und legte sich dann flach zwischen das niedrige Gestrüpp am Boden, um noch ein wenig näher an den Rand der Düne rutschen zu können.

Um das brennende Holz standen vier Männer und vier Frauen. Andreas Kupke war nicht dabei. Das mochte vieles bedeuten. Schlimmstenfalls war er enttarnt worden, und man hatte ihn daran gehindert, hier zu sein. Bestenfalls ... Er stockte. Ein irgendwie positiv gearteter Grund fiel ihm nicht ein.

Es war müßig, darüber nachzudenken, was mit Kupke passiert war. Er war nicht hier, und damit schien der Undercover-Einsatz schiefgegangen zu sein. Was wiederum bedeutete, dass die Borkumer Kollegen die Planung vielleicht hatten ändern müssen und gar nicht vor Ort waren. Busboom überlegte, ob er sie anrufen sollte. Nein, er wollte auf keinen Fall das Handy einschalten. Irgendjemand rief immer im falschen Augenblick an, und Licht und Ton würden ihn verraten. Busboom reckte den Hals. Die Leute am Feuer schauten gebannt in die Flammen. Vittorio Garanca ging von einem zum anderen, im Arm ein totes geköpftes Huhn. Vor jedem blieb er einen Moment stehen und murmelte etwas. Dann rieb er ihre Wangen mit Blut ein. Busboom fühlte sich an die Hostienverteilung in der katholischen Kirche erinnert. Gelegentlich holte Garanca mit dem Finger Nachschub von der Stelle, an der mal der Kopf des Vogels gesessen hatte. Olaf Kern war nirgends zu sehen.

Als Garanca alle vollgeschmiert hatte, warf er mit einem unvermittelten Aufschrei das Tier in die Glut. Es blieb oben auf den Holzstücken liegen. Der Wind trieb den Rauch in Busbooms Richtung. Garanca hob die Arme und rief irgendein Kauderwelsch, das eine Sprache oder einfach nur eine undefinierbare Aneinanderreihung von erfundenen Worten sein konnte. Eine der Frauen kicherte hysterisch. Der Grund dafür war für Busboom nicht erkennbar. In diesem Moment brachen die brennenden Scheite unter dem Tier zusammen. Der Funkenflug erreichte einen Mann und zwei Frauen, die in Windrichtung standen. Nur einer von ihnen versuchte, sich die winzigen Funken von der Kleidung zu wischen. Die anderen starrten wie hypnotisiert ins Feuer. Weitere glühende Teilchen wirbelten in den schwarzen Nachthimmel und erhellten die Szenerie. Niemand schien sich Gedanken darüber zu machen, dass sie damit die Dünen der Umgebung in Brand stecken könnten.

Ein leiser Trommelschlag – das musste Olaf Kern sein – setzte ein und wurde von Schlag zu Schlag lauter. Einige Teilnehmer gaben sich dem Rhythmus hin und stampften mit den Füßen im Takt. Ein Mann fing an, mit jedem Schlag näher an die Flammen heranzugehen und dann wieder von ihnen abzurücken. Andere schlossen sich ihm an. Immer dichter gelangten sie an die Glut. Traten mit den Schuhen hinein und wieder heraus. Der Trommelton veränderte seinen Klang. Womöglich war es doch kein Handbetrieb, eher ein elektronisches Gerät.

Mit einer Stimme, der ein Echo folgte, gebot Garanca den Leuten innezuhalten. »Ich befehle euch«, schnarrte er durchdringend, »euch hinzusetzen.«

Eine der Frauen hob den Kopf und schien in Busbooms Richtung zu sehen. Der kurze Moment reichte aus, um zu erkennen, wer sie war. Er duckte sich und war verärgert, dass sie kein Wort darüber verloren hatte.

Im Gegenlicht des Feuerscheins, dachte Busboom, kann sie

nichts erkennen. Und wenn sie mich bemerkt haben sollte, wird sie klug genug sein, den Mund zu halten.

Er behielt recht. Als er wieder über den Rand der Düne lugte, war ihr Blick auf die Flammen gerichtet. Eigentlich hätte Busboom jetzt gehen können. Hanni war wie versprochen nicht da.

Doch er blieb. Er wusste nicht, ob die Borkumer Kollegen trotz Kupkes Abwesenheit wie geplant vor Ort waren, und würde es sich niemals verzeihen, wenn Kutschbauers Tante bei diesem Hokuspokus etwas zustieße.

Garanca begann, jedem etwas in die Hand zu geben. Pillen? Drogen?

Wenige Meter links von Busboom knackte es. Er sah niemanden, fühlte jedoch, dass er nicht mehr allein war. Sekunden vergingen, unten am Feuer hatte Garanca seine Runde beendet. Busboom wandte ganz langsam den Kopf zur Seite. Im Mondlicht erkannte er einen Rothaarigen mit schiefen Zähnen, der ihn schräg angrinste, ehe er einen Finger auf die Lippen legte. Das musste der Beschreibung nach Olaf Kern sein. Er gab Busboom ein Zeichen. Wie im schönsten Indianerfilm schlichen die beiden rückwärts in eine weiter unten liegende Dünendelle.

»Ich will mit den Drogen nichts zu tun haben«, flüsterte Olaf Kern.

»Warum sind Sie dann hier?«, wisperte Busboom.

»Vittorio zwingt mich. Sie sind von der Polizei, stimmt's?«

Busboom nickte.

»Wo sind Ihre Männer?«

»Ich schätze, ich bin allein.«

»Scheiße«, sagte Olaf. Es kam von Herzen.

»Verteilt er da unten gerade Drogen?«

»Worauf Sie sich verlassen können. Fragen Sie mich nicht, was für ein Dreck das ist.«

Sie schlichen zum Wildpfad, der zurück auf den Sandweg führte.

»Und Sie denken, die schlucken das Zeug freiwillig, einfach so? Ich meine, Frau …« Busboom bückte sich nach einem kurzen, dicken Stück Holz und ließ den Satz unvollendet. Geduckt gingen sie um die Düne herum auf das Feuer zu.

»Vittorio ließ gleich zu Beginn einen Joint rumgehen. Danach waren die Leute kaum wiederzuerkennen.«

»Und wozu dann noch dieser Voodoo-Kram?«

»Pscht, sprechen Sie leiser.«

An der Feuerstelle war es verdächtig still. Olaf fasste Busboom am Arm. Sie blieben wie angewurzelt stehen und hielten den Atem an.

»Der große Geist«, tönte Garancas Stimme zu ihnen herüber, und sie schlichen weiter, bis sie freie Sicht auf die Gruppe hatten, »will jetzt, dass ihr die Gabe in euch aufnehmt, um mit dem Universum in Einklang zu gelangen.« Er hielt seine Hand beim Sprechen mit theatralischer Geste gen Himmel und tat dann so, als steckte er sich etwas in den Mund. Beinahe synchron folgten die Leute seiner Aufforderung.

»Machen Sie doch etwas«, flüsterte Olaf Kern. »Das Scheißzeugs macht süchtig.«

Busboom stürmte mit lautem Geschrei vor. »Kriminalpolizei!«, rief er und drohte mit dem kurzen Holzstück in der Hand. »Hände hoch und alle sofort ausspucken!«

Die Menschen reagierten unterschiedlich. Die Frauen taten, wie ihnen befohlen. Zwei ließen sich auf den Hintern plumpsen. Die eine begann zu weinen, die andere steckte etwas in ihren BH und schlug die Hände vor die Augen. Die beiden anderen Damen suchten ihr Heil in der Flucht. Unterdessen hoben die Männer alle brav die Hände und wandten sich zu Busboom um. Ein Schmächtiger mit Pickeln im Gesicht fing an zu lachen und deutete mit ausgestrecktem Zeigefinger auf Busbooms Hand. Da erkannten auch die anderen, dass er ihnen mit einem Stück Holz drohte, und flohen in die Dunkelheit.

Garanca war längst verschwunden.

Busboom blieb nur noch, den beiden am Feuer sitzenden Frauen hochzuhelfen, damit sie ihn in den Ort zurückbegleiteten.

An der Straße auf dem Ostland erwarteten sie zwei Polizeiwagen.

»Gut, dass Sie angerufen haben«, sagte Becker zur Begrüßung und stockte, als sein Blick auf Kutschbauers Tante fiel, die sich bei Busboom untergehakt hatte. »Äh, also ja, gleich nach Ihrem Anruf«, stotterte er, »ist meine Mannschaft ausgeschwärmt.« Er schüttelte den Kopf, und Busboom konnte nicht sagen, ob der Grund dafür Kutschbauers Tante war oder ob Becker so ausdrücken wollte, dass niemand aufgegriffen wurde. »Zumindest kriegen wir Garanca. Morgen früh stehen Posten an der Fähre, und der Flughafen wird ebenfalls alarmiert. Er kann die Insel unmöglich verlassen.«

»Warum waren Sie nicht wie geplant vor Ort?«, fragte Busboom ungehalten.

»Ich hatte zu wenige Leute.« Becker zupfte an seinem Ziegenbart. »Ich musste den Plan kurzfristig ändern. Jemand meldete Schreie und Hilferufe aus einer Wohnung, gleichzeitig kam ein Hinweis auf den Verbleib unserer vermissten Kollegen herein.« Er berichtete von der Suchaktion nach Kutschbauer und Kupke. »Beides hatte Vorrang. Deswegen war nur Kollege Fuge mit dem Streifenwagen hier.«

»Und? Haben Sie Kutschbauer und Kupke gefunden?«

»Nein. Ich vermute, derjenige, der weiß, wo die beiden stecken, hat uns absichtlich diesen falschen Tipp gegeben.«

Und Sie sind darauf reingefallen, dachte Busboom. Aber er hätte vermutlich genauso entschieden.

»Seinetwegen«, raunte Kutschbauers Tante hinter vorgehaltener Hand, »bin ich hier. Der junge Mann dort«, sie deutete auf den Kollegen Fuge, »hat bei uns nach Bernhard gesucht und uns verraten, dass es um einen Einsatz in den Dünen ging. Und da ich nach dem Zubettgehen wieder einmal kein Auge zutun konnte, sagte ich mir, erleb mal was und schau dir die Sache an.«

»Das war sehr leichtsinnig.«

»Ach was. Auf dem Küchentisch liegt ein Zettel, darauf steht, wo ich hingegangen bin.«

»Ich denke da eher an die Drogen.«

Sie knuffte ihn leicht mit dem Ellenbogen in die Seite. »Warum traut mir eigentlich niemand etwas Unkonventionelles zu? Ein oder zwei Züge von einem Joint hauen mich nicht um.« Sie kicherte. »Ganz ehrlich, ich habe nur so getan, als würde ich kiffen. Und ich bin auch nicht so furchtsam, wie alle denken.« Sie beförderte etwas aus ihrem Ausschnitt heraus. »Ich konnte dieses Beweismaterial sichern.«

»Respekt«, sagte Busboom. »Erzählen Sie mir auch, wie Sie es geschafft haben, an der Séance, oder wie immer man das nennen mag, teilzunehmen?«

»Ganz einfach. Daran«, sie deutete auf die Bushaltestelle, »muss jeder vorbei, der in die Ostlanddünen will. Da habe ich gewartet, sehr lange, das gebe ich zu. Aber es hat sich gelohnt. Vittorio Garanca kennt mich und hält mich«, erneut musste sie kichern, »für eine verrückte Schachtel. Also war es leicht, ihn davon zu überzeugen, ein altes Frauenzimmer wie mich mitzunehmen.«

»Aber Maria, Sie und alt?« Busboom lachte. »Was wird Dini dazu sagen?«

»Die wird fürchterlich schimpfen, weil ich sie nicht mitgenommen habe.«

Ein Kollege meldete über Funk, dass die GPS-Daten von Kutschbauers Sportuhr nun verfügbar seien, der Verkäufer habe sich gemeldet.

»Moment.« Becker ging zum Funkgerät im Streifenwagen. »Ich höre.« Er wiederholte die Zahlenreihe, die ihm genannt wurde. »Wie? Das funktioniert nur im Umkreis von fünf Kilometern? – Verstanden, wir versuchen es trotzdem.«

»Das ist ganz in unserer Nähe«, rief Christian Fuge, der die Zahlen in eine Navigations-App eingegeben hatte, und reichte Becker sein Handy, das den angegebenen Standpunkt anzeigte.

»Da steht die Ostbake.« Becker schickte umgehend zwei Männer zu dem ausgedienten Seezeichen, um nachzusehen.

24

Beim Versuch, die erste Fähre am kommenden Morgen zu besteigen, wurde Garanca festgenommen.

»Er sitzt im Verhörraum.« Andreas Kupke klang zufrieden. Nur ein Pflaster auf dem Hinterkopf zeugte noch von der kurzfristigen Gefangennahme, wenn man von den wund gescheuerten Handgelenken absah. Die gleichen Male trug auch Kutschbauer, der Kupke zunickte.

»Ich gebe Becker Bescheid.«

»Wie wollen Sie es angehen?«, fragte Busboom, als Kutschbauer in Beckers Büro getreten war und Garancas Festnahme gemeldet hatte.

»Zunächst einmal werde ich ihn in Sicherheit wiegen. Ich beginne mit dem schändlichen Versuch, alten Damen das Geld aus der Tasche zu ziehen.« Becker lächelte.

»Stichwort Pfotenlesen?«

»Genau. Danach erkundige ich mich nach seinem Alibi zum Zeitpunkt des Einbruchs bei Ihren Tanten.« Er nickte Kutschbauer zu. »Was wir ihm leider niemals beweisen können. Das weiß der Mistkerl. Ebenso kann er sicher sein, dass weder Kupke noch Kutschbauer ihn als Angreifer identifizieren können. Das wird sein Selbstbewusstsein stärken. Er wird sich für unverwundbar und uns für Idioten halten.« Becker zog die Arzneischublade in seinem Schreibtisch auf, entnahm ihr eine Tube und warf sie Kutschbauer zu. »Für die Handgelenke. Dünn auftragen«, empfahl er. »Garanca wird glauben, dass wir keine Beweise gegen ihn haben. Nichts, was ihn mit Drogen in Verbindung bringt. Und dann«, er lächelte schwach und schlug mit der flachen Hand auf den Tisch, »werde ich ihn festnageln.«

»Ich möchte dabei sein«, bat Busboom. »Ich verspreche, mich nicht einzumischen.«

Vittorio Garanca stand vor dem Spiegel, kontrollierte seine Zähne und zwinkerte sich selbst aufmunternd zu. Neben der Tür, breitbeinig und mit verschränkten Armen, wachte Christian Fuge.

»Nehmen Sie bitte dort Platz«, wies Becker Garanca nach dem Eintreten an und setzte sich ihm gegenüber.

Busboom löste Fuge ab und blieb an der Tür stehen. Vittorio warf ihm einen flüchtigen Blick zu. Kurz nur zuckte einer seiner Mundwinkel, so als sehe er in dem Mann, der mit einem Stückchen Holz zu schießen drohte, keinen ernst zu nehmenden Gegner. Kutschbauer, der neben Becker Platz nahm, erntete ein verächtliches Grinsen. Ihn hatte er ein Mal überrumpelt, und er konnte es jederzeit ein zweites Mal schaffen.

Garancas Konzentration lag auf Becker. Der legte eine Akte auf die Tischplatte, öffnete sie und sah flüchtig hinein. Reine Show, das wussten beide. Becker kannte die gesammelten Daten auswendig. Es sollte so wirken, als habe die Polizei jede Menge belastendes Material gegen Garanca vorzubringen. Wie erwartet kannte Garanca den Trick. Sein Gesichtsausdruck bekam den ersten Hauch von Überheblichkeit.

»Man hört, Sie veranstalten Pfotenlesungen?«

»Hat die Alte sich beschwert? Die kann mich mal. Horoskope für Köter legen ist legal.«

»Stimmt. In ein Haus einzubrechen aber nicht.«

»Keine Ahnung, wovon Sie reden.«

Becker griff in seine Jackentasche, holte eine Schachtel heraus und öffnete sie. Den Inhalt schüttete er vorsichtig auf den Tisch. Umständlich schob er das Kartendeck zu einem ordentlichen Stapel zusammen.

Busboom und Garanca starrten gleichermaßen überrascht darauf. Polizeikommissar Becker hatte Kutschbauers Tanten also überreden können, ihm die Tarotkarten zu überlassen.

Für den Bruchteil einer Sekunde lag Gier in Garancas Augen, dann hatte er sich wieder unter Kontrolle. »Was ist das?«, fragte er.

»Wiener Tarotkarten. Von der Firma Piatnik & Söhne. Sehr alt und sehr wertvoll. Als Fachmann sollten Sie das wissen.«

»Nie gesehen.«

»Das glaube ich gern.« Beckers Lächeln konnte man als ölig bezeichnen. Er fuhr mit dem Zeigefinger über den Packen, als wollte er ihn streicheln. Vorsichtig hob er die oberste Karte ab und legte sie mit dem Bild nach oben auf den Tisch. »Das Rad des Schicksals. Die Bedeutung muss ich Ihnen nicht erklären, oder, Herr Garanca? Für meinen Kollegen an der Tür spreche ich es dennoch aus: ›Einsicht in die Notwendigkeit der Gerechtigkeit‹. Es stehen Ihnen einschneidende Veränderungen ins Haus.«

Becker nahm die zweite Karte vom Stapel. »Der Teufel. Er steht für Illusionen, die blenden und gefangen halten.« Ohne den Blick von Garanca abzuwenden, legte er das dritte Blatt auf den Tisch. »Der Turm. Bedeutet: Ihre Träume werden zerstört, aber das wissen Sie ja.«

Ohne Eile sammelte Becker die Karten wieder ein, steckte sie in den Karton und dann in die Jackentasche zurück. Das war Teil der Genugtuung. Den Einbruch würde er nie beweisen können, Garancas blöder Gesichtsausdruck musste als Entschädigung reichen.

Die weitere Befragung nahm den gewünschten Verlauf. Garanca fühlte sich unantastbar, bis Becker mit genüsslicher Miene eine seiner vielen Pillen, die er in ein Beweismitteltütchen gesteckt hatte, aus der Akte herauszog. »Da sind Ihre Fingerabdrücke drauf«, behauptete er. »Und das Labor hat festgestellt, was für ein scheußliches Zeug das ist«, log er weiter. Die von Maria sichergestellte Droge befand sich auf dem Weg in die Kriminaltechnik.

Nur für den Bruchteil einer Sekunde wirkte Garanca überrascht, dann entspannten sich seine Gesichtszüge wieder.

»Frau Kutschbauer war so nett, uns die Droge zu überlassen, Herr …« Becker tat, als habe er den Namen vergessen und schaute noch einmal in die Akte. »Herr *Peter Kunze*. Die nette alte Dame hat sie nicht genommen.«

Blitzschnell griff Garanca zu der Klarsichttüte, riss sie auf und schluckte die Pille hinunter.

»Damit habe ich gerechnet, aber es hilft Ihnen wenig. Die beschlagnahmte Pille ist sicher verwahrt. Hoffentlich bleibt Ihnen diese nicht im Hals stecken.« Becker klang besorgt. »Das tut Aspirin manchmal. Warum haben Sie das gemacht?«

»Es überkam mich einfach.«

Becker lächelte nachsichtig. »Reden wir über gestern Abend. Mitternacht, um genau zu sein.«

»Da war ich zu Hause im Bett.«

»Zeugen?«

»Keine.«

»Wie unangenehm. Ich habe so viele Augenzeugen, die reichen für ...« Becker winkte ab. »Na ja. Wir haben sie alle ausfindig machen können. Einer davon ist Kriminalhauptkommissar Focko Busboom höchstpersönlich. Und sollte Sie das immer noch nicht dazu animieren, alles zuzugeben, möchte ich Sie darauf hinweisen, dass Ihr Dealer inzwischen auf einer unserer schönen Nachbarinseln verhaftet wurde und in diesem Moment nebenan seine Aussage zu Protokoll gibt.«

Es klopfte. Die Tür ging auf, Andreas Kupke trat ein und nickte stumm.

»Kein Geständnis?«, fragte Becker Garanca, der ihn unverwandt anstarrte. »Auch gut.« Er nahm den Ordner und stand auf. »Wir brauchen es nicht. Ihr Haftbefehl ist soeben eingetroffen.«

25

Bei Dini und Maria war fast wieder alles beim Alten. Maria trug eines von Dinis kecken Hütchen, während Dini heute nicht der Sinn nach Körperbemalung, Perücke, Schminke oder auffälliger Kleidung stand. Sogar der blaue Nagellack, der wunderbar mit ihrem Kimono harmonierte, lag noch unbenutzt in seiner Verpackung. »Was für ein Abenteuer«, murmelte sie, etwas enttäuscht darüber, die Nacht schlafend verbracht zu haben, während Maria so viel Aufregendes erlebt hatte.

»Und du bist mir nicht böse?«, fragte Maria zum dritten Mal. »Ich wollte dich ja wecken, aber du hast so fest geschlafen.«

Dini küsste Maria auf die Wange und nahm ihr den Hut vom Kopf. »Rot macht dich so blass. Der grüne würde dir besser stehen.«

»Der mit den Federn?«

»Ja. Soll ich nachsehen, wo er ist?«

»Lass gut sein, Dini. Von Tollheiten habe ich die Nase voll.«

»Verkleiden ist keine Eskapade, eher eine Weltanschauung.« Dini strich ihr liebevoll über den Arm. »Bedeutet das, dass wieder normale Verhältnisse bei uns einziehen?«

Maria nickte und zog aus der Küchentischschublade eine Broschüre hervor. »Das lag in der Post.«

»Werbung für Tattoos?«

»Ein junger Mann verdient sich damit etwas nebenbei«, verriet Maria.

Dini faltete den Flyer zusammen und steckte ihn in den Ausschnitt. Dann schlug sie die Tageszeitung auf. »Welches ist dein Sternzeichen?«

»Stier, das weißt du doch. Soll ich uns Rühreier zum Frühstück machen?«

»Gern.« Dini raschelte mit der Zeitung, als würde sie Marias Aufmerksamkeit damit doch noch auf die Horoskope lenken können. »Sie sollten keinesfalls trübsinnig zu Hause sitzen«, mahnte sie und deutete mit dem Zeigefinger auf Maria.

»Siezt du mich jetzt?«

»Quatsch, das steht hier.« Ihr Finger tippte energisch auf das Papier. »Und da steht noch etwas, das für uns wichtig sein könnte.«

Maria stellte die Pfanne auf den Herd. Ohne sich umzusehen, fragte sie: »Was könnte das wohl sein?«

»Sie sollen eine gute Freundin zum Essen einladen.«

»Das schreiben die nie und nimmer.«

»Doch, doch. Und zwar gleich heute. Wir sollten uns auf diese Vorhersage verlassen.«

Maria schenkte ihr einen Blick, den sie für Idioten reserviert hatte. »Gib mir die Zeitung, ich werfe sie in den Müll.«

Dini überließ ihr das Blatt.

Nach dem Frühstück griff Dini in ihren Ausschnitt, entfaltete den Flyer und wedelte damit herum. »Ich überlege –«

»Schon gut«, fiel Maria ihr hastig ins Wort. »Heute Abend lade ich dich zum Essen ein.«

Die Pforte quietschte, und sie eilten ans Fenster.

»Kennst du den?«

»Nein, soll ich ihn reinlassen?«, fragte Dini.

»In deiner schlichten Aufmachung? Du erschrickst mir ja die Leute.«

***

Das Ehepaar Busboom flanierte die Franz-Habich-Straße entlang. »Ich überlege«, sagte Gesche, als Madame Jasmins Laden in Sicht kam, »ob ich ein paar Handschmeichler kaufen soll. Das wäre doch ein schönes Mitbringsel für meine Freundinnen oder unsere Nachbarin, als kleines Dankeschön fürs Blumengießen.«

»Steine mit eigenem Karma? Das scheint mir Bauernfängerei zu sein.«

»Warum sagst du das jetzt?« Sie blieben vor dem Schaufenster stehen. »Ich denke, die Ladenbesitzerin ist eine ehrliche Haut und hat weder mit Drogen noch mit dieser nächtlichen Dünenveranstaltung etwas zu tun.«

»Intuition.«

»Intuition?«

»Ja, das ist im Gegenteil dazu«, er deutete auf die bunten Steine in der Auslage, »kein Hokuspokus. Wenn meine Intuition durchkommt, stimmt sie meistens. Und beim Anblick der Steine sagt mir mein Bauch«, er klopfte auf selbigen, »dass die Sache stinkt.«

Die Ladentür ging auf, ein Kunde trat nach draußen und ließ die Tür offen stehen.

»Das sind die Duftkerzen«, flüsterte Gesche und freute sich über Busbooms miesepetrige Miene.

»Ich meine das ernst. Wieso willst du für so einen Quatsch Geld ausgeben?«

»Wieso?« Gesche klang scheinheilig. »Ich bekomme doch etwas dafür.«

»Und was, bitte schön?«

»Ein gutes Gefühl.«

»Das habe ich auch, wenn ich ein Eis lutsche.«

»Aber das kribbelt weniger im Magen und setzt Fett an. Soll ich dich begleiten?« Ihr Finger deutete auf die offene Geschäftstür.

»Nein, da muss ich allein durch.«

»Guten Tag, Herr Busboom«, grüßte Madame Jasmin. Sie kam ihm mit einem Raben auf dem Arm entgegen. Eines der Glasaugen reflektierte einen Sonnenstrahl, sodass der Vogel für einen Moment lebendig wirkte. Sie strich ihm die Federn glatt, ehe sie ihn in ein Regal stellte. »Bringen Sie mir die Karte zurück?«

Busboom nickte und warf einen letzten Blick auf das Skelett, mit dem festen Vorsatz, sich von der Abbildung nicht mehr einschüchtern zu lassen. Er reichte ihr das Blatt.

Im Grunde, dachte er, ist ihr Beruf ähnlich wie meiner. Jeder von uns ermittelt auf seine Weise. Beide wollen wir unseren

Kunden die Wahrheit abtrotzen. Nur sind sich meine Klienten bewusst, dass sie ausgefragt werden sollen, während Madame so tut, als wüsste sie bereits alles. Ich muss die Informationen aus den Leuten herausquetschen, während sie ihnen geschickt verheimlichen muss, dass sie ausgehorcht werden.

»Ja«, flüsterte Madame Jasmin und zupfte ihm die Karte mit spitzen Fingern aus der Hand. »Unsere Berufe gleichen einander.«

»Können Sie Gedanken lesen?«

Sie lächelte nachsichtig. »Bei Ihnen, Herr Busboom, wie in einem Buch.«

»Auf Wiedersehen, Madame.«

»Worauf Sie sich verlassen können.«

Busboom legte die Ellenbogen auf den Tisch und stützte den Kopf in die Hände. Mit den Daumen bearbeitete er seinen Kiefer, die Finger massierten die Stirn.

»Gleich kommt's«, murmelte Hanni. Sie und Wiebke grinsten sich über die ausgelegten Kartenbilder hinweg an. Gemeint war: Gleich kam Busbooms Meinung zu dem Thema Kartenlegen, gefolgt von dem Vorschlag, wie damit umzugehen war.

»Ja, ich bin noch einmal bei Madame Jasmin gewesen«, gestand er. Wiebke riss die Augen auf, doch ehe sie was Keckes sagen konnte, legte Hanni ihren Zeigefinger auf die Lippen. Schweigend warteten sie auf Busbooms weiteren Kommentar. Der blieb aus.

»Dann glaubst du endlich, dass sie es wirklich kann?«, fragte Hanni, weil sie spürte, dass es sich lohnte, den Finger in die offene Wunde zu legen.

»Nein. Es gibt für alles eine logische Erklärung.« Busboom nahm die Hände vom Gesicht und betrachtete seine Töchter. Sein Lächeln fiel etwas schief aus. Die Frauen seiner Familie merkten, dass er anfing, Madames Kräften zu vertrauen. »Angenommen«, begann er und zwinkerte Gesche kurz zu, »sie ist wahrhaftig eine Hellseherin und sagt irgendein Glück oder Unglück voraus. Beim Unglück möchte ich es natürlich abwenden und mache es dann auch. Damit habe ich die Zukunft, in der das Schlechte geschehen soll, geändert, und sie trifft nicht ein, oder?«

Hanni nickte, Wiebke dachte noch nach.

»Andersherum betrachtet: Wie kann sie es gesehen haben, wenn es dann doch nicht eintrifft?«

Die Mädchen zuckten mit den Schultern, und Busboom seufzte. »Madame umschifft also die Klippe, indem sie sich vage ausdrückt und angibt, mögliche Varianten der Zukunft zu sehen. Wenn wir sie dann ändern, hat sie eine willkommene Ausrede, warum sie zwar eine, aber nicht die zutreffende Variante gesehen hat, und es lässt sich nicht mehr beweisen, dass ihre Vorhersage falsch war.«

»Du denkst«, sagte Hanni, »es gibt im Grunde gar keine Chance, die Zukunft zu ändern.«

»Es gibt immer einen Weg, sie zu ändern. Wenn wir statt nach Borkum in die Berge gefahren wären, sähe unser aller Zukunft anders aus. Hanni würde Bergsteigen, statt Steinen mit Karma zu vertrauen.«

»Und ich?«, fragte Wiebke.

»Du würdest in einer Eishalle Schlittschuh laufen, statt auf einem Pferd durch die Dünen zu reiten und uns die Bude vollzustinken. Aber die Zukunft bleibt immer die Zukunft. Und weil wir mit jeder Entscheidung, die wir jede Sekunde in unserem Leben treffen, unsere Zukunft verändern, fällt es mir schwer zu glauben, dass irgendjemand diese vorhersagen kann.«

»Du meinst also, Madame Jasmin ist eine Schwindlerin«, stellte Hanni fest.

»Nein, keine Schwindlerin. Madame Jasmin ist eine besonders gute Menschenkennerin. Sie kann Leuten Geheimnisse entlocken, ohne dass sie es bemerken. Sie kann aus ihrer Haltung, aus Gesten, der Stimmlage und vielem mehr schließen, ob jemand lügt, ob ihm etwas besonders am Herzen liegt oder ob er über ein bestimmtes Thema nicht reden mag. Sie achtet auf kleinste Regungen und kann deswegen allgemeine Dinge vorhersagen. Mit etwas Übung könnte ich es vermutlich auch.«

»Da wir schon beim Okkulten sind, könnten wir doch was Schönes zusammen spielen.« Wiebke verließ den Raum, kam kurz darauf mit Hannis Ouija-Brett zurück und legte es auf den Tisch. »Das ist Hannis Hexenbrett.« Sie erntete dafür einen finsteren Blick von ihrer Schwester.

»Hast du in meinem Zimmer geschnüffelt?«

»Würde mir nie einfallen.«

»Und woher weißt du, dass ich eines besitze?« Hanni zog es zu sich heran und öffnete den Karton. Der schwesterliche Blickwechsel verhieß: Wir sprechen uns noch.

Wiebke half Hanni, das Spiel zurechtzulegen. »Papa, jetzt musst du deine Finger ganz leicht auf das Brett legen.«

»Das weiße Ding mit dem Loch? Und dann?«, fragte Busboom.

»Warten wir ab, was sich tut. Durch das Loch kann man die einzelnen Buchstaben sehen und daraus eine Antwort formen.«

»Antwort worauf?«

»Auf unsere Fragen. Glaubst du an das Hexenbrett?«, fragte Wiebke.

Keine Reaktion. Sekundenlange Stille.

»Es bewegt sich nicht.«

»Wie denn auch, Papa? Du hältst es ja fest.«

»Das heißt im Umkehrschluss, ihr schiebt.«

»Quatsch. Ich erkläre es dir«, sagte Hanni. »Die Gedanken fließen in unsere Finger, Papa. Schließ die Augen und halte sie ganz locker. Was wir für getrennte Dinge halten – also Geist und Materie – ist in Wirklichkeit miteinander verbunden. Es heißt, dass der Verstand die materielle Welt beeinflussen kann. Dass er also auch auf eine Frage die Antwort kennt.«

»Was gibt es heute zum Essen?«, fragte Busboom mit geschlossenen Augen. Mit der Zungenspitze fuhr er über seine Lippen.

»Papa!«

»Wieso? Gibt das Brett nur Antworten zu apokalyptischen Vorhersagen oder Blutmondprophezeiungen?«

»Mach dich nur lustig.« Wiebke fegte den Karton vom Tisch.

»Jetzt reicht es«, erklärte Gesche in einer Stimmlage, die ihnen allen wohlbekannt war. Sie verriet, dass sie es übertrieben.

***

Andreas Kupkes Klopfen an der Tür zur Ferienwohnung der Familie Busboom war energisch. Hanni öffnete ihm.

»Ist Kriminalhauptkommissar Busboom da?«

»Papa«, rief Hanni, »kommst du bitte?«

»Ich soll Ihnen berichten«, sagte Kupke zu Busboom, wobei er gelegentlich Hanni anblickte, »dass Vittorio Garanca jetzt auf dem Weg zum Festland ist, um dem Haftrichter vorgeführt zu werden. Wir konnten drei seiner mitternächtlichen Kunden ausfindig machen. Sie alle wollen gegen ihn aussagen.«

»Na, das ist doch wunderbar.«

»Genau. Und ich soll Ihnen ausrichten, dass Finn Janssen, Sie wissen schon, der, dessen Mutter uns das blutige Säckchen gegeben hat ...« Kupke wechselte einen Blick mit Hanni, was beiden die Farbe ins Gesicht trieb. Kupke hüstelte. »Ich meine die blutige Mahnung.« Er schaute Busboom an. »Die war tatsächlich von Garanca, hat irgendetwas mit den Drogengeschäften in den Discos zu tun. Der Zoll hatte Finn Janssen auf dem Kieker. Deshalb hat er kalte Füße bekommen.« Er blickte an Hanni hinunter, die mit den bloßen Zehen wackelte. Schnell hob er den Kopf und starrte sie an. Seine blauen Augen schienen auch Hanni aus dem Gleichgewicht zu bringen. Erneut schoss ihr das Blut in die Wangen.

»Sie meinen«, fragte Busboom, »Janssen wollte aus Garancas Drogengeschäften aussteigen oder zumindest pausieren und hat deswegen von ihm die Warnung bekommen?«

»Genau.«

Über Busbooms Schulter hinweg hielten Hanni und Kupke Augenkontakt – zwei Menschen, die in diesem Moment erkannten, dass zwischen ihnen ein Funke übergesprungen war.

»Und wer hat die beiden Kollegen überwältigt?«

»Wir vermuten, er war es, können es aber noch nicht beweisen.«

Hanni konnte den Blick erst abwenden, als Gesche hinter sie trat und ihr zuflüsterte: »Der würde mir auch gefallen.«

»Mama«, brachte Hanni heiser heraus, und Andreas Kupke räusperte sich peinlich berührt.

»Ja, äh, Sie wissen ja nun Bescheid. Ich muss dann mal wieder.« Er machte jedoch keine Anstalten, zu gehen.

»Focko?« Gesche strich Hanni leicht über den Rücken und hakte sich bei Busboom unter. »Frau Aggen wollte etwas von uns.«

»Frau Aggen?«

»Unsere Vermieterin, schon vergessen? Es schien dringend zu sein. Lass uns sofort zu ihr gehen.«

»Warum, was ist passiert?«

Für einen Kriminalhauptkommissar war er heute recht begriffsstutzig.

»Das erkläre ich dir dann.« Und schon zog Gesche ihn aus der Ferienwohnung hinaus.

»Warum kommt sie nicht zu uns?«, hörten Hanni und Kupke ihn fragen.

»Ich bin Andreas.« Er streckte die Hand aus, und Hanni griff danach. Die möchte ich ewig festhalten, verriet ihr Gesichtsausdruck. Kupkes Gedanken waren allem Anschein nach die gleichen. Er hielt ihre Hand, bis es beiden peinlich wurde.

»Hanni«, krächzte sie, ehe es ihr gelang, ihrer Stimme festen Halt zu geben. »Hanni Busboom.«

»Wollen wir mal etwas zusammen unternehmen?«

Was denn?, lag ihr auf den Lippen, doch sie brachte kein weiteres Wort heraus und nickte. Egal, was er vorhatte, Hauptsache, er tat es mit ihr.

***

»Mama«, rief Olafs kleiner Bruder und lief seiner Mutter entgegen, als sie die Wohnung betrat. »Olaf hat einen großen

Karton. Ich darf da nicht reingucken. Er sagt, da ist ein Feuerwehrauto drin. Er lügt. Es macht gar kein Tatütata, es macht immer nur Kikeriki.«

»Was redest du denn da, mein Schatz?« Sie strich dem Jungen über den Kopf, nahm ihn auf den Arm und setzte ihn gleich wieder ab. »Du wirst mir langsam zu schwer. Wo ist das Baby?«

Auf dem Küchenfußboden saßen der Kleine und seine Schwester. Zwischen ihnen lag ein Haufen bunter Holzklötze, die das Mädchen aufeinanderstapelte, ehe das Baby ihn mit viel Gejauchze umstieß. Olaf stand an der Küchenzeile und schnitt Brot. Den Tisch hatte er bereits gedeckt. Mit einer Hand rückte er die Butter etwas zur Seite und stellte den Brotkorb daneben.

»Setz dich, Mama.«

Die Kleinkinder folgten dem deutenden Zeigefinger ihres großen Bruders und nahmen auf ihren Stühlen Platz. Das Baby beförderte Olaf in den Hochstuhl. Er zupfte eine rote Feder aus dem Pferdeschwanz seiner kleinen Schwester und wollte sie sich in die Hosentasche stecken, als Therese Kern blitzschnell nach seinem Handgelenk griff.

»Wo kommt die her? Und wer kräht da?«

»Das ist Jakko. Ich konnte ihn retten.«

Mama Kern nickte. »Sobald es dunkel ist, bringst du ihn zurück.«

***

»Für mich ist es unvorstellbar«, sagte Dini, »dass die Seele nach dem Tod einfach nur verschwindet. Sie gehört zum Körper wie Herz und Lunge, Arme und Beine. Die lösen sich auch nicht sofort auf, sondern gehen nach und nach in den Kreislauf der Natur zurück. Glaube mir, Maria, die Natur verschwendet nichts. Deshalb ist es nur logisch, dass sie auch Seelen wiederverwendet.«

Maria war bereits überzeugt von Dinis Vorschlag, zum krönenden Abschluss ihres Abenteuers eine Séance zu veranstalten. Dennoch ließ sie Dini weiter philosophieren.

»Die Seele wandert, das ist meine feste Überzeugung. Ob nun nach dem Tod eines Menschen sein metaphysischer Rest noch im Raum liegt oder schwebt oder wie auch immer, irgendwo muss sie sich ja herumtreiben. Ich könnte mir gut vorstellen, dass unser Haus ideal dafür geeignet ist. Ach, übrigens«, mahnte Dini. »Unsere Wette habe ich gewonnen.«

»Teilweise, meine Liebe«, sagte Maria. »Garanca ist ein Scharlatan, ein Krimineller. Aber Madame Jasmin versteht etwas von ihrem Fach. Demnach steht es fifty-fifty.«

»Du hast recht. Es scheint unentschieden. Schauen wir mal, was unsere kleine Séance bringt.«

»Ich habe Angst vor den Toten«, gestand Maria.

»Vor einer Leiche muss sich niemand fürchten. Irgendwann sind wir selbst eine.«

»Ich hoffe, das wird noch einige Zeit dauern.«

»Selbstverständlich. Du siehst also, es gibt nichts, wovor du dich gruseln musst, im Gegenteil. Alles auf der Welt ist im Fluss, da kann man getrost folgern, dass auch hier«, Dini machte eine raumgreifende Bewegung, »Seelen zusammenfließen.«

Maria klatschte in die Hände. »Gut, lass uns die Geister rufen.«

»Gleich, meine Liebe. Es kommen noch ein paar Gäste.«

Dini empfing Familie Busboom in einem bodenlangen weißen Kleid, das wie ein Nachthemd aussah. Ihre blau geschminkten Lippen und die schwarzen Fingernägel zogen die Blicke an. »Ihr seid spät dran. Die anderen sind bereits da. Wir gehen ins Esszimmer.«

Am Kopfende des Tisches saß Madame Jasmin. Zu ihrer Rechten Andreas Kupke, der etwas deplatziert wirkte. Sein Gesichtsausdruck veränderte sich sofort, als er hinter Focko und Gesche Busboom Hanni erblickte. Auch Hanni, zuvor wenig begeistert, wirkte von diesem Augenblick an, als sei sie die hübsche Heldin auf dem Filmplakat eines schnulzigen Liebesfilmes. Mit einem Hauch von Rosa auf den Wangen nahm sie neben Andreas Kupke Platz und bedeutete Wiebke, sich rechts neben sie zu setzen.

Zur Linken von Madame saß Becker. Der Stuhl neben ihm war frei. Dann kam Bernhard Kutschbauer herein. Es machte den Eindruck, als könnte er nur schwer den in ihm brodelnden Vulkan unter Kontrolle halten. Busboom ahnte, dass er nur am Tisch saß, um den Tanten einen Gefallen zu tun.

Gesche setzte sich zwischen die beiden Inselpolizisten. Ihr aufmunterndes Lächeln schien Kutschbauer etwas zu besänftigen. Vielleicht war es auch nur der Gedanke, dass der Kriminalhauptkommissar ebenfalls gegen seinen Willen am Tisch saß.

»Bitte setzen Sie sich. Wir wollen beginnen.«

Busboom wollte gegenüber von Madame Jasmin am anderen Kopfende des Tisches Platz nehmen, doch Maria kam ihm zuvor. Ihm blieb der Stuhl neben Wiebke. Die saß Dini gegenüber, die Busbooms jüngster Tochter ein Augenzwinkern hinüberschickte, was Wiebke mit einem schiefen Grinsen beantwortete.

»Nehmt euch alle an den Händen«, befahl Madame Jasmin. »Wir wollen versuchen, mit den Ahnen in Kontakt zu treten.«

»Grüßen Sie mir meine Oma«, flüsterte Wiebke und fing sich dafür einen Knuff von Hannis Ellenbogen ein.

»Bitte schließen Sie jetzt die Augen.«

Alle taten, wie ihnen geheißen. Eine Weile herrschte Schweigen.

»Spüren Sie es? Jemand versucht, Kontakt aufzunehmen«, sagte Madame Jasmin. Ein Luftzug streifte über die Köpfe der Anwesenden hinweg.

»Hast du das gespürt?« Wiebkes Flüstern klang verängstigt, ihre Selbstgefälligkeit war verflogen.

»Geist, wir rufen dich.«

Wiebke öffnete ein Auge und sah Dini an. Die blauen Lippen bewegten sich, als führte sie stumme Selbstgespräche.

»Meine Reise«, sagte Dini mit veränderter Stimme, »führt mich zu dir. Willkommen in diesem Haus.«

Wiebke kniff die Augen fest zusammen und hörte Madame Jasmin in ganz tiefem Tonfall sagen: »Sie betritt diesen Raum, denn er war Teil ihres Lebens. Etwas blieb ungesühnt.«

»Wir wollen Gerechtigkeit«, erklärte Dini.

Das Licht ging aus, was trotz der geschlossenen Augen jeder bemerkte und automatisch die Augen aufschlug.

Busboom spürte, wie seine Hände gedrückt wurden. Links saß Wiebke. Ihr Druck tat ihm weh. Rechts erschlaffte die Hand von Maria. Bildete er es sich ein, oder begann Maria heftig zu schwitzen? Er schaute sie kurz an. Ihre Wangen glühten, ein leichter Schweißfilm stand auf ihrer Oberlippe.

Die wenigen Teelichter auf der Fensterbank, dem Tisch und auf dem Bücherregal flackerten.

»Du zerquetschst mir die Hand«, sagte Wiebke, obwohl sie diejenige war, die kräftig drückte.

»Die Verbindung auf keinen Fall lösen«, warnte Madame. »Gerechtigkeit«, nahm sie Dinis Worte auf, »für eine ungesühnte Tat?«

Etwas klapperte ans Fenster, dann sprang es auf. Becker und Busboom unterbrachen die Kette, indem beide im selben Moment aufsprangen. Ihren Ehefrauen gegenüber würden sie später eingestehen, dass sie einen Klaps auf dem Hinterkopf gespürt hatten. Doch wer mochte das getan haben, sie alle hatten sich an den Händen gehalten, und niemand war ins Zimmer gekommen.

»Ich habe noch zu tun«, behauptete Becker und floh ohne weitere Verabschiedung.

»Ich habe auch einen Termin«, schloss Busboom sich mit einer Lüge an und ging ebenfalls.

»Ich dachte«, flüsterte Andreas Kupke Hanni zu, »wir könnten vielleicht zusammen am Strand einen Spaziergang machen.«

Hannis Augen begannen zu strahlen wie die Lichter am Leuchtturm. »Ich dachte schon«, hauchte sie zurück, »du fragst nie.«

OCKE AUKES
Klaasohm
INSEL KRIMI
emons:

Ocke Aukes
TOD AUF BORKUM
Broschur, 224 Seiten
ISBN 978-3-7408-0038-3

»Der Krimi von Ocke Aukes lebt wieder von den Gegensätzen – Inselidylle und Verbrechen. Ein Buch zum Schmökern auf dem Sofa oder im Strandkorb.« Cuxhavener Nachrichten

»Ein unterhaltsamer Inselkrimi, der mit viel Lokalkolorit und einer Prise Humor Lust auf eine Reise nach Borkum macht.«
Echo vom Alpenrand

Ocke Aukes

AUF AMEROOG IST ALLES ANDERS

Klappenbroschur, 192 Seiten

ISBN 978-3-95451-541-7

»Der Borkumer Autorin gelingt eine unterhaltsame Mischung aus Kriminalroman und Abenteuergeschichte. Schauplatz ist die fiktive deutsch-niederländische Insel Ameroog. Ein humorvoller, mitreißender Roman mit Urlaubsfeeling.« Borkum-Aktuell